Gorch Fock
Seefahrt ist not!

Gorch Fock
Seefahrt ist not!

1.Aufl.
Taschenbuch – Literatur - Klassiker
Herausgeber Frank Weber, Marburg
Bibliografische Information der Deutschen Nationalbibliothek:
Die Deutsche Nationalbibliothek verzeichnet diese Publikation in der Deutschen
Nationalbibliografie; detaillierte bibliografische Daten sind im Internet abrufbar über
http://dnb.dnb.de
© 2021 Gorch Fock
ISBN: 9783753464442
Herstellung und Verlag: BoD – Books on Demand, Norderstedt

Gorch Fock

Seefahrt ist not!

Roman

Laßt mich nur auf meinem Sattel gelten,
bleibt in euern Hütten, euern Zelten,
und ich reite froh in alle Ferne –
über meiner Mütze nur die Sterne.
Goethe

Inhalt

Erster Stremel

»Insonderheit aber bitten wir dich für die, die auf dem Wasser ihre Nahrung suchen. Segne, segne die Fischerei auf der See und im Fluß, behüte Mann und Schiff in allen Gefahren!«

Pastor Bodemann beugte den grauen Kopf tiefer als zuvor. Da hatte er laut und warm für seinen alten Kaiser gebetet, laut und warm, wie es ihm von Herzen kam, nicht leise und kalt wie sein Vorgänger, ein zäher Welfe, der nur der kirchlichen Vorschrift nachgekommen war: »Laß deine Gnade groß werden über deinem Knecht Wilhelm, unserem Kaiser und Herrn, und über dem ganzen kaiserlichen Haus.«

Die gefurchte Stirn berührte fast das schwarze Tuch, mit dem die Kanzel vom Sonntag Reminiszere bis zum stillen Freitag bedeckt war. Es schien, als wenn die Stimme ihm versagte und er aufhören müßte. Und er hielt überwältigt inne und ließ die große Stille kommen.

Totenstill wurde es in der Kirche auf Finkenwärder. Regungslos saß die Gemeinde. In die Augen kam eine Dunkelheit wie von aufsteigenden Tränen.

Denn die See nahm das Wort, die Nordsee, die Mordsee – mit ihren jagenden, zerrissenen Wolken, mit ihrem pfeifenden, brausenden Sturm, mit ihren haushohen, schäumenden, brüllenden Seen, mit Brand und Wetterleuchten, mit Dünung und Gewitter – mit geborstenen Segeln, gebrochenen Masten, blakenden Notfackeln, verlorenen Wracks und hilferufenden Fahrensleuten.

Und es war niemand da, der nicht ihre Stimme vernommen hätte.

Die hellhaarigen Jungen auf den Bänken neben dem Altar, die als große Schleefen zu den gegenübersitzenden Konfirmandinnen hinübergelacht und ihnen zugenickt hatten, besannen sich, legten beschämt die Hände zusammen und sahen vor sich hin, weil ihnen in der heiligen Stille die Väter und Brüder in den Sinn kamen, die draußen waren, und weil sie daran dachten, daß sie nach Ostern selbst in die Fischerei hineinkamen.

Auch bei den rotbackigen Mädchen wurde es still. Alle falteten rasch die Hände, und manches Kinderherz bebte – vergessen war, daß sie abends am Deich einzuhüten hatten und daß die Jungen dort vor den Fenstern trommelten und pfiffen, bis sie hineingelassen wurden und Blindekuh oder Sechsundsechzig mitspielen durften.

Gesine Külper, die schönste Deern der Hamburger Seite des Eilandes, um die die Junggäste einander Sonntag abends auf Musik bannig in die Wanten stiegen, weil keiner sie dem andern gönnte und jeder sie nach Hause bringen wollte, senkte die Wimpern und neigte den stolzen Kopf, nicht allein, weil sie wußte, daß es ihr gut stand, sondern auch um die Seefischerei, um alle Freundschaft, Bekanntschaft und Verwandtschaft, die unter Segeln war.

Auch Hein Loop betete mit, der Rotbart vom Auedeich, den sie den Seeteufel nannten, wenn er nicht dabei war, Hein Loop, einer der Verwegenen – der Verwogenen, wie sie an der Wasserkante sagen –, einer von denen, die nicht reffen und beidrehen mögen, die mit allen Lappen segeln und bei jedem Wind fischen, denen es ergeht wie dem jungen Lord von Edenhall:

Sie schlürfen gern in vollem Zug,
sie läuten gern mit lautem Schall.

Die mit dem Glück von Edenhall anstoßen und es wohl auch einmal versuchen. Die See schmecke ihm erst dann, wenn sie gar sei, und gar sei sie nach seiner Meinung erst, wenn sie *koche*, hatte Hein Loop einmal gesagt, und jeder, der ihn kannte, glaubte es ihm. Aber nun betete er, denn er wollte den andern Tag mit seinem Kutter nach See und konnte mooi Wind und mooi Fang gebrauchen.

Auch Jan Greun, Simon Fock und Hinnik Six, seine Macker, die nicht weit hinter ihm saßen, ließen das Kirchenwort in die unerschrockenen Seemannsherzen hinein, wenn sie in Gedanken auch ein kräftiges Sprüchlein achtern anhängten, das bei Jan hieß: Herr Pastur, de verdreihten Dänen ne vergeten! Bei Simon lautete es: Amen, Herr Pastur: ober dat Is müt irst innen Dut, ans kann ik ne rut! Und bei Hinnik besagte es: De Büt, Herr Pastur, de Büt, de Büt, de hürt dor ok mit to!

Von den mittleren Bänken kam ein Weinen und Schluchzen. Dort saßen die Seefischerwitwen, in ihren schwarzen Kleidern und mit den dunklen Kopftüchern wie morgenländische Klageweiber anzusehen. Der letzte Jahrgang hatte die Stirnen auf der harten Holzlehne liegen, als sei kein Leben mehr in ihm: So wollten es die Sitte und der Schmerz. Zuhinterst saß die greise Geeschen Witten, tiefe Runen im Gesicht, das einer Landkarte ähnlicher sah als einem Menschenantlitz. Sie konnte nur noch für Tote beten, denn alles Leben hatte sie der See gegeben: ihren Vater, der 1843 vor der holländischen Küste über Bord gegangen war, ihren Mann, der in den sechziger Jahren während der Äquinoktien untergegangen war, ihren Bruder, den sich die See fünf Jahre später bei Amrum geholt hatte, ihre beiden Söhne, die vor neun Jahren mit ihrem neuen Ewer verschollen waren. Sie wohnte ganz allein in ihrem großen, leeren Dachhaus, zwischen Netzen und Segeln, die die Gebliebenen zurückgelassen hatten, und wunderte sich, daß sie immer noch lebte und daß auf ihrem Kirchenplatz nicht schon lange eine andere saß.

Einer aber war da, der hatte den Kopf nicht gesenkt und die Augen nicht zugemacht: Thees to Baben, der Segelmacher und Spökenkieker, der Blut stillen, Krankheiten besprechen, Hexen bannen und Schweine zum Fressen bringen konnte und die Gabe des Vorsehens und Vorhörens besaß. Er beobachtete den Pastor scharf, und als Bodemann die Augen schloß, machte Thees seine weit auf und starrte durch das verbleite Fenster, bis er ihn kommen sah, den langen, heimlichen Zug, der vom Deich stieg und über die Äcker, Gräben und Wischen wallte, ohne eines Weges oder Steges zu bedürfen, der durch die von selbst sperrweit aufgehenden Türen drängte und die Kirche füllte. Lautlos und gespenstisch besetzte er alle leeren Plätze und alle Gänge. Kopf an Kopf standen sie, die gekommen waren, die gebliebenen Fahrensleute, die alten und die jungen, die Schiffer und die Knechte. Mit weitgeöffneten, wasserleeren Augen sah der Segelmacher sie an. Wie sie über Bord gespült worden waren, standen und gingen sie, das Wasser leckte ihnen von den Südwestern, glänzte auf den Ölröcken und quoll aus den Seestiefeln. Der Spökenkieker sah sie und lugte, ob sie einen unter sich hatten, dessen Untergang am Deich noch nicht bekanntgeworden war. Dabei blieb er ruhig, denn er war an Spuk gewöhnt; nur wenn einer der Toten ihn ansah, schüttelte er den Kopf, als wenn er sagen wollte: An den Segeln hat es nicht gelegen, daß ihr geblieben seid, die Segel waren gut! Wobei er allerdings voraussetzte, daß er sie auch wirklich gemacht hatte.

Endlich – ein erlösendes Husten unten im Schiff, ein befreiendes Scharren oben auf dem Chor, ein dreistes Sperlingsgeschrei draußen in den Erlen und Eschen. Da vergingen Gespenster und Gedanken, die Sonnenstrahlen fingen wieder an zu spielen, und Alt-Bodemann bekam seine Sprache zurück. Und als er dann bei seinem Herrgott um den Hausstand anhielt und alle, die dazugehörten, um gottesfürchtige

Eheleute, Eltern und Herren, gehorsame Kinder und frommes und getreues Gesinde, da war die große Stille vorüber; die Konfirmanden machten wieder ihre verstohlenen Zeichen, die Mädchen kicherten und stießen einander im geheimen an, Gesine Külper dachte an den ersten Schnellwalzer, Thees Segelmacher stützte die Ellbogen auf die Brüstung und hörte so genau zu, als wenn er noch Pastor werden wollte, und die Fahrensleute rollten die Prüntjer geruhig wieder hinter die Kusen.

Klaus Mewes, der junge Seefischer, der in der Nähe der Orgel auf dem Chor saß, war von der Erinnerung an seinen Vater freigekommen, die ihn jäh befallen hatte, und konnte sich wieder seines guten Platzes freuen. Denn er hatte sich so zu Anker gehen lassen, daß er nicht allein recht in der Sonne saß, sondern auch aus dem Fenster sehen konnte. Hinter den Wischen und Gräben sah er den hohen Deich aufragen, und über den Stroh- und Pfannendächern der Häuser gewahrte er die Masten der Fischerfahrzeuge, die auf den Schallen und am Bollwerk lagen, und die Rauchwolken der Dampfer, die im Fahrwasser, hart am holsteinischen Elbufer, auf und ab fuhren: Dinge, die ihm Hirn und Herz mit Mut und Freude füllten.

Wenn er dieses Mal gleichwohl nicht sonderlich darauf achtete, so konnte nur sein Junge schuld daran sein, der unter seinen Augen unermüdlich neben der Kirche im Gras auf und ab ging. Er freute sich wie ein Stint, daß er ihn nicht mit hereingenommen hatte, wie es eigentlich seine Absicht gewesen war, als der Junge ihm mit dem Hund nachgekommen war und gesagt hatte, sie wollten das Gesangbuch tragen und ihn bis an die Kirchentür bringen. Denn hätte der Vogel Bunt so lange ruhig gesessen und geschwiegen? Sicherlich nicht – er wäre bald aufgestanden und umhergelaufen und hätte geguckt und gezeigt und gefragt und getan; beim stillen Eingangsgebet in der Fensternische hätte er gesagt, was jener Bauernjunge vom Osterende gesagt hatte, als er seinen Vater in den Hut gucken sah: Du, Vatter, lot mi ok mol innen Hot kieken! Den Klingelbeutel hätte er in den Händen gewogen und ausgerufen: Junge, Junge, Vadder, dor is ober plenni Monne in! Und Geeschen Witten hätte er laut gefragt: Diern, Geeschen, wat schreest du? Hest du dien Ontjen woll nix to freten geben? Wenn er aber zur Ruhe ermahnt worden wäre, hätte er geantwortet: Ick bün förn Pastur ne bang, Vadder! – oder eingewendet: de lebe Gott is ne bi Hus, Vadder, de kann mi nix seggen!

Es war weder vorwärts noch rückwärts aufzuzählen, was er alles angerichtet hätte, und es war besser, daß er draußen seine Wache abreißen mußte.

Der Seefischer lachte in sich hinein.

Als sie vor der Kirche angelangt waren, hatte Jochen Rolf sich zu ihnen gesellt und schalkhaft-ernst gemeint: Wenn der Junge mit hinein wolle, müßten ihm wohl erst die Taschen durchsucht werden, damit er keine Steine bei sich behalte und sie dem Küster an den Kopf werfe. Solle er aber draußen bleiben, dann wäre nur zu wünschen, daß der Pastor es kurz und knapp mache, damit der Junge nicht die Geduld verliere und alles in Brand stecke. Worauf der Vogel Bunt die Kirche von oben bis unten angeguckt und dann ernsthaft erwidert hatte, die brenne ja gar nicht, weil sie ganz aus Stein gemacht sei. Da war dem Seefischer ein köstlicher Einfall gekommen, er hatte den Jungen bei der Hand genommen und ihn neben die Kirche gelotst, ihm dort einen Apfelbaum und einen Birnbaum gezeigt und ihm gesagt, der eine sei der Großmast und der andere der Besanmast, und zwischen ihnen sei der Fischewer, und rechter Hand sei Steuerbord und linker Hand sei Backbord. Dat brukst mi ne to vertilln, hatte der Junge geeifert, dat weet ik jo all lang! Na, dann solle er aufpassen, war des Seefischers Entgegnung gewesen, er wolle einmal ausfindig machen, ob der Junge schon etwas könne, ob er schon zu etwas zu brauchen sei; darum solle er auf dem Ewer zwischen den Bäumen Wache gehen wie auf See in der Schollenzeit, zwei Stunden hindurch. Der Kompaß läge Nordwest an: Er solle darauf achten, daß er nicht aus dem Kurs komme, solle aufpassen, daß die Segel immer voll Wind seien und nicht klapperten, und guten Ausguck halten, damit er keine Haverie mit anderen Fischewern habe. Der Junge hatte wie ein Großer genickt und war von Herzen damit einverstanden gewesen, er hatte sogleich das Deck mit großen Schritten ausgemessen, hatte Großmast und Besan mit den wirklichen Masten verglichen und den Kopf in den Nacken geworfen und die Äste auf ihre Eignung als Giekbaum und Gaffel geprüft.

»Van Burd dött ik ober doch ne gohn, ne, Vadder?« hatte er noch gefragt.

»Och du Dösbattel«, war des Seefischers Erwiderung gewesen, »kannst du ok van Burd gohn? Büst doch up See, is doch all Woter üm di rüm.«

»Is ok jo wohr! Wat is Seemann denn?«

»Seemann?« Klaus Mewes hatte den struppigen Hund ergriffen und an den Birnbaum gesetzt. »Sitten blieben, Seemann! Dat is dat witte Nachthus, Störtebeker, un sien Nüff, dat is de Kumpaß.« Nun wisse er wohl alles; er brauche nicht immer am Ruder zu stehen und das Helmholz festzuhalten, sondern könne geruhig auf Deck hin und her gehen, wie die Fischerleute es täten, hatte der Seefischer geschlossen und war in die Kirche getreten, während der Junge unter dem Geläut der Glocken und dem Gebraus der Orgel an seine erste Schiffswache gegangen war.

Jetzt war Bodemann schon mitten in der Predigt, und der Junge ging immer noch ernst und wachsam zwischen Apfel- und Birnbaum auf und nieder, als ob er wirklich an Bord sei, denn er wollte beweisen, daß er schon groß genug wäre und allein die Wache gehen könne. Er wollte zeigen, daß er schon mit der See klarkommen könne, damit sein Vater ihn im Sommer mit auf den Ewer nahm, wie er ihm versprochen hatte. Wie nach Segeln blickte er nach den Zweigen hinauf. Einen Buchfink, der im Wipfel des Apfelbaumes saß, ließ er sich als Flögel gefallen. Er hatte die Hände nach Fischerart tief in die Hosentaschen gesteckt und pfiff gefühlvoll vor sich hin, spuckte auch einmal großartig in die See hinein, als wenn er bange sei, daß er kein Wasser genug habe und aufs Trockene komme.

Es schien stürmisch zu sein, denn alle Augenblicke wehte ihm das weiße Nachthaus über Bord, sei es, weil eine Ratte über den Graben schwamm oder weil sich eine Katze auf der Wurt des nahen Bauernhofes sonnte. Junge, was war das für ein Stück Arbeit! Was sollte der Wachhabende tun? Nachlaufen konnte er nicht, denn ringsum war Wasser, das keine Balken hatte; er verlegte sich deshalb auf Rufen und Pfeifen, und wenn es nicht half, dachte er schließlich: Och wat, nu jump ik eenfach ober Burd. Ik kann jo swümmen – und lief nach der Wurt oder nach dem Graben, ergriff sein Nachthaus und schleppte es zurück, wobei er pustete, als wenn er wirklich im Wasser sei, stellte es wieder an den Birnbaum und sagte: »Du müß sitten blieben, Seemann, ans hebb ik keen Kumpaß!« Dann guckte er verstohlen nach den Kirchenfenstern hinauf, denn er war sich nicht ganz sicher, ob er über Bord springen durfte.

Klaus Mewes sah es wohl und högte sich über ihn, während ihm das Blut, das die Sonnenstrahlen geweckt hatten, heftig und stark in den Schläfen klopfte. Das war sein Junge, der kleine Mann mit den hellen

Haaren, den blauen, nordischen Augen und dem wettergebräunten Gesicht, der eine graue, wollene Matrosenmütze aufhatte, um den Hals ein schottischbuntes Tuch trug, einen weißblauen Buscherump und eine marineblaue Büx anhatte und auf braunen Segeltuchschuhen ging wie ein Janmaat, der auf Freiwache ist und sich landfein gemacht hat. Das war sein Junge! Wer den so gehen und stehen sah, dem mochte wohl das Gedicht von Uhland einfallen: Jung Siegfried war ein stolzer Knab... Durch die Brust seines Vaters brauste ein solches Lied, das die Orgel übertönte.

Wieder nahm Klaus Mewes sich freudig und heilig vor, einen Fahrensmann aus ihm zu machen, einen Seefischer, einen so furchtlosen und verwegenen wie Finkenwärder noch keinen gehabt hatte. Noch diesen Sommer wollte er ihn mit nach See nehmen, ob auch die Mutter weinte und die Leute den Kopf schüttelten. Lachend wollte er ihnen trotzen, denn er war es nicht gewohnt, auf andere zu hören, weder an Land noch auf See. Wie seinen Ewer, so steuerte er auch sein Leben selbst.

Ja, Klaus Störtebeker sollte ein Fischermann werden!

Der Junge hieß Klaus Mewes wie er selbst, aber das ganze Eiland, mit Ausnahme von Gesa, nannte ihn Klaus Störtebeker, einmal, weil er wirklich ein großer Strömer und Liekedeeler war, ein Brite und Tunichtgut, dann, weil sein grüner Kahn diesen Seeräubernamen an Steven und Gatt trug, schließlich auch wegen des Großvaters, dem er noch ähnlicher sehen sollte als seinem Vater, wie die alten Leute behaupteten, der auch Klaus Mewes geheißen hatte, wegen seines Freibeutertums aber allgemein Störtebeker genannt worden war. Was den kleinen Klaus Mewes betraf, so war der mit seinem Seeräubernamen so einverstanden, daß er auf seinen wirklichen nicht mehr hörte; rief einer Klaus, so sagte er: Klaus gifft en ganzen Barg! Nannte ihn einer Klaus Mewes, so erwiderte er: Dat is mien Vadder, du anner! Erst bei Störtebeker ließ er sich ermuntern und antwortete.

Klaus Mewes freute sich. Wie treu der Junge Wache ging, wie genau er das Deck abmaß! Da war kein Schritt zu viel und keiner zu wenig. Wenn er sich beim Birnbaum umdrehte, vergaß er niemals, nach dem Kompaß zu sehen und die Segel zu prüfen, wenn er beim Apfelbaum angekommen war, spähte er luvwärts und leewärts über die See. Mit großem Behagen und einiger Verwunderung bemerkte der Seefischer diese Einzelheiten, die ihm sagten, daß der Junge ihm und den anderen

Fahrensleuten schon viel mehr abgeguckt hatte, als er glauben wollte. Nichts störte den kleinen Fischer, der wußte, daß er auf See war und kein Land in Sicht hatte, und der sich weder um die vorbeigehenden Kinder kümmerte noch den vorüberrollenden Wagen nachlief.

Daß der Seefischer bei diesem Ausguck viel von der Predigt hörte, war nicht zu verlangen; er wurde kaum gewahr, daß der goldene Stern oben an der Orgel klingend lief, einem Hochzeitspaare zur Feier, und hätte sogar den Klingelbeutel übersehen, wenn der ihm nicht direkt unter die Nase gehalten worden wäre. Nur der Gesang lenkte ihn eine Zeitlang von seinem Jungen ab, denn es brauste gewaltig durch die Kirche: Krist Kyrie, komm zu uns auf die See! Im Innersten ergriff es ihn, denn das war kein Gesang mehr. Wie ein weher Ruf, wie ein todesbanger Schrei hörte es sich an und schlug wie Meereswogen um die kahlen Pfeiler, es war, als wenn die Stürme sich wieder erheben und die See und die Herzen aufwühlten, die Segel und die Seelen zerrissen, als wenn Geisterlaute, die Stimmen der Ertrunkenen, der Verschollenen, sich hineinmischten. So furchtbar drückte der Küster auf die Tasten, der an seinen gebliebenen Sohn dachte, so übermächtig sangen die Fahrensleute.

Klaus Störtebeker sah sich besorgt um und dachte, es komme Wind auf, weil es mit einem Mal so brauste. Aber er durfte und wollte sich nicht bange machen lassen und ging deshalb wieder auf und ab zwischen den Bäumen, deren Stämme der Hasen und Raupen wegen mit Kalk bestrichen waren. Unverdrossen hielt er aus, bis der Mond aufging, der stille, milde Freund der Menschen: Peter Wittorfs rundes, glänzendes Vollmondgesicht erschien in der Schalluke auf dem Turm. Die Glocke mit der Aufschrift: Ut dat Füer bün ik floten / Peter Struve hett mi gotenAus dem Feuer bin ich geflossen, Peter Struve hat mich gegossen. begann, sich leise knarrend zu wiegen, schwang sich höher und höher, bis der Klöppel dröhnend gegen den Mantel schlug und das helle Geläut sich erhob. Die Türen wurden aufgestoßen, die Jungen stürmten heraus, als sei drinnen eine Feuersbrunst ausgebrochen, die Mädchen drängten nach, dann kamen die Fahrensleute und die Frauen. Da ging das Nachthaus bellend in die Binsen und war nicht wieder in Sicht zu bekommen, so laut Störtebeker auch rief und pfiff. Aber wenn er nun auch ohne Kompaß war, so hielt er dennoch getreulich aus und verließ seinen Posten nicht, bis sein Vater lachend zu ihm trat und ihn erlöste.

Ob er auch Haverei gehabt hätte? Nein, nur das Nachthaus wäre siebenmal über Bord gegangen! Ob der Fang gut gewesen sei? Ja, bannig gut, ein feiner Streek, hundert Stiege, große Südschollen! »Deubel ok, du kannst dat ober!« lobte Klaus Mewes.

»Ja, Vadder, dat harrst di woll ne dacht, wat? Nimm mi man mit no See, denn schallst mol sehn, wat wi de Fisch belurt!« sagte der Junge mit blitzenden Augen und fuchsklugen Nasenlöchern.

Der Seefischer aber warf ihm das Gesangbuch hin und erwiderte, sie wollten erst mal sehen, ob die Klütjen noch schmeckten. »Kumm, Seemann!« Und er schechtete groß und heiter auf dem Kirchenweg entlang und überholte eine dunkle Reihe nach der andern. Immer größer wurden seine Schritte, so daß Störtebeker in Sprüngen laufen mußte, um mitzukommen, und Seemann, der weite Wege gar nicht gewohnt war, weil er sonst nur von Backbord nach Steuerbord zu wackeln brauchte, seine rote Zunge als Notflagge aussteckte, was Klaus Mewes aber nicht bewegen konnte, sich aus der Fahrt laufen zu lassen.

Der Seefischer lachte und sprach laut, ohne sich an die mißbilligenden Blicke der Alten zu kehren. Was ging es ihn an, daß auf dem Kirchenweg nicht gelacht werden sollte? Er tat, was er wollte, und aß, was ihm schmeckte, der große Klaus Mewes, der getrost seine Segel dem Wind bot, weil er keinen mürben Kram fuhr; der wußte, daß er den besten Ewer unter den Füßen hatte, mit dem sich etwas beschicken ließ, und der Herr und König seines Lebens war. Nicht umsonst hatte er Tag und Nacht, bei jedem Wind und Wetter, seine deutsche Flagge auf dem Besan wehen. Das war der Tiefe seines Wesens entsprungen und entsprach seiner Liebe zu seinem Fahrzeug, seiner Wikingerlust an der Seefahrt. Hatte der Wind das bunte Tuch zerfetzt, dann zog er unbekümmert eine neue Flagge auf und ließ weder Furcht noch Aberglauben in seine Seele hinein. Sonnigen Herzens pflügte der glückliche Fischer die See, lachend strich er den reichen Segen ein, den sie für ihn hatte, und wenn der Fische noch so viele waren. Fremd war ihm das alte, heidnische Gefühl, das den Bauer bewog, sein Feld nicht ganz zu mähen, sondern eine Ecke Hafer stehenzulassen, für die Götter, für Wotans Schimmel.

Sie sagten, man solle und dürfe niemanden aufs Wasser weisen. Wer den Weg nach dem Schiff nicht von selbst finde, aus dem könne doch kein Seemann werden. Am besten aber sei es immer noch gewesen, wenn einer gegen seiner Eltern und aller Willen zur See gegangen sei. Was scherte das Klaus Mewes, den Lachenden? Er sprach mit seinem Jungen über nichts als Fischerei und Seefahrt und erfüllte ihn mit nichts anderem, als daß er Fahrensmann werden müsse und solle. Was für Last hatten die Frauen am Deich, daß sie die Kinder vom Graben und von der Elbe fernhielten, daß sie sie aus den Booten und Kähnen herausbrachten! Goh man ne bit Woter! war ihr zweites und drittes Wort. Was tat Klaus Mewes? Er lachte und sagte: »Goh man betjen bit Woter, Störtebeker! Schipper man mol, klüs man mol not Fohrwoter raf, seil man betjen, swümm man mol, dor liggt de Boot, dor is de Kohn!«

Und eines brannte er dem Jungen wie mit glühendem Eisen ins Herz, drückte es tief und unverwischbar, unauslöschlich ein: Ne bang warrn! Nicht bange werden, sonst kommst du nicht mit nach See! Nicht bange werden, zu keiner Zeit und Stunde, einerlei, ob es hell oder dunkel ist. Ob es donnert oder blitzt oder weht, weder auf dem Wasser noch an Land, weder in den Masten noch auf den Bäumen, weder vor Menschen noch vor Tieren, weder vor Lebendigen noch vor Toten. Nicht bange werden, nicht bange werden!

Und der Junge nahm es auf wie das Segel den Wind. Bang dött ik ne warrn, ans komm ik ne no See, sagte er sich immer wieder, wenn ihm etwas Furcht einjagen wollte; so wurde er dreist und verwegen, wie sein Vater es wollte.

Sie hatten die Höhe des Deiches erreicht, und Klaus Mewes blickte aufatmend über die Elbe. Wenn er auch die Fischerewer noch im Wintereis sitzen sah, das nicht von den Schallen schmelzen wollte, so fischte und segelte er doch im Morgenlicht mit allen Segeln bei Helgoland. Und wenn Störtebeker sich auch noch mit dem Gesangbuch abschleppte, so hatte er ihn doch schon an Bord und wies ihm die Feuerschiffe vor der Elbe und die Lotsenschoner auf See.

Da grüßte sein Ewer über das Eis, er sah seine Flagge flattern – und seine Seele faßte noch mehr Wind, sie setzte die letzten und höchsten Segel.

Zweiter Stremel

Klaus Störtebeker stand auf dem Deich, hatte die Hände hohl um den Mund gelegt und rief die Leute. »Kap Horn und Hein, wat eten! Wat eten! Wat eten!«

Endlich entstiegen sie der Kombüse, winkten mit der Hand zum Zeichen, daß sie verstanden hätten, und kamen über das Eis.

Dann setzten sie sich drinnen zu Tisch, wie es sich gehörte. Auf der Bank mit dem Blumenkranz, dem Namen und der Jahreszahl saß zuoberst der Schiffer, rechts von ihm der Knecht, der Bestmann, vor ihm der Junge, Störtebeker aber neben ihm auf dem bunten Bankkissen.

Gesa trug die vollen, dampfenden Schüsseln auf. Es gab frische Suppe mit bunten Korinthenklütjen. Safran, Suppenkraut und Muskatnuß fehlten nicht daran, und ein Stück Fleisch, wie ein halber Ochse groß, kam dazu auf den Tisch.

Eine stille Pause, dann ergriff Klaus Mewes den großen, blanken Schöpflöffel und füllte sein Fatt, seinen Teller. Als er genug hatte, gab er den Löffel dem Knecht. Störtebeker bekam ihn zuallerletzt, obgleich er vielleicht am hungrigsten war. An der alten Schiffsordnung, die am Deich galt, durfte nicht gerüttelt werden, obschon Klaus Mewes sich sonst wahrlich nicht an das alte Wort kehrte: Flesch förn Schipper, Klütjen förn Knecht, Kantüffeln förn Jungen. Er gab ein Essen, wie es selbst die großen Bauern nicht besser geben konnten.

Bi Disch ward ne snackt. Das war nichts für Klaus Mewes, da hätte ihm wohl einer ein Pechpflaster auf den Mund kleben müssen, wenn er das gesollt hätte. Er sprach und lachte, ohne sich etwas dabei zu denken, und ließ sich auch durch die verweisenden Blicke seiner Frau nicht aus dem Kurs bringen.

Störtebeker aß fünf Klöße, Gotts den Donner, wat kunnt angohn!

»Vörre Hand weg, Vadder«, versicherte er, »ohn uttoseuken; wenn ik no de lütjen langt harr, harr ik wenigstens söben upkregen.«

»Oder söbenuntwintig«, gab der Knecht trocken drein, aber Störtebeker verstand den Spott nicht.

»Ik wull, wi eten irst lebennige Schullen, Vadder, de smeckt noch en barg beter!«

»Dat wull ik ok«, rief Klaus Mewes und blickte nach seinem Ewer hinaus.

Er hätte ja die Schollen annehmen können, die Jan-Ohm von der Aue geschickt hätte, meinte Gesa, aber er wehrte ab und sagte, das wäre ja noch schöner, wenn der Fischermann sich die ersten Schollen ins Haus bringen ließe! Gott solle ihn bewahren: Die müsse er selbst aus der See geholt haben, oder sie schmeckten ihm nicht. Er sah seinen Jungen an: »Ne, Störtebeker?«

»Jo, Vadder!«

Nachmittags standen die drei am Fenster und knütteten, Klaus, der Schiffer, Kap Horn, der Knecht, und Klaus Störtebeker. Hein Mück, der Junge, hatte Urlaub genommen. Die drei aber klapperten mit den Schegern und fuhren mit den Nadeln in der Luft herum, obgleich Gesa mit der Sabbatschändung uppen Sünndagnomerdag keineswegs einverstanden war und eine Lippe zog. Aber die Netzmacher ließen sich nicht stören.

Kap Horn war der Bestmann, der Steuermann, Klaus Mewes' Knecht. Er hieß eigentlich anders, aber auf Finkenwärder nannten sie ihn allgemein Kap Horn. Viele sagten auch Korl Horn, namentlich die Gören.

Er war ein Janmaat alten Schlages, der lange Jahre auf großen Schiffen gefahren hatte, auf hamburgischen und englischen, der im Südatlantik Albatrosse geangelt und bei Grönland Walfische harpuniert hatte und dreißigmal unter der Linie durchgekommen war. Warum er von der großen Fahrt abgemustert hatte und vom Viermastvollschiff auf den Fischerewer geklettert war, wußte niemand. Er fuhr schon zwölf Jahre bei Klaus Mewes und war fast zu einem Finkenwärder geworden, nur in seiner Sprache war noch ein hamburgischer Ton, und ergab oft ein englisches Wort drein. Auch hielt er sich als alt- und weitbefahrener Matrose für etwas Besseres als die anderen Fischerknechte, die doch höchstens holländisch oder dänisch sprechen gehört hatten.

Wenn jemand mit Fahrten und Reisen prahlte, dann pflegte er einfach zu fragen: »Kap Horn?« Und wußte der andere dann nicht einmal, was gemeint war, so spuckte er verächtlich aus; verneinte er, so drehte er sich um und sagte, mit Bierfahrern verkehre er nicht. Bekam er aber ein Ja als Antwort, so fragte er schnell: »Veel mol?« »Dree oder so.« Dann lachte er und sagte: »An mi kannst nich klingeln, old boy: Ik bün soßtein Mol um Kap Horn seilt, un nu lot dien Prohlen man en bitten no.« Bei einer solchen Gelegenheit war er auch Kap Horn getauft worden.

Nun stand er backbords von seinem Schiffer am Fenster und war bei einer weißen Manilakurre. Klaus Mewes arbeitete an einem Zungensteert, mit dem er nur langsam weiterkommen konnte, und Störtebeker hatte etwas in der Mache, von dem er steif und fest behauptete, daß es eine Bunge werden sollte, ein Reifenkorbnetz für Hechte und Schleie, während Kap Horn auf ein Zwiebelnetz tippte und Klaus Mewes es für eine Staatsgardine für den Krähenkäfig hielt. Wie Weberschiffchen flogen die Nadeln hin und her, und auf den Schegern reihte sich Masche an Masche. Dabei aber wurde ausgiebig geklönt, denn niemand hatte uppen Stutz zu mindern und Maschen zu zählen, also besonders aufmerksam zu sein. Einmal frischte Kap Horn sogar ein altes Matrosendöntje, von St. Pauli auf und begann zu singen:

»In England geiht dat lustig her,
dor bot se Scheepen grot und swor,
een bannig Deert von Ungetüm
dat sall jo de Gretj Astern sien!
Lang is dat Deert twee dütsche Mil,
hoch annerthalf von Deck to Kiel,
Soß Masten, hoch bet an den Moon,
acht Dog brukt een, um roptogohn...«

Weiter kam er aber nicht, denn Gesa, die beim Graben gewesen war und die Enten gefüttert hatte, trat in die Dönß und untersagte ihm den Hymnus mit den Worten:»Sünndogs ward ne sungen, Korl!«

Gesa, die ihren Jungen stets Klaus nannte und von seinem gräßlichen Seeräubernamen nichts wissen wollte, gab auch Kap Horn nicht seinen Spitznamen, sondern nannte ihn ehrbar Korl und meinte ihm wunder was für einen Gefallen damit zu tun.

Janmaat verteidigte sich aber:»Wenn ik arbein sall, mutt ik ok singen, Gesa.«

»Arbein schall? Keen seggt die dat? Pack dien Kurr man getrost tohop un mok man Fierobend un les man mol inne Bibel,« priesterte sie, und als Klau Mewes herzlich lachte, fuhr sie erregter fort:»Ji dree sündt jo woll ne, sünd woll rein mall worden, stillt jo uppen Sünndag vört Finster hin und knütt! Weet ji ok, keen sünndogs arbeit?«

»Uns Herr Pastur!« sagte Klaus.

»Ne, de Bedelmann! För uns Lüd is de Week dor!«

Klaus erwiderte gelassen, es müsse aber sein, denn es sei Tauwetter, und das Eis könne mit jeder Tide abtreiben, so daß sie fahren müßten. Er wolle die beiden Kurren bis dahin aber fertig haben, denn bei der Fischerei unterbliebe das Knütten doch wieder.

Und er müsse seine Bunge auch klar haben, verteidigte Störtebeker sich, denn sein Vater solle sie ihm noch einstellen. Was sie wohl meine, die ganzen Gräben säßen voller Hechte.

Dann sollten sie mit ihrem Kram nach der Küche oder nach dem Boden oder nach dem Ewer gehen, fing Gesa wieder an, die sich über sie ärgerte. Sie sollten sich doch nicht von den Leuten sehen lassen, denn am Deich sprächen sie sicherlich wieder davon und hielten sich darüber auf.

»Lot jüm, Mudder«, erwiderte Klaus sorglos, »ik blief doch hier, mag to giern sehn, wenn welk uppen Diek langs goht un mi inne Finstern kiekt.«

Und er füllte die Nadel, die leer geworden war, und knüttete weiter.

Gesa aber ging kopfschüttelnd aus der Stube und machte sich in der Küche zu schaffen, von wo sie über die Bauerndächer und Obstbäume nach ihrer Heimat sehen konnte, nach den blaugrauen Bergen der Geest. Sie konnte die Fischer nicht verstehen. Sie war noch keine Fischerfrau geworden und fühlte wieder mit bitterem Schmerz, daß aus ihr niemals eine werden konnte. Immer noch graute ihr vor dem Wasser, und alle Schiffahrt war ihr fremd und unverständlich. Sie konnte sich nicht helfen. Das eine ließ sich nicht abschütteln und das andre nicht lernen. Klaus rüstete mit Gewalt zur Fahrt; sie sah ihre böse Zeit kommen, sie hörte schon den Regen gegen die Fenster schlagen und den Wind an der Tür saugen und wußte nicht, wie sie es wieder ertragen sollte, ihren Mann auf See zu wissen. Sie liebte ihn tief und heiß und lag in seinen Armen wie im Sonnenschein, aber seine Fahrten machten ihr bange, und sie wünschte im Herzen nichts sehnlicher, als daß er kein Seefischer wäre, sondern Bauer oder Handwerker oder sonst etwas an Land. Konnte er nicht sein Fahrzeug verkaufen, wie andere Fischer es getan hatten?

Aber Klaus Mewes – und das tun? Sie mußte doch lächeln über den Gedanken. Bis Blankenese müßte es gewiß zu hören sein, sein Lachen, wenn sie davon spräche, daß er an Land bleiben solle.

Da saß sie nun in ihrem Glück, um das die ganze arme Heide sie beneidete, war eine große Seefischerfrau mit Haus und Hof und Deich, der jede Reise die Hundertmarkscheine auf den Tisch flogen, und war doch nur ein armes Weib voll Unruhe und Bangigkeit, was immer und überall Wetter und Wolken aufsteigen sah und seines Lebens nicht froh werden konnte. So manchen Tag sehnte sie sich nach der stillen, einsamen Geest zurück, wo sie nichts von Schiffen und von Seefahrt gewußt hatte, manchen Tag, wenn die Elbe in Gischt und Schaum einherging. Wie ließ der Wind sie nicht einschlafen, wie oft jagten die Blitze sie aus dem Bett, wie oft schreckten sie die Stimmen der geängstigten Schiffahrt im Nebel! Und immer allein zu sein! Der Mann war auf See, der Junge auf der Elbe. Mit den Finkenwärder Frauen hatte sie wenig Verkehr und Freundschaft, weil sie fühlte, daß sie als Binnenländerin nicht ganz für voll angesehen wurde.

Wie wichtig sie sich in der Dönß taten! Als wenn sie sie gar nicht vermißten! Wie sie lachten, Klaus Mewes am lautesten!

Dieses Lachen hatte es ihr angetan, als er um sie geworben hatte, denn so hatte sie noch nie jemanden lachen gehört. Das hatte sie in seine Arme gedrängt, hatte sie von der Geest in die Marsch gelockt, von dem Heidehof in das Fischerhaus, und hatte sie nicht an die Not und Schwere des Seefischerlebens denken lassen. Vergessen war, was sie gehört und gelesen hatte von Sturm und Untergang. Wo einer so lachen konnte, da konnte weder Unglück noch Gefahr sein, hatte sie gemeint, als Klaus um sie freite.

Er lachte noch just so wie damals, er hatte es noch nicht verlernt, aber sie konnte es jetzt nicht mehr ohne Schmerz hören, es schnitt ihr ins Herz, wenn sie an das Finkenwärder Elend, an die Witwen und Waisen, an all die Tränen und unruhigen Stunden dachte, es kam ihr wie ein Frevel, wie eine Sünde vor. Daß er so verwegen war, machte ihr das Herz noch schwerer, und die trübe Ahnung früher Witwenschaft hing wie dunkles Gewölk über ihrem Leben.

Wie laut sie erzählten, die beiden Seefischer! Gewiß von nichts anderem als von Fahrt und See, und die durstige Seele des Jungen trank es. Der war schon der See verfallen, war dem Deich und ihr schon entfremdet und wurde es von Tag zu Tag mehr. Es war ja schon ausgemacht, daß er den Sommer mit an Bord solle; all ihr Bitten war bisher vergeblich gewesen.

Es war ein hartes Leid. An sie und ihre Heide dachte kein einziger, niemand kümmerte sich darum. Wie lange Zeit war sie nicht mehr zu ihren Eltern gekommen, die ihren Enkel kaum kannten! Klaus lachte, wenn sie davon sprach, sie solle gern hingehen und alle grüßen, aber was er auf der Geest solle? Er könne so weit nicht laufen. Den Jungen bekam sie fast nur mit Gewalt dazu, daß er mitging. Seitdem er wußte, daß sein Vater sich nichts aus der Geest machte, trug auch er kein Verlangen danach. Dort sei für einen Seefischer nichts zu lernen, echote er, dort gäbe es ja nur Heide und Sand und Steine und weiter gar nichts.

Schließlich aber ging Gesa doch in die Stube zurück, weil ihr zu kalt wurde, suchte ihr Strickzeug hervor und setzte sich neben den weißen Kachelofen.

»Kiek mol an, Mudder knütt ok, Vadder«, rief der Junge lustig. »Kiek mol an, Kap Horn, un uns will se wat seggen!«

Da mußte sie wider Willen doch mitlachen.

»Wat sä de Pastur denn Godes, Klaus?« fragte der Knecht. »Hette ok beet, dat dat Is bald doldrifft un wi no See seilen könnt?«

»Jo, dat segg man«, sagte Klaus und riß grimmig an seiner Kurre. »Ick wull, dor keum mol Westenwind achter!«

Er blickte über die Schallen, auf denen die Fleek, das dicke Eis, schon seit Fastelabend lag. Bis an den Nienstedter Fall, bis in die Mitte der Elbe stand es noch, zwar schwärzlich und mürbe, aber es hing doch noch zusammen. Dagegen war das Fahrwasser drüben schon fast frei von Eis, dort trieben nur noch große und kleine Schollen. Dort segelten denn auch schon die Fischerfahrzeuge vom Audeich, dem anderen Ende des Eilandes, dort kreuzten schon die Dreuchewer und Jalken, dort fischten schon die Altenwerder Jollen nach Stinten und Sturen und die Hamburger Smietnettfischer nach Butten, während das Neßgeschwader, das aus dreißig Ewern, neun Kuttern, sieben Wattjollen, einigen fünfzig Elbjollen und Booten bestand, noch im Eise festsaß und nicht mitkonnte. Die Auer und Blankeneser kamen schon mit den ersten lebendigen Schollen die Elbe herauf, einige hatten schon große Reisen nach der Weser gemacht. Klaus Mewes aber und seine Nachbarn saßen noch fest. Wenn der Eisbrecher binnen Wasser genug gehabt hätte, wäre ihnen längst geholfen gewesen, aber der große Beißer konnte nur eben den Rand ein wenig glattfressen.

Klaus Mewes sah, daß zwei weiße Kutter von einem kleinen Schlepper von Blankenese heraufbugsiert wurden, die sicherlich den Bünn voller Schollen hatten, und kam sehr in Fahrt. Seine Gedanken zertrümmerten das Eis und brachen sich einen Weg nach dem offenen Wasser.

»Kap Horn, wat meenst dorto, wenn wi sülben Isbreker speelt?«rief er.

»Wat seggst du, Klaus? Du wullt en Isbreker utgeben?« fragte der alte Janmaat, der gerade mit brausendem Monsun in den Segeln zwischen dem Kap der Guten Hoffnung und Singapur schipperte und deshalb nicht zugehört hatte.

»Wi weut di bi Isbrekers«, warf Störtebeker laut dazwischen, »swarten Kaffee schallst du hebben!« Klaus aber hatte seinen Plan schon unter Segeln. »Wi möt allemann bi«, rief er. »Hütz mitte Mütz, Lütjfischers un Seefischers, Schippers und Lüd! Wi stekt uns beiden Kurrlienens ut un spannt uns alltohop vör un denn teht wi an! Schallst mol sehn, wo gau wi denn not Fohrwoter raf kommt!«

»Jä!«

»Wat jä? Meenst, wat wi ne soveel Hölpslüd uppen Hümpel kriegt?« fragte der Schiffer.

»Ik hilp ok mit«, versicherte der Junge wichtig, »ik kann wat tehn, Vadder!«

»Du bliffst hier, Klaus«, kam es aber mit Gegenwind vom Ofen her. »Meenst du, wat du dor ünnert Is kommen schallst!«

An Hilfsleuten würde es wohl nicht fehlen, gab der Knecht zu, aber wer würde sein Fahrzeug zum Eisbrecher machen wollen? *Das* sei der Knoten!

Der am weitesten im Eis stecke, erwiderte Klaus. Er selbst! Er wolle es wagen, sein Ewer sei einer der stärksten und könne es am besten ab, er wolle gleich am andern Morgen alles klarmachen, und Kap Horn solle dann den Deich abklopfen und es aussingen, daß die Eisbrecherei mit Hochwasser anfangen solle. »Denn könnt wi offermorgen all up de Schullen dol, Mudder!«

»Huroh, offermorgen geiht no See!« rief der Junge, warf die Bunge hin und machte, daß er hinauskam. In voller Fahrt lief er den Deich entlang, daß die Enten im Graben ein lautes Gequark anstimmten und sich erst nach und nach von dem grünköpfigen Wart beruhigen ließen: Wat, wat hebbt ji egentlich, dat, dat is de Jung doch jo bloß, so schnatterte der Wart.

»Du kummst ober noch ne mit«, wollte Klaus gerade sagen, aber er kam gar nicht mehr dazu. Der Junge war schon um die Huk, er hörte auch nicht mehr, daß Gesa laut ans Fenster klopfte und ihn zurückrufen wollte.

»Wat will he? All Bescheed seggen?« fragte Kap Horn lachend, aber sein Schiffer lachte noch lauter und sagte: »De? Ne, de will no den Schoster hin un sien Seestebeln holen. Wenn de klor sünd, schall he jo mit an Burd, un he will woll all gliek de irste Reis giern mit.«

»Dor hest du ok wat scheunes mokt, Klaus«, sagte Gesa kopfschüttelnd, »dat du em de Stebeln anmeten loten hest! He löppt elken Dag söbenmal hin und kött an! De Schoster seggt, he kann em all gorne mihr hinholen.«

»Jä – du liebe Zeit«, erwiderte er, »endlich will de Bur de Koh betohlt hebben und de Jung will tolezt ok mol sien Stebeln hebben. De Schoster kanns ok jo man klor moken, denn hett he jo wedder sien geruhigten Nachten.«

»Un denn?«

»Denn nehm ik den Jungen mit no See, Mudder, dat weest du jo, dor is jo all genog ober snackt worden«, sagte er sicher.

Sie war aufgestanden und erwiderte mit erregter, heiserer Stimme: »Un ik segg di soveel, Klaus Mees, du kriegst den Jungen ne mit no See. Wenn he noher grot is un ut de Schol, denn nimm em in Gotts Nomen hin, denn will ik nix mihr ober em to seggen hebben. Aber so lang hürt he mi, mien Mudderrecht lot ik mi ne nehmen! Is genog, wat ik em soveel uppe Ilw loten mütt: no See schall he noch ne!«

»Geef di, Gesa«, beschwichtigte Klaus gelassen, während Kap Horn, der zu dem Streit nichts sagen wollte, heimlich aus der Tür ging und mal über den Westerdeich guckte. »De Jung *kummt* düssen Sommer mit no See, dat is so gewiß as de Heben. He schall bitieds seefast warrn!«

»Ik lied dat ne un lied dat ne!« beharrte sie leidenschaftlich. »Du hest en reinen Vogel mit dienen Jungen, weest dat? Keen een van de Seefischers nimmt son lütjen Boitel all mit an Burd, de kum en Büx mit Verstand dregen kann.«

Er machte geruhig seine Maschen. »De hebbt ok ne son Jungen as ik«, sagte er. »Lot mi man, Gesa. Ik bün en rechten Fischermann un will en rechten Fischerjungen ut em moken, un ut di will ik ok wat rechts moken, Diern! Weest, wat dat is?«

Sie gab keine Antwort.

»En rechte Fischerfro, Gesa! Weest du wat, Diern? Du geihst ok mit no See, man to, denn wardt irst mooi! Kiek di mien Fischeree mol mit egen Ogen an!«

Sie schüttelte starr den Kopf: »Dat kann ik ne, Klaus! Wenn ik dat kunn, denn harr ik dat vullicht all lang don, ober ik kannt ne!«

»Dat kummt uppen Verseuk an«, erwiderte er. »Goh man mol mit, un du schallst mol sehn: Buten ist en barg beter as binnen!«

»Klaus, gläuf mi dat doch to: Ik kann dat ne, ik warr seekrank und starf di all vör Angst. Mi grot to dull vört Woter!«

»Jo, du büst en grote Bangbüx«, schalt er, dann aber tat ihm sein herber Ton leid, und er tröstete: »Ober dat schall sik woll noch all geben, mien Diern, paß man up, du warst noch en gode Fischerfro, de Banghaftigkeit gifft sik mit de Johren.«

»Ne, de gifft sik ne, dat weet ik«, sagte sie tonlos und ging aus der Stube, weil ihr die Tränen kommen wollten.

Da blieb der große Seefischer allein bei seinen Kurren, aber er ließ sich den klaren Sinn auch durch die Stille nicht verwirren und ging nicht von seinem Kurs ab. Kap Horn kam herein und nahm seine Arbeit schweigend auf.

»De Jung kummt doch mit no See«, ließ Klaus Mewes sich vernehmen. Dann blickte er nach seinem Ewer und wartete auf Kap Horns Meinung.

»Klaus, ik will di mol wat seggen: Ik kunn dien Vadder sien. Als du geborn weurst, do krüz ik all bi Kap Horn rum un greep Albatrossen! De Mudder hett noch en Recht op den Jungen!«

»Och wat!« fiel Klaus ihm barsch ins Wort. »Ik hebb dat eenmol seggt un dorbi blifft dat: He kummt mit an Burd! Bi de Dierns geiht dat no de Mudder, ober bi de Jungens geiht dat no den Vadder! Sien Mudder seh jo upt leefst, wenn he Schoster oder Snieder warrn dä un keen anner Woter to sehn kreeg as dat innen Teeputt. Un wenn wi *blieben* schulln, Kap Horn, denn mokt se ok en Schoster oder Snieder ut em. Ober man keen Bang, Klaus Mees kann ne blieben!«

Der alte Knecht erhob warnend die Hand.

»Dat hett dien Vadder ok dacht oder seggt, Klaus Mees, un he is doch ne wedderkommen mit sien Ewer!«

Aber Klaus Mewes, der seinen Ewer für den besten von der Elbe hielt und sich für den besten Fischermann, blieb dabei, daß er nicht bleiben könne. Das war sein Wort von jeher gewesen, und seine gewisse, sturmgewohnte, sonnenfreudige Seele hielt daran fest: »Ik kann ne blieben, un ik blief ok ne!«

Störtebeker ließ sich auch wieder sehen, er nahm seine Bunge und fing wieder an zu knütten, aber er machte ein Gesicht wie ein Fischer, der nichts gefangen hat, und ließ die Unterlippe vorstehen, als wenn ein Schock Hühner darauf sitzen sollte. Der Knecht sah ihn belustigt von der Seite an und stichelte: »Na, Klaus Störtebeker, großer Seeräuber, wat sä de Schoster? Hett he de Söbenmielenstebeln noch nich klor?«
Da brach es bei dem Jungen los wie bei einer Stintflage, und er ballerte wie ein Großer: »Ik gläuf, de Knappen is verrückt oder splienig! Dat is oberhaupt keen Schoster, gläuf ik, de kan gorne schostern un gorkeen Stebeln moken! Dat is en Leisegänger, Vadder...«
Schiffer und Knecht konnten sich nicht mehr vor Lachen helfen, aber der Junge fuhr in seinen Schmähungen fort. »Jedesmol, wenn ik komm, seggt he: morgen; ober he kummt ne wieder as he is, de Tüffel.«
»Wat scheut de Stebeln denn all, Störtebeker?« fragte Klaus ernsthaft.
»Ik will doch mit no See, Vadder, un du hest doch seggt, wenn de Stebeln klor würn, denn schull ik mit«, antwortete der Junge zuversichtlich.
»Büst du denn ok nich mehr bang?« fragte nun Kap Horn lauernd. »No See dörft blot welk, de nich bang sünd.«
»Ne, Kap Horn, bang bün ik ne«, erwiderte der Junge treuherzig.
»Vörn dode Mus woll nich, Störtebeker, un vörn brodten Gnurrhohn ok woll nich, ober wenn di en lütjen Rottenbieter inne Meut kummt, denn neihst ut, wat kannst, un schreest: Mudder, Mudder, Mudder!«
»Lögen, Lögen, Lögen!« stritt Störtebeker und pikte ihn mit der hölzernen Knüttnadel. »Ik bün vör keen Hund bang un vör gornix!«
»Wenn du ober op See keen Land mehr sehn kannst, denn geiht dat Bölken doch los?«
»Ne, schreen do ik gewiß ne.«
»Denn warst du ober seekrank!«
»Ne, Kap Horn, ik warr ne seekrank!«
Das klang gerade so, als wenn sein Vater sagte: Ik blief ne! Und Klaus Mewes sah seinen Jungen an und dachte: Was soll in dem wohl anders stecken als ein Fahrensmann? Dann sagte er, und es klang wie ein Gelübde: »Man still, Störtebeker, du kummst to Sommer mit an Burd!«

Der Junge freilich hatte für die Feierlichkeit keinen Sinn und ließ ein enttäuschtes: »Och, to Sommer irst!« fallen, das den Knecht zu der Bemerkung veranlaßte, es wäre jetzt noch zu kalt auf See.

»Un dien Stebeln sünd ok jo noch ne klor«, gab Klaus zu bedenken, und Kap Horn kam noch einmal mit der bitterbösen Seekrankheit an den Wind.

Sie knütteten fleißig weiter; als es aber Flut geworden war und das Eis aufstand, die Ewer sich erhoben und das Wasser auf das Bollwerk stieg, hielt Störtebeker es nicht mehr aus, er ließ die Bunge liegen und nahm französischen Abschied.

»Neem schallt no to?« fragte sein Vater, aber er erwiderte beiläufig, er wolle füttern – und weg war er.

»Dat keum jo bannig zaghaft rut«, sagte der Knecht und sah ihm nach.

»Wenn de man nix anners in de Lur hett.«

Klaus dachte dasselbe, denn sonst pflegte Störtebeker die Fütterung seiner Krähe und seiner Kaninchen mit dem von seiner Mutter gelernten Spruch einzuleiten: Der Gerechte erbarmt sich seines Viehes.

Als einige Zeit vergangen war, legte Klaus Mewes den Scheger beiseite und ging binnendeichs. Wie er sich schon gedacht hatte, war von Störtebeker nichts zu erblicken. Die Kaninchen machten Männchen, als er den Deckel des Kobens lüftete, und ließen ihre Nasen in der Luft tanzen. Kluß aber, die alte Nebelkrähe, die er selbst einmal auf See gegriffen hatte, saß unbeweglich auf ihrer Stange und wagte nicht mehr als ein halbes Auge an seine Gegenwart. Er rief halblaut, damit Gesa ihn nicht hören sollte, aber er bekam keine Antwort. Dann guckte er nach den Stichlingsnetzen, die neben dem Hühnerwiem hingen; sie waren alle drei am Nagel: Fischen war der Junge also nicht. Er machte den Warbel vor und blickte über Wischen, Stegel und Binnendeich, aber da rührte sich nichts als Hannis Holsts gelber Kater, der um einen Mäusebraten verlegen war und die Stubben untersuchte. Tiefes Schweigen lag über den dunklen Gräben, und in den kahlen Wipfeln der Eschen und Erlen saß das nächtliche Grauen, das die See nicht hat, sondern nur das Land, und das den Seefischer darum einigermaßen bedrückte, als er sich nun aufmachte, seinen Jungen zu suchen. Er dachte aber nicht nach Weiberart an das Wasser und daß er hineingefallen sein könnte; übrigens wußte er ja, daß Störtebeker schwimmen konnte und nicht in einen Graben fiel, ohne wieder herauszuklettern. Aber er wollte wissen, wo er abgeblieben war.

So ging er über die Wurt zum Deich zurück und guckte mit seinen scharfen Augen über das Eis, er lief über die Blöschen nach dem Ewer, die Waken und Löcher umgehend; nichts war zu sehen als im Fahrwasser die Lichter, die gelben, grünen und roten, nichts zu hören als das raschelnde alte Reet und das Krachen der zusammenbrechenden Sickberge in der Weite.

Sollte der Junge wieder in der Kombüse sitzen, wie er es schon mehrmals gemacht hatte, um sich an die Ewerluft zu gewöhnen? Klaus Mewes turnte auf das Deck und stieg in die stille, dunkle Kajüte hinab, die ihm nun beinahe fremd vorkommen wollte, so tot erschien sie ihm ohne das sonst ständig brennende Licht.

Wo mochte der Junge sein?

Wieder an Deck, horchte er von neuem, aber er vernahm nur das Tuten eines Dampfers, der dwars von der Nienstedter Kirche fuhr. Seine Flagge auf dem Besan regte sich leicht im Abendwind, als er hinaufsah. Da schoß ihm jäh der Gedanke durch den Kopf: Wenn ik di bloß ne halfstock holen mütt! Aber er jagte ihn von dannen, kletterte über das Schwert und schritt über das Eis zum Bollwerk zurück. Im Osten glomm der Lichtschein von Hamburg auf, der dem Landfremden eine weit entfernte, ungeheure Feuersbrunst vortäuschte. Da dachte Klaus Mewes an die alte Fischfrau Beeken Focken, die 1842 schon verheiratet gewesen war, so alt war sie. Die hatte einmal bei ihm auf dem Deich gestanden und mit ihren braunen, knochigen Fingern nach dem östlichen Abendrot gewiesen und gesagt: Viel anders hätte das 1842 vom Deich aus auch nicht ausgesehen. Nun wäre Hamburg schon so groß, daß es jede Nacht einen so großen Brand hätte.

»Jä, Beeken, dat magst du woll seggen. Bi de veelen Wirtschaften«, hatte er lachend geantwortet.

Mit einem Mal drehte er sich um und sah Seemann auf dem Bollwerk stehen. »Neem ist Störtebeker, Seemann? Such! Such!« rief er hastig.

Seemann wedelte mit dem Schwanz zum Zeichen, daß er verstanden hatte, und setzte sich gemächlich in Bewegung. Er schwankte von dem langen Leben an Bord wie ein wirklicher Seemann von einer Seite nach der anderen, wenn er lief.

Klaus wußte schon Bescheid, es ging zur Neßkuhle, in der der Kahn lag. Der Junge schipperte gewiß oder goß das Wasser aus seinem Fahrzeug, das etwas ziepte. Da lag aber der Kahn unter den krummen Wicheln und war nicht abgeleint wie sonst, der Riemen lag dwars, und kein Junge war dabei. Jäh befiel ein ungeheurer Schreck den Fahrensmann, der auf der Doggerbank den bösesten Stürmen furchtlos in die Augen blicken konnte, und er lief in Sprüngen den Deich hinab.

»Klaus!«

Der Störtebeker blieb ihm dies eine Mal doch in der Kehle stecken.

»Hier bün ik, Vadder, wat schall ik?« rief Störtebeker, und eine dunkle Gestalt löste sich aus dem Schatten der Baumstämme, die den Schleusengraben wie Gespenster umstanden. Taumelnd kam sie näher und wäre umgefallen, wenn der Seefischer sie nicht aufgefangen hätte.

»Wat ist dor los, Störtebeker? Wat fehlt di? Büst du krank?«

Der Junge sah blaß aus, aber er lächelte doch schon wieder verloren.

»Jo, Vadder, ik bün seekrank un mütt mi jümmer speen.«

»Wat kummt dat denn?«

Der Junge wies auf seinen grünen Kahn. »Ik will mi seefast moken, Vadder, wat ik mi noher up See ne mihr to speen bruk. Un Jakob Husteen hett to mi seggt, denn müß ik jümmer miten Kohn dümpeln. Örk, örk – wat bün ik nu slecht toweg, Vadder, wat hebb ik förn bittern Gesmack innen Mund!«

Klaus wollte lachen, konnte es aber nicht, weil ihn die Tapferkeit des kleinen Kerls tief rührte, der so lange mit dem Kahn gedümpelt hatte, bis ihm schwindelig wurde, nur um sich seefest zu machen.

»Jä, Störtebeker, so geiht dat buten den ganzen Dag! Nu wullt doch gewiß ne mihr mit no See, wat?«

Aber der Junge nickte herzhaft und sagte: »Doch, Vadder! Morgen dümpel ik wedder, un offermorgen un den Dag, de denn kummt, ok, bit ik ne mihr düsig warr und mi ne mihr breken mütt! Ik will mi doch to Sommer van Kap Horn und Hein Mück nix utlachen loten!«

Klaus Mewes vertäute den Kahn in schiffergerechter Art, nahm seinen Jungen bei der Hand und ging mit ihm nach dem Neß zurück.

In der Dönß brannte schon die Lampe.

Als sie sich vor der Tür die Füße abschrapten, sagte Klaus halblaut: »Brukst Mudder dor ober nix van to seggen, hürst?«

»Segg du man nix, Vadder, ik will woll swiegen«, flüsterte Störtebeker kameradschaftlich und setzte sich in der Dönß gleich neben den Ofen, möglichst weit weg von der Lampe, bückte sich tief und zog umständlich die Stiefel aus, um sein Gesicht vor der Mutter zu verbergen, die gleich in richterlichem Ton fragte: »Non, neem kommt jü denn her?«

»Wi sünd mol no de Neßkul wesen«, berichtete Klaus Mewes der Wahrheit gemäß.

»Hest du ok natte Strümp, Klaus?«

»Ne, Mudder, knokendreuch!«

»Lot mol feuhlen! De un dreuch? De leckt jo vör Nattigkeit. Gliek treckst jüm ut!«

Störtebeker machte ein saures Gesicht, aber er freute sich doch, daß sie weiter nichts merkte, und wischte heimlich die letzten Spuren des Seefestigkeitskursus ab.

Nach dem Abendbrot wurde das Knütten noch eine Weile wieder aufgenommen, dann aber packten sie das Kurrengut zusammen und machten Feierabend.

Kap Horn suchte sich die alten Zeitungen aus der Bank hervor und las den Roman »Zehn Jahre unter der Erde oder Schuld und Sühne« mit aufgestützten Ellbogen. Wenn er dabei an Stellen kam, die ihm behagten, nickte er anhaltend, wogegen er bei Kapiteln, die nicht nach seinem Geschmack waren, ebenso ausdauernd den Kopf schüttelte. Ja, man konnte noch mehr aus seinem Gesicht erkennen, denn wenn er von Wind oder Sturm las (und in einem echten Seefahrtsroman weht und stürmt es ja alle drei Seiten), so pustete er leise vor sich hin. Las er von Liebe, so strich er sich über die Backen, gab es eine Mordgeschichte zu kauen, dann las er mit geballten Fäusten und so weiter. Wenn sie sturmeshalber hinter Norderney oder Wangerooge lagen, beobachtete Klaus, in der Koje liegend, seinen lesenden Knecht mitunter stundenlang und sagte dann zuletzt: »Nu will ik di mol vertillen, Kap Horn, wat du lest hest.« Und meistens stimmte es, was er dann erzählte, so daß der Knecht jedesmal erstaunt sagte: »Klaus Mees, ik gläuf, du kannst hexen.«

Diesen Abend aber kam der Schiffer nicht dazu, denn sein Junge ritt auf seinen Knien und bettelte um eine Geschichte.

»Ik weet uppen Stutz keen.«

»Och Vadder, vertill doch een! Du weest so veel.«

»Ne, ik kann nu keen tohopgrabbeln.«

»Och, man to, Vadder!«

»Non jo, denn ober ganz still wesen un eulich tohürn un noher ne wedder seggen, dat wür jo gorkeen Geschichte.«

»Ne, Vadder, dat segg ik ok nee«, versicherte Störtebeker, und sein Vater legte los.

»Non, denn hür to: Dor wür mol en Mann, de harr keen Kamm, to köfft he sik een, to harr he een...« Da hielt der Junge seinem Vater aber schon den Mund zu und schimpfte: »Dat ist keen Geschichte, dat ist Narrenkrom! Du schallst en euliche Geschichte vertillen!«

»Non, denn hör to: Dor wür mol en Mann, de wür in de Heid verbiestert, nu hür man god to! Dor wür mol en Mann, de wür in de Heid verbiestert...« Da hielt Störtebeker ihm wieder den Mund zu und sagte, das wäre auch Tüdelei.

»Non, denn hür to: To sett he sin Hot uppen Disch un seggt: Non denn so wißt, ich selbst bin Klaus Störtebeker!«

O weh – das hätte Klaus Mewes doch wohl lieber nicht vorbringen sollen, denn nun beutelte Störtebeker ihn regelrecht durch und heischte zwar etwas von Klaus Störtebeker, aber etwas anderes, nicht immer diesen einen Satz, den er schon tausendmal gehört habe.

Kap Horn legte den Finger auf das letzte Wort, das er gelesen hatte, sah auf und sagte: »Klaus Störtebeker büst du jo sülben, Junge, dor brukt di doch keen een wat von to vertellen.«

Gesa aber, die einen Flicken auf die englischlederne Hose setzte, sagte abweisend: »Lot den olen Seeräuber man ünnerwegens un nlumt den Jungen man ne jümmer Störtebeker. Den olen slechten Nom ward he jo sien ganz Leben ne wedder los.«

»De Nom is gornich so slecht, Gesa«, sagte Kap Horn ernsthaft, während Klaus Mewes lachte und meinte, den Namen habe er einmal weg. Klaus Störtebeker sei übrigens gar kein schlechter Mensch gewesen, wohl habe er den reichen Kaufleuten und den Königen ihr Gold und Gut weggenommen, aber den Armen habe er viel Gutes getan, noch jetzt würden die armen Leute zu Verden von seinem Geld gespeist. Und mit den Fischern habe er es auch nicht bös gemeint: Er störte sie nicht, und wenn er Fische holte, so bezahlte er sie reichlich.

So erzählte Klaus Mewes, was die Sage an der Wasserkante zusammengetragen hat von den Vitalienbrüdern und ihrem Hauptmann Klaus Störtebeker – und der kleine Klaus Störtebeker saß mit funkelnden Augen und glühenden Backen dabei und konnte nicht genug hören, wie sie Kopenhagen in Brand steckten, wie die zerfetzte gelbe Flagge im Sturm flatterte, wie sie mit den Hamburger Schiffen umsprangen, wie sie Ritzebüttel und Neuwerk wegnahmen und wie sie den schottischen König gefangenhielten. Als Klaus aber weiterging und von dem großen, breiten Graben auf Finkenwärder erzählte, der die kleine Elbe hieß, und daß Störtebeker dort oft mit seinen Schiffen auf der Lauer gelegen habe, da sprang der Junge auf, daß Kap Horn ausrief: »Neem ist dat Füer?« Er fragte: »Vadder, neem is de Groben?« Sein Vater beschrieb ihm diesen Graben und sagte, daß es damals noch keinen Deich gegeben habe und daß die kleine Elbe ein Priel von der großen gewesen sei. Aber er konnte es dem Jungen doch nicht recht verdeutschen, der sich einen so breiten Graben gar nicht vorstellen konnte, und es blieb schließlich nichts anderes übrig, als daß sie eine kleine, nächtliche Expedition zum Seeräubergraben ausrüsteten, die trotz aller Einwendungen von Gesa sofort ausrückte und der sich auch Kap Horn und Seemann freiwillig anschlossen.

»Klaus, blief hier, dor sitt de Brummkirl innen Groben un holt di!«

Der Junge lachte sie aus und sagte, während er sein wollenes Halstuch umband: »Brummkirl gifft ne, Mudder.«

»So?«

»Hett Vadder seggt! Dor ward bloß lütje Kinner mit bang mokt, wat se ne bit Woter gohn scheut.«

Dann schlug die Haustür knallend zu, und Gesa war wieder allein. Wie die Brechseen über dem kleinen Ewer, so schlugen die Gedanken über ihrem Kopf zusammen; sie konnte sich ihrer nicht erwehren und konnte auch die quellenden Tränen nicht hemmen. Warum mußte sie so geschaffen sein, daß sie nicht getroster Hoffnung und fröhlichen Herzens an die Seefahrt denken konnte, warum konnte sie sich der Keckheit ihres Jungen nicht freuen? Warum nicht? Sie war doch jung und gesund: Warum mußte sie da immer wieder zusammenbrechen und klein und verzagt werden, warum konnte sie ihn nicht loswerden, den furchtbaren Gedanken, daß sie den Ewer auf See untergehen und den Jungen ertrunken im Graben sehen solle? Warum wagte sie es nur mit heimlichem Grauen, helle Kleider zu tragen?

Sie begriff nicht, daß eine Seefischerfrau wie die kleine Metta Holst, die doch auch nicht am Deich großgeworden war, sondern wie sie von der Geest stammte, so fröhlich lachen und singen konnte und abends ruhig auf dem Deich unter den Linden hinter dem Spinnrad saß und spann; denn ihr Mann und ihre beiden Söhne fuhren auf einem Ewer, schwammen auf einem Stück Holz in der See. Ein Blitzstrahl, eine Brechsee konnte ihr ganzes Leben verschütten, ihr ganzes Haus verdunkeln, ihr alles, alles nehmen – und doch konnte sie singen und lachen, die Frau. Daß eine so fest stehen konnte!

Gesa schüttelte den Kopf.

Der Junge glitt ihr ganz aus den Händen. Sie hielt viel von ihm, gewiß ebensoviel wie andere Frauen von ihren Kindern. Und wenn sie ihn zügelte und ihm wehrte, wenn sie ihn dem Wasser fernzuhalten suchte, was trieb sie anderes dazu als die Liebe? Bis zu drei Jahren war der Junge ein rechtes Mutterkind gewesen, das ihr Schürzenband kaum losgelassen hatte, und sein Vater hatte sich wenig mit ihm abgegeben, sondern nur immer lachend erklärt, daß er mit so kleinen Gören nicht umzugehen wisse; ein Mann, der ein kleines Kind auf dem Arm habe, komme ihm vor wie ein Hahn, der auf Eier gesetzt sei. Zwar hatte er den Jungen zuerst alle zwei Stunden geweckt und dabei gesagt, das müsse er beizeiten lernen, denn später beim Schollenfang hieße es auch: alle zwei Stunden raus! Aber es war nur Spaß gewesen, wie es auch Spaß gewesen war, wenn er ihn auf und ab schaukelte, um ihn an die Dünung zu gewöhnen und ihn seefest zu machen. Wozu er sang: So dümpelt de Eber, so dümpelt de Eber, so dümpelt de Eber up See... Dann aber, als der Junge anfing zu sprechen und zu begreifen, war es anders geworden; da kam der Ernst. Da wurde er ausgelacht, weil er ein Mutterkind war, und von ihren Wegen abgelenkt, da wurde das Wort gesprochen: ne bang wesen, Junge, anners kummst du ne mit no See! Ne schreen, Klaus, anners kann ick di noher an Burd ne bruken. Da war der Brand in die Kinderseele hineingeworfen worden und hatte sie verheert. Da war ihm der Kompaß in die Brust gesetzt worden, der ständig nach der See wies und all sein Tun und Lassen lenkte.

Dann kam der Kahn, der grüne, nordische Kahn, von dem Gesa glaubte, daß ihr Mann ihn vom Teufel gekauft hatte und nicht von dem norwegischen Schuner, wie er behauptete. Den bekam der Junge zu seinem vierten Geburtstag, und damit war er der Elbe und dem Wasser verfallen und nun mehr als die andern Jungen am Deich: Reeder und Schiffer. Da übertrugen die Finkenwärder den Namen des Fahrzeugs bald auf den Jungen, und aus dem kleinen Klaus Mewes wurde für jung und alt ein kleiner Klaus Störtebeker! Gesa seufzte tief, denn sie trug schwer an diesem gottlosen Namen.

Die vier Getreuen aber standen an dem breiten schwarzen Graben zwischen den dicken krummen Wicheln und den schlanken schiefen Erlen und suchten die Spuren von Klaus Störtebeker. Sie bestimmten den Baum, an dem er sein Admiralsschiff festgemacht hätte, und durchforschten die hohlen Stämme nach Gold, das er vielleicht hineingesteckt haben könnte. Das faule Holz glomm auch wirklich wie Silber, so daß der Junge alle Augenblicke ausrief: »Hier sitt dat Gild, hier sitt dat Guld!« und sie von einer Wichel zur anderen lockte.

Klaus Mewes aber guckte viel nach dem Bauernhof auf der zehn oder zwölf Ewerlängen entfernten deichhohen Wurt, der bei den alten Leuten noch der Grönlandshof hieß, weil in alten Zeiten die hamburgischen Walfischfänger neben ihm geankert hatten. Dorther stammten er und die ganze, weitverbreitete Sippe der Mewes. Auf dem Grönlandshof hatte der alte Vogt holländischen Blutes gesessen, der aus einem Bartholomäus zu einem Bartel Mewes geworden war. Seine Jungen und Enkel dann, die hatten herausgefunden, daß es besser war, die grüne See zu pflügen als das braune Land, und sie waren nach dem Deich gezogen und Schiffer und Fischer geworden. Das Bauerngeschlecht der Mewes war ausgestorben. Die seefahrenden Mewes aber waren immer noch groß am Ruder und machten ein Drittel der Fischerflotte aus, während das zweite und das letzte Drittel den Focken und Külper zukam.

Seefischerei... Klaus Mewes sehnte sich nicht nach der Bauerei zurück und hätte seinen lieben großen Ewer gewiß nicht gegen den ganzen Grönlandshof eingetauscht.

Dritter Stremel

Den Montag, der als schöner stiller Vorfrühlingstag über die Elbe kam, fing Klaus Mewes mit früher Arbeit an. Er schleppte Segel und Kurren mit seinen Leuten über das Eis, machte die beiden Kurrleinen fertig und hackte dann das Fahrzeug ringsum frei, damit Raum für den notwendigen Anlauf gewonnen würde, denn er hatte keine Ruhe mehr: Das Eis trieb nicht weg und konnte noch wochenlang liegenbleiben. Da mußte er Gewalt anwenden!

Hein Mück, der erst gegen Morgen von Musik gekommen war, konnte kaum die Augen offenhalten, aber sein Jammern half ihm nichts; er bekam die nassen Fausthandschuhe zu schmecken und mußte tüchtig dran glauben.

Gegen Mittag ging Kap Horn den Deich entlang, um anzusagen für die große Arbeit, die gleich nach dem Essen angegriffen werden sollte.

Kap Horn war der rechte Mann für so etwas, denn er konnte gut klönen; zwar dauerte es Stunden, bis er die hundertfünf Häuser abgeklopft hatte, aber er hatte dafür auch die Genugtuung, acht Tassen Kaffee und zwei Kirschenschnäpse eingegossen bekommen und alle an Land befindlichen Mannsleute angeworben zu haben. Störtebeker begleitete ihn ein Stück und lief dann noch mal zum Schuster und mahnte ihn um die langen Stiefel, freilich ohne daß er sie gekriegt hätte.

Dann trabte er wieder nach dem Neß und half seinem Vater, dem er in allen Schiffsdingen der unermüdlichste und aufmerksamste Helfer war. Ein so großer Stankmacher und Ausfresser der Junge sonst war: Solange er bei seinem Vater stand, vergaß er alles andere und war nur noch der lerneifrige, vielfragende Schiffsjunge.

Nachmittags standen sie dann im Sonnenschein auf dem Ewer, der schon in seiner großen Wake trieb: Schiffer, Knecht, Junge, Spielvogel und Hund.

Hein Mück pumpte noch etwas, bis die Pumpe röchelte, und Störtebeker drängte das Ruder von Backbord nach Steuerbord und von Steuerbord nach Backbord, als habe er wirklich zu steuern. Klaus Mewes und Kap Horn aber schleppten die beiden schweren Trossen über das Eis.

Da kamen sie vom Deich herunter und über das Eis gegangen, die Seefischer, die Wattfischer, die Lütjfischer, die Frachtschipper, es kamen der Gastwirt, der Reepschläger, der Blockmacher, der Krämer und der Segelmacher, weit über hundert Mann, alle in großen Stiefeln steckend, laut lachend und sprechend, in Gruppen und einzeln. Und die gewaltige Schar versammelte sich um den Ewer, einigte sich über den Weg, den sie nehmen wollte, und verteilte sich auf die beiden langen Kurrleinen. Alles Görenzeug lief und rannte auf den Schallen umher, und oben auf dem Deich standen die Frauen und Mädchen und guckten und warteten. Am Bollwerk und auf den Schallen aber lag die Menge der Fahrzeuge, denen der große Tag die Freiheit bringen sollte. Die vergoldeten Flögel blinkten im Sonnenschein, und in den Klüsenaugen leuchtete es vor Hoffnung.

Der große Tag – der größte Tag der Finkenwärder Fischerei, an dem sich die Mächtigkeit ihrer Flotte, die Stärke ihrer Mannschaft, die Brüderlichkeit und Hilfsbereitschaft ihrer Fahrensleute am besten bewies. Allen, die ihn erlebt haben, die den großen Triumphzug vom Bollwerk bis an das weit entfernte Fahrwasser gesehen haben, hat er

35

sich unauslöschlich eingeprägt. Nicht wahr, du Finkenwärder: Up den Dag kannst du di ok noch besinnen?

Es kamen immer noch mehr Fahrensleute über das Eis; alle wollten helfen, alle wollten dabeisein! Nun waren der Hilfsleute genug. Klaus Mewes stand am Steven wie ein König und grölte, die Leinen müßten noch weiter auseinander. Als das getan war, rief er über das Eis, so laut er konnte: »All klor! Een, twee, dree: allemann inne Gangen! Huroh! Huroh! Huroh!«

Da sprang Kap Horn ans Ruder und warf es herum. Die Fahrensleute aber setzten sich mit Huroh und Jümmerbeterbi und Hödjihöh in Bewegung und zogen die Leinen steif. Der Ewer kam in Fahrt und schoß durch das offene Wasser, dann krachte und knackte er gegen das Eis, zerbrach es, schob es zur Seite, drückte es unter sich, bäumte sich auf, senkte sich wieder, kam aber dann zum Stehen und blieb vor einem Eisberg sitzen! Doch ein schönes Stück war schon bewältigt.

Störtebeker sprang wie ein Wiesel, hüpfte wie ein Heister, wie ein Wippsteert auf dem Ewer umher. Als aber das Brechen losging, stand er neben seinem Vater, der unermüdlich anfeuerte, und hielt sich am Vorderpoller fest. Das war was für ihn. »Junge, Junge, Vadder, so geiht he god.«

Stoppi – stoppi...

Nun mußte ein Tau achteraus geschoren werden, und sie mußten den Ewer ein Stück rückwärts ziehen, damit sie Anlaufraum gewannen. Klaus Mewes und seine Leute gingen mit Haken daran, die Schollen vor dem Bug zu entfernen.

Kord Külper aber, der spaßige, der Ontjekolontje hieß (er hatte aus dem bremischen Dreimaster, der mit Stückgut nach Valparaiso wollte und auf Scharhörn strandete, eine ganze Kiste Kölnisch Wasser – Eau de Cologne – erbeutet und bespritzte seitdem Taschentuch und Südwester, Buscherrump und Ölbüx damit, wie behauptet wurde, jedenfalls aber roch alles an ihm nach Ontjekolontje), Kord Külper kam heran und rief: »Klaus Störtebeker mütt no achtern gohn, anners speel ik ne mihr mit. De drückt dat Fohrtüch vör to deep dol.«

»Deit he ok!« riefen einige Knechte zur Bekräftigung.

Da trat Störtebeker schweigend ab, wie Wallenstein auf dem Reichstag zu Regensburg, ging langsam zum Heck und stellte sich neben Kap Horn ans Ruder, damit der Ewer den Steven höher höbe.

Und Jan Kröger, der laute, kam über das Eis und sagte zu Klaus Mewes: »Klaus, du büst en fixen Kirl bi de Klütjenpann, dat weet wi all. Du weest, wat vör und achter is annen Schipp und büst vörn doden Kiwitt ne bang. Ober dat Grölen, weest du, dat Bölken, versteihst du, dat andrieben, hürst du, dat Beterbi, mien Jung, dat hest du doch noch ne rut! Dat mütt ganz anners rutflegen! Ik kann grölen. Lot mi dor mol stohn un kommandieren!«

Klaus Mewes aber lachte: »Hier kummandier ik, Jan, dat weest du woll; blief du man anne Kurrlien!«

»Egenbuck!« rief Jan laut und ging an seinen Törn.

Dann erhob Klaus Mewes wieder Arm und Stimme, und alle zogen an. »Huroh! Togliek! Hödjihöh!«

So rief es auf dem Ewer, so rief es auf den Schallen, so rief es vom Deich, und das Fahrzeug gnosterte wieder durch das Eis und brach den Weg weiter. Zwei Ewerlängen wurden gemeistert, dafür mußten aber auch drei Mann ausscheiden, die eingebrochen waren: Jakob Walroß, der eigentlich Jakob Witt hieß und seinen Spitznamen von seinem herunterhängenden, borstigen Schnurrbart hatte, und Hein Mewes, den sie Hein Lompdom nannten, weil er einmal geantwortet hatte, als ein Altenwerder ihn fragte, wie es auf Finkenwärder ginge: Och dat weest woll, Siem Achner, jümmer lompdom, lompdom! Der dritte aber war Störtebeker. Er hatte sich den kleinen Haken hergekriegt und die Eisschollen mit weggeschoben. Dabei war er über Bord gefallen und wäre beinahe unter das Eis gekommen, wenn Kap Horn ihn nicht noch mit dem Haken erwischt hätte. Er zog ihn wie einen Seehund an Deck, und nun war die Herrlichkeit aus. Klaus Mewes ging mit seinem Jungen nach unten, zog ihn aus, hängte das nasse Zeug an den Ofen und steckte den nackten Mann in seine Koje. Dann mußte er wieder hinauf, denn das Eisen war schon wieder in vollem Gange. Er schickte aber Hein Mück, der Feuer machen mußte, damit er trockne. Oben rief es wieder von allen Seiten, am Bug scheuerte und stieß das Eis, dann donnerte und krachte es, als bräche der Ewer in Stücke. Hein Mück sagte: »Och wat, dat Für will woll van sülben inne Gangen kommen!« und rannte die Treppe hinauf, zu sehen und zu helfen.

Klaus Störtebeker blieb allein in der Kajüte und horchte auf den Lärm. Nun treckten sie wieder, nun mußte der Ewer erst wieder über Steuer. »Bang dött ik ne warrn, anners komm ik ne mit no See«, sagte er vor sich hin, wenn das furchtbare Poltern wieder anfing. Mitunter stand er auf und befühlte das Zeug, ob es noch nicht trocken wäre, dann kroch er frierend wieder unter die Decke und horchte abermals.

Oder er guckte die goldenen Sprüche an, die unter den Kojen eingeschnitzt waren.

Was für Sprüche waren das?

Wer im Altonaer Museum gewesen ist und die Ausstellung des Deutschen Seefischerei-Vereins gesehen hat, der hat auch in die puppenküchenenge Kombüse des Blankeneser Fischerewers aus den sechziger Jahren hineingeguckt und die Sprüche gelesen, die darin stehen. Unter der Schifferkoje: *In Storm un Noth / Bewahr uns Gott.* Unter der Knechtskoje: *Hier eben öber hin / Is beter as op den Bünn.* Unter der Jungenkoje: *Hüt Klüt un morgen Fisch / Vergnögt gaht wi to Disch.* Und er hat sich wohl gefragt, ob auch die anderen Fischerfahrzeuge sich solcher Zier erfreuten.

Sie taten es. Wie jedes alte Bauernhaus seinen Segen trug, so hatten auch die Ewer ihre Sprüche, köstliche Bibelverse zumeist.

Bei Klaus Mewes stand unter der Koje des Knechtes sogar ein lateinisches Wort: *Mediis tranquillus in undis.*

Und das war so gekommen: Als Klaus das Fahrzeug bauen ließ, bei Jochen Behrens an der Süderelbe, der ein gutes Stück der Flotte gezimmert hatte, dachte er selbst viel über einen Bordsegen nach, blätterte die Bibel und das Gesangbuch durch und zerbrach sich den Kopf, aber er konnte nichts finden, das ihm gut genug war. Da ging er denn eines Tages, als er wieder nach der Werft wollte, beim Pastor vorbei und fragte den. Bodemann, der schon manchem Fischermann geraten hatte, mußte etwas wissen.

Nun hatte dieser aber gerade einen Auszug aus dem Borkumer Kirchenbuch über eine angeschwemmte Finkenwärder Leiche bekommen und über den lateinischen Spruch auf dem roten Siegel nachgedacht; er nötigte den Besuch deshalb in einen Stuhl, der so weich war, daß Klaus Mewes an Abrahams Schoß erinnert wurde, und schrieb ihm die vier Wörter auf. »Süso, mien lebe Klaus Mewes«, sagte er und fragte nach Schiff und Stapellauf.

Der Fischermann bedankte sich, dann aber drehte er den Zettel überkopf, als wenn die Worte in Spiegelschrift abgefaßt wären, guckte ihn nochmals scharf an und sagte: »Dat is woll Latiensch, Herr Pastur, wat?«

»Jawoll, Herr Mees, Latiensch!«

»So, so! Non, Herr Pastur, weten Se: Son betjen Latiensch kann ik jo. An Jan Eitzen sien Kutter steht *Ora et labora,* un dat heet: Beet und arbeite. Un an Neßbur sien Hus steiht *Soli deo gloria,* un dat heet: Gott allein die Ehre. Ober mit düt Medis sitt ik all gliek fast!«

»*Mediis tranquillus in undis*: ruhig inmitten der Meereswogen heet dat«, sagte der Pastor ernst. »Mit den Spruch lett sik woll no See fohren.«

Da hatte Klaus Mewes sich bedankt und war seines Weges gegangen. Der Spruch gleißte zwei Jahre unter seiner Koje, dann ging einmal ein Schullehrer in der Stachelbeerzeit mit ihm nach See, ein deutschgesinnter, begeisterter Junggast, der schlug großen Lärm darum. »Schiffer Mewes, was soll das Latein dort? Ist Ihr Schiff kein deutsches und muß es keinen deutschen Spruch haben, den Sie verstehen und bei dem Sie sich etwas denken können? Was sollen überhaupt alle die lateinischen, griechischen, hebräischen, englischen und französischen Namen, die eure Schiffe haben? Wer heckt sie aus, wer hat sie bedacht, wer tauft hier deutsche Fahrzeuge Sagitta, Poseidon, Ebenezer, Avance, Courier, Salamander, Pescatore, Vlieboot und Cito? Die Alten machten es besser, die nannten die Schiffe wie ihre Frauen. Danach müßte Ihr Ewer Gesa heißen und nicht Laertes. Und statt des Lateins müßte hier ein guter deutscher Spruch stehen!«

»Schallst recht hebben, mien Jung«, sagte Klaus Mewes. »Ik frei mi jümmer, wenn een kleuker is as ik bün. An den Laertes lett sik jo nu nix mihr innern, ober wenn du en scheunen Spruch förde Koi weest, denn weut wi mol sehn.«

Da kam das starke, ewige Lutherwort unter die Koje: *Ein feste Burg ist unser Gott!,* den lateinischen Spruch aber erhielt die Knechtkoje als Schmuck. So ging es wieder zwei Jahre gut, bis der lange Harm Riegen, der Ewersprüche sammelte, einmal in die Kajüte trat und ausrief: »Twee Wiltsproken stoht dor all, Klaus, ober de drütte, de von Kap Horn bit ant Nurdkap snackt ward und de üller is as de annern beiden tohop, fehlt dor noch bi: Plattdütsch!«

»So«, lachte Klaus Mewes, »du kummst van wegen de Sprüch: Ik meen all, du wullst mol meten, keen greuter is van uns twee beiden! Harm, Plattdütsch kannen doch bloß snacken, to schrieben geiht dat doch ne!«

»Klaus, dat gift hunert grote, dicke Beuker, de plattdütsch sünd!«

»Kann ne angohn, Harm! Dor hebb ik noch nix van hürt!«

»Wat?« schrie Harm Riegen, sprang auf, rannte wie ein durchgehendes Pferd den Deich entlang und kam nach einer Viertelstunde mit einer großen, plattdeutschen Bibel von 1486 zurück.

»Hier, Klaus Mees!«

»Wat? Dat is en Book? Ik meen, dat wür en räukerten Schinken!«

Nachdem er sich aber zu seiner Verwunderung überzeugt hatte, daß sie wirklich plattdeutsch gedruckt war, und nachdem Harm ihm ein Kapitel daraus vorgelesen hatte, erklärte er sich damit einverstanden, auch einen plattdeutschen Spruch zu übernehmen, und gab zehn Bund getrockneter Scharben für die Worte, die nun unter seiner Koje prangten und leuchteten:

Hilpt mi, Sünn und Wind,
hilpt mi bit Fischen!
Ik heet Klaus Mees
un bün van Finkwarder.

»Egentlich harr ik di twintig Bund todacht, Harm«, sagte er dabei.

»Ober dat *riemt* sik jo ne, dorüm kriegst du bloß tein!«

Den hochdeutschen Spruch bekam die Jungenkoje.

Wieder stand der kleine Störtebeker auf und befühlte seine Sachen, er hängte sie um und stocherte im Feuer. Du liebe Zeit, wie lange dauerte das! Er kriegte ja von dem Eisbrechen gar nichts mehr zu sehen, denn bei dem vielen Hurra mußten sie wohl bald ins Fahrwasser kommen.

Einem plötzlichen Einfall folgend, schob er die Hinterwand der Koje zurück und schaute über die Ketten hinweg nach den fünf Totenschädeln, die ganz vorn im Steven steckten. Kap Horn hatte sie ihm vorher einmal gezeigt und gesagt, die hätten sie in der Kurre gefangen. Man dürfe solche Totenköpfe nicht wieder über Bord werfen, sondern müsse sie in den Steven stecken, dann könne der Ewer niemals umkippen. Nachdenklich starrte der Junge sie an, als wenn er nicht recht klug daraus werden könnte, denn sein Vater hatte auf seine Fragen geantwortet: Das ist nichts zum Besprechen und Besehen, sondern etwas zum Schweigen. Wie grausig kalt die Luft aus dem dunkeln Loch kam! Störtebeker zitterte vor Kälte, schob die Klappe zu und wärmte sich wieder auf. Als er aber einen Augenblick gelegen hatte, litt es ihn nicht mehr unter der Decke. Er holte die Seekarten vom Bord, rollte sie auf und sah die roten Punkte an, die Feuer bedeuteten, und die kleinen Feuertürme und Baken, die am Rand der Karten standen, während es draußen wieder lärmte und rief.

Abermals stand er auf. Das Zeug war noch klamm, aber er dachte wie sein Vater: Uppen Lief dreucht upt best, und zog sich an, so schnell es gehen wollte. Er war noch nicht ganz fertig damit, als es draußen dreimal Hurra rief, da hielt er es nicht mehr aus. Halb angezogen, in Unterhosen, mit einem Stiefel am Fuß und einem in der Hand, sauste er nach oben und guckte aus der Kapp. Da drängte der Ewer gerade die letzten Eisstücke beiseite und glitt langsam in das freie Fahrwasser hinein. Klaus Mewes und seine Macker zogen die mitgeschleiften Kurrleinen ein, der Ewer aber benutzte die Dünung eines vorbeigehenden Schleppers zu einigen tiefen Dankesverbeugungen vor seinen Helfern: Ok veelen Dank, dat ji mi rutholpen hebbt!

Auch vom Deich und von den Schallen rief es jetzt Hurra.

Die Fahrensleute gingen in froher Stimmung, ehrlich erfreut über ihren Erfolg, gruppenweise über das Eis zum Deich zurück und sprachen von der Fahrt, denn jetzt war der Weg nach der See frei geworden. Was dem einzelnen noch zu tun blieb, die kleine Rinne von seinem Ewer nach dem großen Priel, war Sache eines Tages und ließ sich leicht beschicken. Die Schollenzeit war angebrochen für die Schollengreifer vom Neß: Hurra, hurra, hurra!

Auf H. F. 125 aber, dem Ewer Laertes, ließen sie den Draggen zu Wasser, schossen die Leinen auf, reinigten das Deck, hängten die Laterne ans Fockstag und kletterten dann in das Boot, um den Bärenhunger zu vertreiben, der alle befallen hatte.

Störtebeker saß auf der Euschenducht und quälte sich mit drei Dingen ab: daß der verdrehte Kerl von Schuster ihm die Stiefel noch nicht gemacht hatte, daß sein Vater morgen fahren wollte und ihn nicht mitnahm, und daß sein grüner Kahn noch im Neßgraben festsaß und er noch nicht schippern konnte.

»Du hest dat en betjen god, Seemann«, sagte er aus diesen Gedanken heraus und streichelte den Hund, der auch keine Kniestiefel hatte und noch viel kleiner war als er und doch immer mit nach See durfte.

Seemann aber hielt die Nase hoch, denn vom Deich kam ein Geruch wie von gebratenen Klößen mit dem Abendwind herübergeweht.

Klaus Mewes lachte und wriggte schneller, denn er roch hinter den Klößen schon die See und grüßte Helgoland.

Vierter Stremel

1887 schreiben wir, und die Hochseefischerei unter Segeln steht in Sommerblüte. Finkenwärder hat seinen Gipfel erreicht und ist Baas auf See.

300 Ewer und Kutter nennt die Elbe ihr eigen, von denen 187 zu Finkenwärder beheimatet sind und ein H. F. auf den braunen Segeln tragen, 83 reedern mit S. B. und griesen Segeln nach Blankenese, der Rest gehört dem Lüneburgischen Finkenwärder, dem Kranz, dem Mühlenberg und der Teufelsbrücke.

Die das Land mit Fischen versorgen, sind die Mewes und Külper von Finkenwärder und die Breckwoldt und von Appen von Blankenese. Sie liefern Hamburg und Bremen, Oldenburg und Glückstadt, Geestemünde und Tönning ihre Schollen und Zungen und fangen wintertags so viele Heringe, daß halb Holstein und Hannover damit gedüngt werden könnten, sie sind die Könige der Nordsee, die man in Dänemark so gut wie in Holland und England kennt, denn es macht ihnen nichts aus, bei Südwind einmal nach Esbjerg zu segeln oder bei Nordwind nach Jimuiden oder bei Ostwind nach London.

Wohl haben sie auf der Weser schon einen Fischdampfer, die kleine Sagitta, aber unsere Fahrensleute lachen noch über den »Smeukewer«, wenn sie ihm begegnen. Wohl sind schon die Zeiten vorbei, daß nur Finkenwärder auf Finkenwärder und Blankeneser auf Blankeneser Schiffen fahren, sie müssen sich schon mit Butenländern behelfen. Aber dennoch steht die Sonne von Finkenwärder auf der Mittagshöhe, und seine Segel beschatten die ganze See.

Wir grüßen euch, ihr hundertsiebenundachtzig Schiffe, als wenn ihr noch alle am Leben wärt!

Klaus Störtebeker hatte es am anderen Morgen ganz verteufelt eilig. Er mußte Brot vom Bäcker holen und Proviant vom Krämer, mußte einen Schinken aus der Rauchkammer herabschleppen (denn Klaus Mewes tat die erste Ausfahrt nicht ohne einen Schinken, obgleich man am Deich meinte, der Schinken dürfe nur beim ersten Kuckucksruf angeschnitten werden), er trug die Kruken mit Weiß- und Schwarz-sauer, die Beutel mit Strümpfen und Unterhosen nach dem Bollwerk und quälte sich mit Vaters Seestiefeln und seinem Ölzeug ab wie

Roland mit seines Vaters Waffen, aber es machte ihm Spaß, und er vergaß seinen Kummer darüber, daß er noch an Land bleiben sollte.

Als alles bereit war, konnte er es aber doch nicht lassen, dem saumseligen Schuster noch mal die Wacht anzusagen. Der Hans Niedersachs von Finkenwärder, der ein Schelm war und einen Schalk als Gesellen hatte, sah ihn schon, als er die Treppe hinunterstieg, und sagte zu seinem Gesellen: »Kiek ut vör Störtebeker!«

Wir müssen nun freilich wissen, daß Klaus Mewes bei der Bestellung der Siebenmeilenstiefel für seinen Jungen heimlich gesagt hatte, es eile nicht, und vor Pfingsten brauchten sie nicht fertig zu sein, und daß Gesa hinterher bestimmt hatte, sie sollten erst im Herbst geliefert werden, wenn der Junge der unruhigen Witterung wegen nicht mehr mit nach See kommen könne; der Schuster tat deshalb nur, was ihm geheißen war, wenn er ihn vertröstete. Er hatte mit den Stiefeln übrigens noch nicht mal angefangen.

Als Störtebeker die Tür aufklinkte, saßen die beiden Pechräte tiefgebückt da, duckten sich hinter die großen Glaskugeln wie Verschwörer und klopften für fünfzehn, ohne aufzugucken.

»Schoster, sünd mien Stebeln klor?«

Der Schuster und sein Geselle klopften das Leder noch lauter und deftiger, daß die Fenster wie bei einem Gewitter klirrten, und taten, als könnten sie weder hören noch sehen.

»Schoster, wat mien Stebeln klor sünd?«

Störtebeker rief schon lauter, aber die beiden Pfriemenreiter stellten sich wieder taub und hämmerten, als wollten sie Stahl aus den Kuhhäuten machen. Dabei aber sahen sie einander heimlich an: Wat he nu woll upstillt?

Der Junge sah sich in der Werkstatt um. Da lagen die großen, langen Stiefel der Elbfischer, de güngen bit ant Gatt und waren größer als er selbst. Da standen die schweren, starken Seefischerstiefel, so gewaltig, daß er sich dahinter verstecken konnte. Da waren Bauernschuhe, so klotzig, daß er damit hätte über die Elbe schippern können, – aber Kniestiefel, die ihm zupaß waren, konnte er nicht dazwischen finden.

»Schoster, sünd mien Stebeln klor?« Er grölte es, so laut er konnte, aber die Schuster ließen sich in ihrer Klopferei nicht stören, denn sie wußten noch nicht, was sie diesmal sagen sollten: Sollten sie wieder über seine Seefahrt loslegen oder von seinem Kahn anfangen oder ihm ein paar linke Mannsstiefel anpassen? Störtebeker war ärgerlich geworden, er sah den Kram noch eine Weile an, dann drehte er sich um und lief hinaus.

»Nanu«, sagte der Meister und ließ das Hämmern. »Nanu«, sagte der Geselle und stellte auch den Betrieb ein. Aber ehe sie sich's versahen, sauste ein großer Mauerstein durch das Fenster, daß die Splitter flogen, zerschlug eine der Glaskugeln, daß das Wasser über den Tisch spritzte, und bumste schwer gegen die Wand.

»Nu hol mi noch mol förn Buern!« rief Störtebeker draußen, nahm seine Pantoffeln in die Hand und sauste auf Strümpfen davon wie ein gejagter Hase, hast du nicht, so kannst du nicht – bang bün ik ne, ober lopen kann ik fix! Der Schuster wollte ihm nach, aber ehe er soweit war, war der Junge schon längst über Heide und Zaun. Da lasen die beiden die Splitter auf, nagelten ein Stück Leder vor das Fenster und gelobten große Rache.

Störtebeker war weit genug gelaufen und zog seine Pantoffeln wieder an. Seine Strümpfe waren klatschnaß geworden, denn er hatte auf seiner Flucht zwar über alle Pfützen springen wollen, aber es war ihm nicht immer gelungen, und dann saßen sie auch voller Schlick. Er konnte sich zu Hause nicht damit sehen lassen, wenn er nicht eine Tracht Knüppelholz riskieren wollte, das war ihm klar. Und da kam er bei und kletterte den Stegel hinunter, setzte sich hinter eine dicke hohle Wichel, daß er vom Deich nicht wahrgenommen werden konnte, und wusch die Strümpfe im Graben, bis sie wieder rein waren, wrang sie aus und hängte sie zum Trocknen auf, sah den Sperlingen zu, bis die Strümpfe einigermaßen trocken waren und zog sie dann getrost an.

»Klor is de Käs!« sagte er zu den beiden kleinen Jungen, die ihm bewundernd zuguckten, und lief nach Hause. Jan Husteen, der Elbfischer, den sie seines Lieblingsessens wegen allgemein Jan Sturenzupp nannten, rief ihm nach: »Störtebeker, du kummst ne mihr mit, dien Vadder is all weg!«

»Wat schull he woll?« rief der Junge erregt und lief schneller, aber er kam doch zu spät, denn das Haus war leer. Da war kein Vater mehr und kein Kap Horn, kein Hein Mück und kein Seemann. Sie waren schon alle an Bord, und als er verstört hinausrannte und Utkiek hielt, da sah er den Ewer schon bei Nienstedten unter Segeln treiben.

Er hätte brüllen mögen, so überkam es ihn. »Is Vadder all weg? Worüm hett he mi denn ne Adjüst seggt, Mudder? He wull mi doch Adjüst seggen!«

»Neem kummst du her, Junge? Neem büst du wesen?« fragte sie dagegen. »Wi hebbt di soveel ropen un allerwärts söcht! Vadder wull di so giern Adjüst seggen und hett noch en ganze Tied na di teuft!«

»Och wat!« gnitzte Störtebeker, der traurig und zornig war, »harr he denn ne noch en betjen stoppen kunnt? Ik bün jo man bloß eben langsen Diek ween! Vadder mütt mi doch Adjüst seggen, un ik mütt em ok doch Adjüst seggen! Dat geiht jo gorne anners, Mudder! Minschenkinners ne, wat ist dat ok doch all für Krom!«

Und er stand auf dem Deich und blickte mit dunkeln Augen und finsterem Gesicht nach dem Ewer, der mit glockenhellem Klippklang des Spills den Anker hievte und dann das Boot an Deck zog. Es wollte ihm nicht in den Kopf hinein, daß sein Vater fahren konnte, ohne ihm Adjüst gesagt zu haben, und er dachte: Wärst du doch bloß nicht nach dem Schuster gelaufen, dann hättest du deinen Vater noch gesehen!

Wirklich hatten sie mit allemann nach dem Jungen gerufen, als es Hochwasser werden wollte und die Zeit gekommen war, daß sie an Bord mußten. »Störtebeker! Störtebeker! Klaus! Klaus Mees!« schallte es über den Neß. Auch Kap Horn und Hein Mück riefen mit, und sogar der kluge Seemann gab ein kurzes Bellen drein, aber der Junge war nicht zu finden, auf keinem Bug lag er an und kam nicht und kam nicht. Da mußten sie endlich los, ohne ihn gesehen zu haben, wenn sie nicht die Tide verpassen wollten. Klaus und Gesa schieden aber mit Widerhaken im Herzen, die ihnen noch weh taten, denn er hatte sie im Verdacht, daß sie den Jungen weit weggeschickt habe, damit er nicht im letzten Augenblick noch mitgenommen werden könne. Sie dagegen konnte den Gedanken nicht loswerden, daß er den Jungen an Bord versteckt halte, um ihn doch mit nach See zu nehmen und dann nachher zu sagen, es habe nicht anders gemacht werden können. Das verbitterte ihnen den Abschied.

Als Gesa nun den Jungen wiederhatte und sah, daß sie ihrem Mann Unrecht getan hatte, kam die Reue über sie, und sie winkte vom Bodenfenster mit der großen Dweel, der leinenen Tischdecke, bis er es sah und seine deutsche Flagge dreimal grüßend dippte, denn sein Unmut war längst verweht, seitdem er wieder als Fahrensmann an Bord stand und seine Segel über sich hatte. Es war eine Lust zu fahren! In der weiten Runde, welch ein reges Leben, welch ein freudiges Arbeiten! Da war nicht ein Ewer, nicht ein Kutter, nicht eine Jolle, auf denen es still war: Überall eisten sie, trugen Segel und Proviant herbei, hievten die Anker, setzten die Segel, ließen die Gaffeln knarren und schipperten einer nach dem andern aus der großen Rinne, die schon ihren Namen bekommen hatte und Klaus Mees sien Lock hieß. Draußen ließen sie sich mit dem Ebbstrom treiben, denn es war windstill. Der erste aber war Klaus Mewes mit seinem Laertes, dem die deutsche Flagge von der Besan hing.

So güngen se up de Schullen dol.

Störtebeker stand noch auf dem Deich, als wenn er dort angewachsen wäre, sah nach dem Ewer, der unter der gründachigen Nienstedter Kirche kreuzte, und grübelte, ob es wohl darum so gekommen sei, weil er bange gewesen war. Da hatte er ja gleich die Strafe für seine Bangbüxigkeit: Er war nicht mitgekommen nach See, und sie hatten ihm nicht einmal Adjüst gesagt. Wäre er langsam nach Hause gegangen, so hätte er seine Strümpfe nicht auszuwaschen brauchen und seinen Vater noch gesehen.

Nu will ik ober gewiß ne mihr bang warrn! Ganz gewiß will ik nu ne mihr bang warrn! sagte er sich.

Die Mutter stand in der Tür. Der kleine Boitel dauerte sie. »Jä, Klaus, dor lett sik nu nix mihr an don. Herkieken kannst du em ne wedder! Nu sünd wi wedder den ganzen Sommer alleen!«

»To Sommer bün ik doch all mit an Burd«, sagte er mit halbem Vorwurf, ohne sich umzudrehen.

»Kumm man rin, weut Kaffee drinken.«

»Och, ik mag nix, Mudder!«

»Ik will di bi magnix! Gliek anto!«

Da mußte er sich geben, und als er erst in der Küche am Tisch saß, schmeckte es auch. Wann hätte es Klaus Störtebeker übrigens nicht geschmeckt? Nach dem Kaffee wusch sie ihm das Gesicht. Er hielt ausnahmsweise still, obgleich er sich schon selbst waschen konnte und genau wußte, daß sie es nur tat, um ihm dabei die Backen streicheln zu können. Als sie dann aber nach seiner Bunge fragte und nach der Krähe (denn sie hatte sich fest vorgenommen, sein Vertrauen zurückzugewinnen, wollte auch nicht mehr so streng gegen ihn sein, sondern versuchen, seine Kameradin zu werden), da ging er bald hinaus, denn diese Fragen schienen ihm recht verfänglich. So guckt der Spatz mißtrauisch vom Dach, wenn ihm Krumen gestreut werden.

Da, beim Schloß von Godeffroy – der guten Frau, wie es am Deich hieß – segelte der Ewer; viel weiter war er noch nicht gekommen, denn es war immer noch totenstill.

Störtebeker besann sich, daß er noch nicht gefüttert hatte. Der Gerechte erbarmt sich seines Viehs, auch wenn er Kummer hat. Er ging über die Wurt zum Hof und warf den Kaninchen Kartoffelschalen hinein, aber trotz seines wehen Herzens konnte er sich nicht enthalten, der Eve den Bauch zu befühlen, denn er wartete sehr darauf, daß sie jungen sollte, hatte er doch schon fünf Junge fest zugesagt: Hein Meier kriegte einen Bock und eine Eve, Peter Fock einen Bock, Hannis Külper und Jan Loop jeder eine Eve.

Dann bekam die Nebelkrähe ihren aufgeweichten Stuten. Der struppige Kluß schlug mit den Flügeln und quarkte vergnügt über das Fressen. Störtebeker faßte es aber anders auf und sagte betrübt: »Jä, Kluß, Vadder is nu no See hin und hett mi ne Adjüst seggt!«

Da sah er am Schauer seine Kreek stehen und dachte: Wenn du damit über das Eis pektest, ganz nach Blankenese hinunter, könntest du deinen Vater noch sehen und ihm Adjüst sagen. »Ik mütt un mütt em Adjüst seggen!« Er suchte die Pek hervor, nahm die Kreek auf den Nacken und schlich wie ein Indianer den Binnendeich entlang, damit die Mutter ihn nicht gewahr werden sollte. Als er weit genug war, kletterte er über den Deich, sprang vom Bollwerk auf das Eis und pekte sich über Rillen und Sickberge, an Waken und offenen Stellen vorbei nach dem Fahrwasser.

Vadder, ik komm!

Der Schuster war ein Schlauer. Er wartete ruhig ab, daß der Polizist auf seinem gewohnten Rundgang den Deich entlang kam. und schloß sich dann dem ahnungslosen Beamten unter harmlosen Gesprächen an. So dachte er, Klaus Störtebeker einen großen Schrecken einzujagen.

Aber er hatte seine Arbeit umsonst liegen lassen – der Vogel war nicht da. Die ängstliche Gesa suchte den Jungen im Keller und auf dem Boden, als sie ihn aber nicht fand, nahm sie an, daß er geflohen sei, ließ sich kopfschüttelnd die schlimme Tat berichten und bezahlte die Scheibe und die Kugel. Auch versprach sie dem Schuster, daß Klaus kommen und Abbitte tun solle, gab ihm noch ein Paar alte Stiefel zum Besohlen mit und brachte den Zwischenfall damit glücklich wieder in die Reihe.

»Adjüst, Vadder! Adjüst, Vadder!«

Klaus Mewes staunte nicht schlecht, als er seinen Jungen mit einem Mal auf dem Eis stehen sah, Dwars ab von Blankenese, hart am Rande des Fahrwassers. Störtebeker stand neben seiner Kreek, auf die Pek gestützt, und winkte.

»Wat kummst du hier her? Wat deist du up dat mörre Is?«

»Ik wull di noch Adjüst seggen, Vadder«, rief der Junge. »Du büst jo so fohrn.«

Kap Horn aber machte Weiberlärm: »Junge, Junge, wat kannst du wat moken, wo licht harrst du inne Wok oder innen Lock kommen kunnt!«

Aber Störtebeker sagte ruhig: »Dorför hett de Minsch doch Ogen, Kap Horn!«

Sein Vater ließ den Ewer in den Wind schießen und überlegte, was er tun sollte.

»Dat Is is so mörr as Tunner, dor güng ik gewiß ne mihr rup«, ließ Hein Mück sich vernehmen, aber Störtebeker rief: »Dat gläuf ik, du Bangbüx! Non, Adjüst, Vadder!«

»Kannst du ok wedder no Hus finnen, Junge?«

»Jo, dat is jo nix, Vadder!«

Kap Horn aber legte sich ins Mittel und sagte: »Umschicken kannst du em nich, Klaus, dat geiht nich. He kummt uns innen Lock un buddelt weg!«

»Dat hebb ik ok all dacht«, stimmte der Schiffer besorgt zu, denn auch er hatte kein Vertrauen mehr zu dem mürben Eis mit den zahllosen Löchern und den großen Wasserstellen; er konnte nicht begreifen, wie der Junge es überhaupt fertiggebracht hatte, so weit vorzudringen, bis an die ständig abbröckelnde Kante.

»Klaus, wat ik di seggen do: Dat sall so sien, dat ist Schicksol. De Jung sall mit no See! Nimm em mit!«

»Dat woll jüst ne«, lenkte Klaus ab. »Dat ist noch to kold buten, un Gesa weet dor ok jo nix van af. Ober an Burd weut wie em man mol hieven! Wi geeft em denn an en upkommen Fohrtüch af un schickt em seker no Hus. Boot vant Deck! Loop ne weg, Störtebeker, ik hol di!«

»Junge, Junge, jo, Vadder, dat do man!« frohlockte Störtebeker und dachte: Nu geiht dat mit en vullen Huroh no See!

Die Fahrensleute nahmen das Boot in die Taljen und fierten es ins Wasser. Klaus Mewes stieß es nach dem Eis hinüber, packte den

Jungen samt der Kreek zwischen die Duchten und wriggte zum Ewer zurück.

Da war Störtebeker nun doch an Bord! Wie er sich freute, wie gesprächig er war, wie scharf er auf alles achtete! Zumeist stand er bei seinem Vater im Rudergang und half beim Steuern, sah aufmerksam auf Segel und Kompaß und hielt tapfer das Helmholz mit fest, dabei konnte er sich aber doch nicht enthalten, an den Streek zwischen Kirche und Apfelbaum zu erinnern: »Düt mokt ober söbenmol soveel Spoß, Vadder!«

Er ließ es sich sogar einfallen, beim Wenden »Ree« zu rufen und Hein Mück nach der Fock zu schicken, bis sein Vater es wie der holländische Kapitän machte, dem der große Friedrich in der Ems mit »Ree« zwischen sein Kommando kam, und sagte: »Mynheer, dat Ree kummt mi to!«

Als er genug gesteuert hatte, setzte er sich auf die Luken, zog Seemann an sich und ließ sich von Kap Horn und von seinem Vater alles verklären, was es zu sehen gab, während sie mit der Ebbe langsam elbabwärts kreuzten, wenn dieses Treiben noch den Namen Kreuzen verdiente. Da war Dockenhuden mit den vielen Tannenbäumen, da war Blankenese mit den vielen Ewern und dem hohen Süllberg, da war der Schweinesand mit seinen Wicheln, da war Hahnöfer mit den großen Bäumen, um die Hunderte von Krähen flogen, die dort ihre Nester hatten, da war Falkental mit dem Taucherdampfer, mit den Wracks und mit den zu Stein gewordenen Zementsäcken, da war Schulau mit dem Leuchtturm und dem Feuerschiff, dahinter Wedel mit dem Kirchturm und den roten Dächern, da war die Lühe mit ihrem hohen Deich – und von allem gab es Geschichten zu erzählen.

Als sie bis zur Lühe gekommen waren, wogte die Flut ihnen entgegen und zwang sie, vor Anker zu gehen. Großsegel und Besan konnten die fünf Stunden ruhig stehen bleiben, nur die Fock ließen sie fallen, und den Klüver nahmen sie weg. Klaus Mewes langte den Kieker aus dem Nachthaus und suchte den Strom nach bekannten Fahrzeugen ab, denen er seinen Jungen hätte mitgeben können, aber er konnte zunächst nur einige Dreuchewer und Jollen ausmachen, die nicht in Frage kamen.

So gingen sie in die Kajüte hinunter und setzten sich zum Kaffee nieder.

»Ik wull, dat geef brodte Schullen«, rief Störtebeker übermütig. »Dor verlangt mi eulich no!« Er ging aber auch dem Graubrot tüchtig in den Topp.

Klaus Mewes sah ihn an und freute sich seiner. Wenn Gesa Bescheid gewußt hätte, es wäre ihm von Herzen recht gewesen, den Jungen an Bord zu behalten. Aber so ging es nicht. Sie ängstigte sich ja zu Tode und suchte mit der Leuchte und mit der Harke, wenn er heute abend nicht heimkam.

Hein Mück dachte noch immer an die große, gefährliche Reise über das Eis, die Störtebeker gemacht hatte, und mit einem Mal sagte er mehr zu sich selbst als zu den anderen: »Junge, dat is jüst so as der Reiter und der Bodensee!«

Gotts den Donner – Klaus Mewes verschüttete den halben Kaffee, und Kap Horn blieb der Brotknust im Halse stecken, so verwunderte sie schließlich diese Rede ihres Speisemeisters. »Wat ist dat?« fragte der Schiffer.

»Och, nix.«

»Nix?«

»Ne, nix!«

»Ik will di gliek bi nix! Hier vertillst oder du warrst afmunstert, un Klaus Störtebeker ward uns Kock«, befahl Klaus.

»Och nix: Ik dach bloß an en Gedicht in uns Leesbook, dat is meist as Störtebeker sien Reis.«

»Upseggen!«

Hein Mück bekam einen roten Kopf. Das war eine schöne Tasse Tee! Hätte er doch nichts gesagt! Nun mußte er in seine Koje steigen und sein Lesebuch aus dem Stroh suchen.

Kap Horn konnte sich einen kleinen, freundlichen Hieb auf Klaus nicht verbeißen: »Jä, jä, Klaus Mees, du kiekst un wunnerst di woll, dat he sien Leesbok noch hett, wat? He hett dat nich so mokt as du. Du hest den lesten Dag jo all dien Beuker opfluckern loten, hest dor annen Westerdiek en grote Ostermoon von mokt!«

»Jo«, sagte Klaus Mewes, »ik wür son groten Döskupp: man god, wat de Jungens nu all en Deel kleuker sind. Non, denn legg los, Heinrich Mücke«, setzte er gemütlich hinzu, und der Koch las von dem Reitersmann, der über den zugefrorenen Bodensee geritten war, ohne es zu wissen:

„Den Reiter schaudert's, er atmet schwer:
Da hinten die Ebne, da ritt ich her.
Da recht die Magd die Arm` in die Höh:
Herrgott, so rittest du über den See!
An den Schlund, an die Tiefe bodenlos
Fat gepocht des rasenden Hufes Stoß!
Und unter zürnten die Wasser nicht,
nicht krachte hinunter die Rinde dicht
und du warst nicht die Speise der stummen Brut,
der hungrigen Hecht`in der kalten Flut?
Sie rufet das Dorf herbei zu der Mär,
Es stelen die Kanben sich um sie her,
Die Müter, die Greise, sie sammmeln sich:
Glückseliger Mann, ja segne du dich!
Herein zum Opfer, zum dampfenden Tisch,
Brich mit uns das Brot und iß vom Fisch" ... "

Als der Junge fertig war, entstand eine kleine Pause im Ewer, obgleich Klaus Mewes der Schluß nicht recht gefallen wollte, denn hinterher vor Angst sterben, war nichts für ihn. Auch Störtebeker war still, so sehr wunderte er sich darüber, daß Hein Mück laut lesen konnte.

Dann stand sein Vater auf, klopfte dem Koch auf die Schulter und sagte anerkennend: »Du kannst god beden, Hein! Blief man giern betjen bi de Beuker. Wennt weiht, hest dor Tied genog to.« Damit stand er auf und ging an Deck, um wieder nach einer Fahrgelegenheit für seinen Jungen zu suchen. Und diesmal fand sie sich, obschon Störtebeker wünschte, es möchte kein einziges Schiff vorbeisegeln, damit er die Nacht und immer an Bord bleiben mußte.

Aber da kam Jan Külper mit seiner alten Jolle heraufgesegelt und drehte richtig bei, als Klaus Mewes ihn anrief und ihm die Sache verklarte. Jawohl, er nehme ihn gern mit, sagte Jan. Da kamen auch schon Kap Horn und Hein Mück an Deck.

Störtebeker sah, daß die Herrlichkeit vorbei war und er von Bord sollte. Tränen standen ihm in den Augen, als sein Vater ihn hinüberwriggte und Kreek und Pek an die Jolle übergab. Dann mußte er selbst übersteigen. »Adjüst, Störtebeker.«

»Jüst, Vadder!« Er konnte kaum sprechen, so traurig war er geworden, und hatte für Jan Külper keinen guten Tag und guten Weg.

»Greut Mudder man un segg man, wie kommt bald mit en Reis lebendige Schullen, hürst? Un to Sommer kummst du ok mit no See!«

»Jo«, sagte Störtebeker dumpf und dachte: Lot dien Snacken doch bloß no!

Klaus Mewes wriggte zurück, und Jan Külper ließ die Jolle schwoien.

»Adjüst, Störtebeker!« riefen Kap Horn und Hein Mück, die auf den Luken standen, aber der Junge starrte ins Wasser und gab keine Antwort mehr. Er war ganz krank und wollte nichts hören und sehen. Er wollte auch den Ewer nicht mehr angucken. Jan Külper hatte gedacht, einen munteren Fahrtgenossen zu bekommen, der ihm den langen Weg verkürze, aber Störtebeker blieb ein trübseliger Maat und blickte während der ganzen Fahrt bis nach Finkenwärder hinauf starr ins Wasser.

»Warr man ne seekrank, Störtebeker«, sagte der Elbfischer einmal.

»Dor quäl di man ne üm!«

»Sutje, mien Jung, anners kriegst du de Utsettung«, drohte der Fischer.

»Smiet mi doch ober Burd, wenn mi ne mihr mithebben wullt«, rief der Junge patzig. Da goß Jan ihm zur Strafe ein Euschfatt voll Wasser über den Kopf.

Mit der hereinbrechenden Dämmerung kamen sie in Finkenwärder an. Am Köhlfleet, eben hinter der Königsbake, setzte Jan seinen mürrischen Passagier an Land. Störtebeker nahm seine Kreek auf den Buckel, die Pek in die Hand und ging den dunklen Deich entlang zum Neß.

Als er bei Gerd Eitzen um die Huk bog, hörte er seine Mutter schon rufen:

»Klaus! Klaus! Klaus!« Und er sah, daß Leute bei ihr standen. Auch sein Großonkel, der alte Jäger, den er oft wochenlang nicht sah, war auf dem Deich.

»Klaus! Klaus! Klaus! Neem schull de Jung doch woll bloß ween?«

»Hier is he!«

»Woneem, woneem?«

»Hier uppen Diek, Mudder!«

Da lief sie ihm entgegen, laut aufschreiend, und nahm ihn bei der Hand, führte ihn in die Stube und fragte, wo er gesteckt hätte. Und als er seine Reise über das Eis und seine Fahrt mit dem Ewer die Elbe hinunter und mit der Jolle die Elbe herauf verklart hatte, ohne jede kindliche Übertreibung, denn er hielt sich an das Wort seines Vaters: Eulich wat beleben, denn brukt en ok ne to legen, da warf die Mutter sich schluchzend auf den Tisch und sagte: »Haut ji em, Unkel, haut ji em. Ik kannt ne!«

»Hebben mütt he wat«, erklärte der verbissene und durch das viele Rufen gereizte Alte.

»Du kannst mi haun, Mudder, ober van Korl-Unkel lot ik mi ne haun«, sagte Störtebeker mit blitzenden Augen. Doch der alte Jäger, den das Schreien aus dem Schlaf gerissen hatte, knurrte grimmig: »Wat? Van mit lettst du di ne haun, du Kosak? Dat weut wi doch mol wies warrn!« Erst wollte Störtebeker sich wehren, wollte hinauslaufen, dann aber war ihm auch das einerlei. Mochte er ihn tothauen, wie Jan Külper ihn über Bord werfen wollte. Unbeweglich blieb er stehen und ließ sich schlagen, ohne zu zucken oder zu schreien. Nur seine Augen funkelten: Dat ward ne vergeten! Diese Ruhe brachte den Alten noch mehr auf, und er schlug ihn ärger. Da warf sich aber die Mutter dazwischen und drängte die beiden auseinander, denn sie wußte, daß der Trotz des Jungen nicht zu brechen war, daß er sich lieber krumm und lahm prügeln ließ, ehe er einen Laut von sich gab.

»Lot em man, Unkel, lot em man! Goht man wedder uppen Bitt, ik will woll alleen mit em klor warrn«, bat sie dringend. Der Alte ging mit einem bösen Blick hinaus und brummte noch auf der Diele.

Ungerührt ließ Störtebeker sich die Geschichte von dem Schuster vorhalten. »Dat betjen Hoveree«, sagte er verächtlich. »Wat he dor son Larm üm moken mag! Harrst em dat Gild jo man ut mien Sporputt geben kunnt!« Abbitte aber täte er nicht. Der Schuster hätte ihn zum Narren gehalten und hätte selbst schuld, daß ihm das Fenster eingeworfen worden sei.

Nach dem Abendessen zog er sich aus und legte sich zu Bett. Nach dem langen, ereignisreichen Tag schlief er schnell ein. Er dachte noch: Wenn ik irst an Burd bün, denn haut mi keenen mihr: Vadder litt dat ne as Mudder. Dann sang der Schlafschiffer mit ihm ab.

Wie seelenruhig er schlief, als die Mutter an sein Bett schlich und ihm in das stille braune Gesicht sah! Lange Zeit sah sie ihn an und bat ihm ab, daß sie ihn hatte schlagen lassen, denn der kleine Kerl konnte ja nicht anders flöten, als sein wilder, lachender Vater es ihn gelehrt hatte. Die Mutterliebe wallte heiß in ihr auf. Sie beugte sich über ihn und küßte ihm den festgeschlossenen Mund. Bei Tag hätte sie das nicht tun dürfen, er hätte sich mit Händen und Füßen gesträubt gegen solchen

Kinderkram, wie er es nannte, und wäre lieber aus dem Fenster gesprungen, als daß er ihr einen Süßen gegeben hätte.

»Mien Jung büst du doch«, flüsterte sie zärtlich und strich ihm über das Haar. Da regte er sich und sagte halblaut: »U, Vadder, kiek mol dat grote Schipp!«

Gesa schlich in die Küche zurück und dachte schmerzlich: Er steht schon wieder bei seinem Vater an Bord – und du, Gesa?

Fünfter Stremel

Am anderen Morgen war das erste, was Störtebeker tat, daß er auf den Deich lief und nach dem Wetter guckte. Und er freute sich, als der Wind wehte, daß die Ewer im Fahrwasser schnell von der Stelle kamen, denn so kam auch sein Vater gut vorwärts und war um so eher wieder da. Denn sein Vater, sein Vater! Danach fragte er, das ging ihn an: Ohne den war es nichts, ohne den wußte er nicht, was er anfangen sollte, ohne den und ohne den Ewer machte es ihm keinen Spaß zu leben. Beim Kaffeetrinken ging es noch, als er in behaglicher Breite vom Segeln und Kreuzen sprach, wie weit sie wohl schon wären, ob das Boot schon wieder eingehievt wäre, ob sie den großen Klüver wieder gesetzt hätten und andere fahrensmännische Dinge. Aber als er dann im Türloch stand, da war er wieder ganz allein und wußte nicht, was für einen Weg er einschlagen solle. Schließlich dachte er an sein Viehzeug, ging hin und mistete den Kaninchenkoben aus. Auch die Nebelkrähe bekam eine Lage frisches Stroh, die sie sich selbst mit wichtigem Gehabe zurechtlegte. Danach ging er am Graben entlang und zog die alte Bunge, die sein Vater noch mit unter den Stubben gesetzt hatte. Es war aber weder ein Hecht noch ein Schlei darin, nur ein großer Wasserbulle krabbelte am mittleren Reifen und sprang eilig ins Wasser zurück. Der Junge stellte das Netz an einer anderen Stelle ins Wasser und ging zum Binnendeich, um sein Hütfaß zu überprüfen; er zog den durchlöcherten Kasten, eine englische Hummerkiste, die sein Vater auf See eingezogen hatte und die nun vor dem Deichsiel im fließenden Wasser lag, aufs Trockne und überzeugte sich, daß die beiden Karauschen, die er drin hatte, noch springlebendig waren.

Damit waren seine Vormittagsämter eigentlich schon verwaltet. Was sollte er nun noch machen? Wenn sein Vater da war, hatte er alle Hände voll zu tun, aber nun war er eigentlich arbeitslos.

Weiter unten auf dem Deich, wo die Häuser wieder anfingen, spielten die Kinder, Jungens und Dierns, Ringelreihe und Tickfast. »Speel doch en betjen mit de Kinner«, sagte die Mutter, die auf der Wurt stand und die Hühner fütterte. Da ging er hin, um sich nicht andere Landarbeit aufladen zu lassen und sah eine Weile zu. Sie fragten ihn, ob er mitspielen wolle, aber er sagte nein: Mit Mädchen spiele er überhaupt nicht, er wäre doch kein Mädchenkönig! Wenn sie Suhl oder Steckpfahl oder Hahnensehen mitspielen wollten, aber ohne die alten Mädchen, dann hätte er Lust! Sie wollten aber lieber bei der Ringelreihe bleiben – deshalb hatte er es bald über, da Gevatter zu stehen, und er kehrte ihnen den Rücken.

Der alte Jäger begegnete ihm. Er hatte das Gewehr auf dem Nacken und den Sack mit den Lockenten auf dem Rücken und wollte wilde Enten schießen. Juno, der große, braungefleckte Hund, lief neben ihm her.

Störtebeker tat, als sähe er ihn gar nicht, denn er dachte an die Schläge vom Abend vorher, doch der Alte hatte seine Wut verschnarcht und sagte vergnügt: »Meun, Klaus Störtebeker!« Störtebeker aber dachte: Snack, soveel du wullt, wat geiht mi dat an, obgleich die Enten durcheinanderschnatterten: Meunmeunmeunmeun und er gern einmal in den Sack geguckt hätte, auch von Herzen gern mit auf die Jagd gegangen wäre.

Als der Jäger vorbei war, setzte er sich auf das Rickels und wartete, daß einige von seinen Mackern kommen sollten, mit denen er in die Pütten oder nach der Wisch ziehen konnte. Niemand ließ sich blicken: Die Mütter hielten sie fest, denn die Schustergeschichte hatte mit den Stutenfrauen schon die Runde gemacht, und auch die Reise über das Eis war bereits bekannt geworden. Ihre Jungen sollten sich nicht mehr mit dem Buschräuber abgeben, riefen die Frauen einander zu.

»Hein, du bliffst hier un geihst mi ne no den Neß, no den Störtebeker, hest mi verstohn?«

»Jo, Mudder!«

In seiner Not nahm Störtebeker schließlich die Hechtschnarre zur Hand und lief mit dem Bambusstock grabenauf und grabenab, um einen Hecht zu erwischen; aber er hatte auch damit kein Glück. Es war nicht sonnig genug, die Hechte standen tief im Wasser und waren sehr scheu, sie schossen meistens schon in die Tiefe, wenn er näher kam. Einmal gewahrte er einen großen Hecht, der gut gegen die Sonne stand. Behutsam tauchte er die goldene Drahtschlinge ins Wasser, ohne Wellenringe zu machen, und schob sie vorsichtig an den Fisch heran. Es ging auch anfänglich gut, die Schnauze war schon in der Schnarre. Wenn sie hinter den Kiemen war, wollte er rasch zuziehen und den Hecht aufs Land schnellen. Aber da strich eine Krähe über die Erlen, und wo eben noch Muschi Pundsheek gestanden hatte, da lief nun ein Käfer im Wasser.

»Du verdrehte Jakob du!« rief Störtebeker ärgerlich und warf mit einem Kluten nach ihm, dann gab er die Hechtfischerei auf und zog mit seinem runden Netz nach der Sielkule, um Stichlinge zu fangen. Das war lohnender; er ketscherte einen halben Eimer voll, weiße dicke Weibchen und graue dünne Männchen. Den größten Teil bekam die Mutter, die sie für die Hühner kochen wollte, den Rest aber machte er, auf der Bank unter den Linden sitzend, mit seinem Knief, seinem Puggenslachter, für Kluß zurecht, indem er Köpfe und Stacheln abschnitt. Die alte Krähe lebte ordentlich auf, als er ihr den Schmaus durch die Maschen des Kastens stopfte.

Als er sich dann aber vor den Käfig auf den Haublock setzte und ihr ununterbrochen die drei Worte vorpredigte, die sie lernen sollte: »Höh, Klaus Mees!« da sprang sie auf ihre Stange, hielt den Kopf schief, als wenn sie schwerhörig wäre, und öffnete mitunter verlangend den Schnabel, als wäre sie um weiter nichts als um neue Stichlinge verlegen. Sie krächzte auch einmal, aber zum Nachsprechen kam sie nicht, so eifrig der Junge sich auch bemühte, denn er wollte seinen Vater nach der Reise damit überraschen. Der sollte sich fix erschrecken, wenn er in den Hof hineinging und es mit einem Male rief: Höh, Klaus Mees! Eigentlich sollte die Krähe lernen: De Jung mütt no See! Aber das sollte erst später eingeübt werden. Diesmal war die Geduld freilich noch nicht groß.

»Du büst dummerhaftig, Kluß!« sagte Störtebeker ärgerlich. »Wenn du ne bald snackst, bring ik di keen Steengrimpen mihr her.«

Nach dem Mittagessen – Plummensaus gab es, eine Götterspeise für ihn – machte er sich ans Knütten und dachte mehr zu schaffen als vor zwei Tagen, mit seinem Vater und Kap Horn bei dem vielen Erzählen. Er knüttete emsig, ohne sich zu verpusten, die Nadel flog nur so, aber nach anderthalb Stunden sah er ein, daß es ihn ohne seinen Vater doch nicht freute.

Da ging er mit dem Euschfatt nach der Neßkule und goß den Kahn leer, der immer noch Wasser machte. Kalfatert mußte der werden, und wenn sein Vater nicht so auf den Stutz gefahren wäre, hätten sie es auch zusammen getan. Nun mußte er wohl allein darangehen.

Er sah auf: Das Wetter war gut, der Wind mooi. Sie fischten wohl schon und hatten bald die Reise. Wenn sie doch schon morgen kämen oder übermorgen!

Der Jäger kehrte vom hohen Neß zurück. Drei Enten baumelten an der Tasche und machten ihm gute Laune.

»Dor achter kummt de Schoster, Klaus Störtebeker, du schallst Afbitt don«, stichelte er, aber der Junge ließ sich nicht täuschen.

»De ward fix nattgoten«, sagte er gleichmütig, dann aber besann er sich, schluckte den Rest seines Grolls hinunter und lief auf den Deich, um die geschossenen Enten zu besehen und zu befühlen, Juno zu streicheln, der gänzlich mit Schlick bespritzt war, und die Flinte zu tragen, denn er wollte gern einmal wieder mit auf die Jagd, bis sein Vater kam.

»Wenn dat Is man irst weg wür, Korl-Unkel, wat ik mit mien Kohn schippern kann.«

»Offermorgen kriegt wi en neen Moon, denn wardt woll anner Wetter«, sagte der Jäger und sah den Himmel an.

Zu Hause warteten drei Jungen vom östlichen Norderelbdeich, die dreierlei wissen wollten.

Erstens: Ob er noch kleine Kaninchen zu verkaufen hätte, denn dann wollten sie einen Bock und eine Eve bestellen.

Zweitens: Ob es wahr wäre, daß er dem Schuster alle Fenster eingeschlagen hatte, denn das war am Deich erzählt worden.

Drittens: Ob der Feek am Westerdeich schon trocken sei, denn dann wollten sie gleich Ostermoonen beuten. Streichhölzer hätten sie eine ganze Schachtel voll in der Tasche.

Störtebeker ging mit ihnen nach hinten und wies ihnen die Eve. »Ik weet ne, veel lütje Munkis dat ik krieg, Jannis: Fief sünd verseggt, wenn dor söben van ward, denn kriegst du noch twee.« Wegen des Schusters ließ er es ruhig bei der einen Scheibe, die seine Mutter bezahlt hatte, und sagte: »De Lüd snotert sich wat trecht, Hein!« Der Feek sei noch mistnaß und für Osterfeuer sei es überhaupt noch viel zu früh; was sie sich wohl eigentlich einbildeten, sie hätten wohl einen Splien? Wenn es soweit wäre, dann würden sie schon den weißen Rauch ziehen sehen. »De Rietsticken geef mi man, Ott, dor kannst du lütje Boitel doch noch ne mit ümgohn, de nimmt dien Mudder di doch noch wedder weg.« Damit entriß er dem Jungen die Schachtel und steckte sie in die Tasche. Er zeigte ihnen noch Kluß und die angefangene Bunge, ließ sie in das Hütfaß gucken und die Karauschen gebührend bewundern, dann aber schickte er sie weg, denn er sah die Gören vom anderen Ende doch nicht ganz für voll an, und wenn nicht die Bestellung gewesen wäre, hätte er sich gar nicht weiter mit ihnen abgegeben. Aber die Kundschaft mußte man sich ja gewogen halten.

Er lief nach der Neßkule, und obgleich es ihm vor drei Tagen so schlecht bekommen war, ging er doch wieder an das scharfe Dümpeln mit dem Kahn, um sich seefest zu machen. Diesmal wurde ihm nicht schlecht.

In der Dämmerung mußte er noch mal den Deich entlang und Graupen und Zucker vom Krämer holen. Damit war sein Tagewerk beendet.

»Noch süß Dog, Mudder, denn kummt Vadder all wedder«, sagte er zuversichtlich, als er die Stiefel auszog.

Ungefähr so wie diesen Tag füllte Störtebeker auch die anderen Tage aus, ohne rechte Lust und rechten Wind; er wartete auf den großen schönen Ewer mit den hohen braunen Segeln, dem grünen Bug und dem rot und weißen Flögel. Als es an der Zeit war, daß sein Vater aufkommen konnte, stand er stundenlang auf dem Deich oder am Bollwerk, wenn Flut war, oder er saß im Wipfel der Linden vor der Tür und spähte nach den vorbeisegelnden Fischerfahrzeugen aus. Er suchte einen grünen Ewer und einen blau-weißen Stander, der von Godefroo bis zur Nienstedter Kirche wehen mußte, nicht länger, wenn es der rechte sein sollte; das wußte er. Zwar wartete er auch noch auf das Trockenwerden des Feeks am Westerdeich, auf das Schmelzen des Eises, auf die Besserung der Grabenfischerei, auf das Jungen des Kaninchens und auf das Fertigwerden der neuen Seestiefel; aber das waren doch nur Kleinigkeiten gegen das große Warten auf seinen Vater.

Außer seinem Elternhaus und zwei älteren Häusern stand auf der Neßhuk nur noch eine alte Kate, in der Sill wohnte, eine alte, wackelige Frau, die im Winter Wurstprökel machte und Strümpfe anstrickte.

Auch nahm sie die Schinken in Pflege, denn die Kate hatte keinen Schornstein, und aller Torfrauch sammelte sich auf der Diele, die die beste Rauchkammer weit und breit abgab. Im Sommer spielte sie Fischfrau in Hamburg, auch suchte sie Regenwürmer mit der Laterne für die Aalfischer. Sill war ein wenig wunderlich geworden in ihrem harten Leben und galt auf dem Eiland allgemein als Hexe, die einem etwas antun konnte. Sie trauten ihr nicht, aber sie hüteten sich, es sie merken zu lassen. Niemand verdarb es sich gern mit ihr, denn manchem Fischermann, der sie schief angeguckt hatte, war es schlecht ergangen. Er hatte den Mast abgebrochen oder andere große Haverei bekommen, die Kurre eingebüßt oder nichts gefangen. Manch einen gab es am Deich, der an Hexen und Blaufärben glaubte und nicht fuhr, ohne sein Fahrzeug vorher gehörig ausgeräuchert zu haben. Man mußte Thees to Baben zuhören, dem Hexenmeister, dann wußte man erst Genaueres über die mannigfaltige Tätigkeit dieses Weibes.

Einmal hatte Peter Külper seine Kurre geloht und sie zwischen den Bäumen zum Trocknen aufgehängt. Nachts wachte er mit einem Mal auf, und es trieb ihn, aus dem Fenster zu gucken. Da sah er die alte Sill im Mondlicht zwischen den Bäumen gehen und bemerkte, daß sie seine Kurre berührte. »Nu bün ik behext«, dachte er. Am Morgen besah er die Kurre genau und fand einen Pfennig in das Steerttau geklemmt. Er pulte ihn heraus und vergrub ihn, und das war sein Glück, denn sonst hätte er das Netz auf der ersten Reise gleich an den Steinen zerrissen. Also sprach Thees to Baben.

Einer der wenigen, die von solchem Hünenglauben nichts hielten, war Klaus Mewes, der Lachende, und als er einmal dazukam, als Gesa dem Jungen einschärfte, ja nichts von der Frau anzunehmen, keinen Apfel und keine Birne, da sagte er ernsthaft: »Mudder, gläuf doch ne an Hexen un sowat. De arme Froo kann ne mihr as du. Wat schull de den Jungen woll geben? De freit sik, wenn se sülben wat to bieten hett!« Und dann sagte er, um das Unrecht gutzumachen, das Gesa ihr nach seinem sicheren Gefühl zugefügt hatte: »Wi hebbt noch en poor Schullen ober; kumm, Störtebeker, un bring Sill de hin!« Der Junge tat es. Sill war vergnügt und wollte ihm einen Apfel schenken, aber sie konnte nicht gleich einen finden und sagte ihn für später zu.

Als Störtebeker eines Tages wieder von seinem Kahn kam, dachte sie daran, klinkte die Tür auf und sagte: »Mol rin, Jung, schallst wat Scheuns hebben.«

Er ließ sich nicht lange nötigen, aber er guckte sich erst um, ob ihn die Mutter auch nicht sah. Als die Luft rein war, trat er in die dunkle Diele, denn bange war er nicht. »U, Sill, wat bitt de Rook mi inne Ogen«, rief er.

»Jä, jä, de Rook! De is slecht für de Ogen, obersen god für de Schinken«, sagte die Alte und kroch in das Kellerloch hinein, das unter den Wandbetten war.

»Junge, wat en barg Schinken! Hürt di de all to, Sill?«

Sill saß ganz im Stroh und musselte darin umher wie ein Schwein im frischbestreuten Koben. Zu sehen war gar nichts mehr von ihr, nur noch zu hören. Ein anderes Kind wäre ängstlich geworden und hätte die Beine in die Hand genommen, aber Störtebeker wußte nichts davon.

»Wat seggst du, Junge?«

»Ich meen, wat dat al dien Schinken sünd?« wiederholte er lauter.

»Jo, all mien Schinken.«

»Diern, denn kannst du di woll frein!«

Die schwarze Katze erhob sich auf dem Herd und sah ihn mit glühenden Augen an. »Is dat de Katt oder de Koter, Sill?«

Die Alte tauchte gerade wieder wie der Geist von Hamlets Vater aus der Versenkung auf. Sie hatte Strohhalme in den Haaren und zwei Äpfel in der knochigen Hand.

»Dat is de Koter, Störtebeker, de Koter is dat. De Katt hett Junge. Wenn du Lust hest, kannst jüm offermorgen all versupen.«

»Jo, Sill, dat mokt jo Spoß«, sagte er gemütlich, sie aber gab ihm die Äpfel und bemerkte dazu, es seien die letzten, die wären für die Fische von damals, und er solle sie sich nur schmecken lassen. Er nahm sie ohne Dank an und machte, daß er hinaus kam, denn er konnte den beißenden Rauch nicht mehr aushalten.

Auf dem Deich überlegte er, was er nun tun sollte, und betrachtete die schönen, rotbackigen Äpfel. Wie fein die rochen! Ob sie wohl behext waren und ob er wohl krank davon wurde, wenn er sie aß? Die Mutter hatte es gesagt, aber sein Vater hatte darüber gelacht, und sein Vater war der Oberste für ihn; er wollte sie getrost essen.

»Klaus, kumm hier mol her! Wat hest du dor, wat sünd dat för Appeln?« rief die Mutter, die mit einem Mal neben ihm stand. O weh das hätte nicht kommen dürfen. »Kantappeln, Mudder!« – »Keen hett di de geben?« Daß sein Vater ihm das Lügen verboten hatte! Nun mußte er mit der Wahrheit an den Tag. »Sill, für de Schullen, de ik ehr to bröcht hebb.«

»Her de Appeln!«

»Och, Mudder!«

»Her de Appeln, de schallst du ne upeten!«

»Och, Mudder, lot mi de doch, ik hebb solangen keen Appeln mihr hatt!«

»Giffst du de her, Klaus?«

Er wollte flüchten, aber sie kriegte ihn am Hosenträger und nahm sie ihm weg. Hastig steckte sie sie in die große Tasche, die sie unter der Schürze trug, und ging ins Haus zurück. Störtebeker lief hinterher und versuchte, sie ihr wieder abzuschnacken, aber er erreichte es nicht, sie war unerbittlich. Da legte er sich auf die Lauer und beobachtete sie heimlich, ohne daß sie es gewahr wurde. Und als er sie später aus der Tür kommen hörte, versteckte er sich schnell im Binnendeich hinter der dicken Wichel. Gesa sah sich scheu um, ob auch keiner guckte, dann lief sie in den Garten, grub ein Loch und steckte die Äpfel hinein, um die Hexerei unwirksam zu machen.

Kaum war sie aber wieder oben, als Störtebeker geschlichen kam und die Äpfel ausgrub. Diesmal besah er sie nicht lange, sondern wischte sie schnell an der englischledernen Hose ab und steckte sie in die Tasche. Erst als er in sicherem Versteck am Westerdeich saß, in einem Storchnest, das er sich im Wipfel einer abseits stehenden Esche gebaut hatte, betrachtete er sie wieder und aß sie dann mit großem Behagen auf, ohne bange zu sein, daß er krank danach werden könne. Dazu schmeckten sie viel zu gut.

Als er wieder nach Hause kam, dick und satt, lag ein gelber Prinzapfel auf dem Tisch, und die Mutter sagte: »Kiek, Klaus, dor hebb ik noch een van uns egen Appeln int heid funnen, de smeckt beter, un dor warrst du ne krank van. Den et man up.«

Störtebeker verachtete natürlich auch diese Kost nicht, aber er sagte doch: »Van wegen beter, Mudder, dat will ik di man seggen: ik mag Kant leber as Prins!«

Einige Tage danach brachte starker Westwind eine hohe Tide und brach die Fleek, das Eis, in tausend Stücke, schob das meiste davon auf den Deich und ebbte den Rest nach der See hinab. Dann machten Regen und Sonnenschein reine Bahn bis auf die Sandhügel und

Schlickhaufen im Gras. Nun hatte Störtebeker freies Wasser für seinen Seeräuberkahn, er konnte wriggen und rudern, soviel er wollte. Jede Tide stieß er eben vor der Flut vom Sielgraben ab, ließ sich stromab treiben und legte sich zwischen Blankenese und dem Schweinesand auf die Lauer, warf den Draggen aus und harrte der Schiffe, die mit der Flut heraufkommen sollten, denn jetzt mußte sein Vater bald dabei sein. Zehn Tage war er schon weg. Die Dünung der Dampfer tanzte mit seinem Fahrzeug auf und ab – das freute ihn, denn so mußte er doch zuletzt seefest werden.

Wie er spähte! Wenn große Drei- oder Viermaster vorbeigeschleppt wurden, warf er den Kopf in den Nacken und guckte nach den Rahen und Masten hinauf. Dampfer sah er feindselig an, denn er wußte, daß sein Vater nichts von den Stiemkästen hielt, und daß auch Kap Horn nicht gut auf sie zu sprechen war. Was da sonst noch segelte und kreuzte, Dreuchewer, Jalken, Kuffen, Schaluppen und Galjassen, das waren Dwarstreiber und Torfschipper bei ihm.

Aber die richtigen Ewer, die Fischerewer, das waren Schiffe für ihn, denen wriggte er entgegen, und die begrüßte er: »Hebbt ji Vadder ne sehn? Hett he ne bi jo fischt? Kummt he bald?« Wußten die Fahrensleute dann mitunter nicht, wer er war, die Auer oder die Lüneburger, dann drehte er einfach seinen Kahn so, daß sie seinen Namen »Klaus Störtebeker« lesen konnten – dann wußten sie gleich Bescheid. Dann hieß es ja oder nein, sie hätten bei ihm gefischt, er käme bald, oder sie hätten ihn nicht gesehen, er müsse wohl in der Süd zugange sein, oder er wäre nach der Weser gesegelt. Es waren auch Schelme da, die riefen, sein Vater sei nach Janmerika gefahren und käme erst Weihnachten wieder. Und Besorgte, die ihn ermahnten, nicht so weit hinaus zu schippern, sondern am Bollwerk zu bleiben. Nur was er am liebsten hören wollte, daß einer sagte: »Dor seilt dien Vadder, dor achter. Schipper em man inne Meut!«, das bekam er nicht zu hören, und den schönsten Ewer kriegte er nicht zu sehen, so weit er auch blickte.

Hinter ihm machten sie die Flagge klar, um dem Deich zu winken und die Frauen zu grüßen. Er sah es mit einem bitteren Geschmack im Mund.

Abends wriggte er niedergeschlagen zurück. Wenn er dann noch den Deich entlang mußte, benachrichtigte er wohl die Frauen, deren Männer aufgekommen waren: Geschen, ik hebb mit Hannis snakt: Du schullst man noch mit den Negendamper nokommen! Oder: Trino, Hein is upkommen, hett tweehunnert Stieg Schullen. Und wenn auch die Frauen meistens schon Bescheid wußten, wenn sie auch schon gewinkt hatten, so freuten sie sich doch über Bestätigung und sahen den kleinen Störtebeker freundlicher an, um so eher, als er nicht für Geld ansagte wie die andern Jungen, die sich gemeinsam ein Fernrohr gekauft hatten und einen förmlichen Fischerfrauenbenachrichtigungsdienst auf Teilung unterhielten. Störtebeker aber war zu stolz, Geld anzunehmen. »Behol man, ik verdeen Gild nog mit mien Fisch und mien Kninken«, sagte er, wenn ihm eine einen Groschen geben wollte.

Eines Tages, als er draußen war, lief ein großer grauer Manofwar, ein deutsches Kriegsschiff, dicht an ihm entlang. Schon von Schulau an hatte es sich durch langgezogenes Heulen bemerkbar gemacht – langsam glitt es nun vorüber. Er guckte es groß an, denn auf einem solchen Manofwar war auch sein Vater gewesen, als er gedient hatte. An der Reling standen viele Mariner und starrten ihn an, weil er so jung war und doch schon mitten auf der Elbe wriggte. Mit einem Mal aber winkte ein Matrose und rief: »Hallo, Störtebeker!« Das war Jan Greun, der auf der anderen Seite von der Stegel wohnte.

»Höh, Jan! Wat kummst du denn hier her, ik meen, du würst in Schino!«

»Lurst du up dien Vadder?«

»Jo, Jan! He kummt man bloß ne.«

Störtebeker rief noch, er solle man mal mit den Kanonen losballern, auch fragte er Jan, ob er seine Braut grüßen solle, dann war das Kriegsschiff vorüber, und er mußte machen, daß er den Steven seines Kahnes gegen die anlaufende große Dünung drehte.

Bald danach kam Hein Rolf mit seinem Kutter vorbei, und als der Junge in gewohnter Weise fragte, da bekam er die Antwort: »Jo, dien Vadder hett mit uns tohop fischt! He hett ok de Reis, he is ober no Bremerhoben gohn! Segg dien Mudder man Bescheed!«

»Is dat eulich wohr, Hein?«

»Jo, meenst, wat ik di wat vörleeg?«

Da schipperte Störtebeker traurig nach dem Deich zurück. Nach der Weser war sein Vater! Das konnte ja schön werden, denn das letzte Jahr war er auch immer dahin gefahren, so daß die Mutter manchmal geklagt hatte: Wenn du irst eenmol up de Wesser ween büst, denn fohrst dor woll gliek söben Mol no de Ratt hin! Nun konnte es wieder so kommen, daß er immer dahin segelte.

»Mudder, weest neem Vadder is?« fragte er, als sie beim Kaffee saßen.

»In Bremerhoben! Ik hebb mit Hein Rolf snackt, de hett bi em fischt!«

»Gott Loff un Dank, dat Vadder de Reis hett und an Land ist«, sagte die Mutter erfreut.

»He harr ober man no Hus kommen müßt«, sagte er darauf. »Wat deit he no de Wesser hin?«

»Dat mütt Vadder sülben weten«, erklärte sie aber. »Dor is he dichter bi de See un hett dor ok woll noch en beter Markt as oben an Altno.«

Und richtig erzählte die Stutenfrau, die lebendige Zeitung des Deiches, am anderen Morgen, daß so viele Schollen oben an der Brücke wären, daß kein einziger Ewer leer geworden sei. Sie müßten alle überliegen und hätten morgen wohl nur noch tote Fische im Bünn, die sie den Hökerweibern nachwerfen könnten, ohne daß diese sich auch nur umguckten. Da sah Gesa ihren Jungen an: Doch man god, wat Vadder no de Wesser is! Aber Störtebeker steckte eine hochmütige Miene auf, die heißen sollte: Teuft man af, in Bremerhoben is dat Markt vullicht noch slechter!

Die Stutenfrau erzählte weiter, daß Metta Focken Zwillinge bekommen hätte – twee lütje Jungens, ober krekel und gesund! –, daß Hinnik Bott seinen Ewer kondemmen ließe und daß Jochen Fajhes Knecht auf See über Bord gegangen und ertrunken sei, nachts. Er hätte sich noch lange über Wasser gehalten, aber sie hätten ihn nicht wiederfinden können, weil es so dunkel gewesen wäre. »Jochen, rett mi, Jochen, rett mi!« hätte er immer gerufen, bis er weggesunken sei, die schweren Seestiefel hätten ihn schließlich hinuntergezogen. »Is man en Butenlanner, Gorch hett he heten, ober wat is dat bedreuft«, schloß die Frau.

Störtebeker lehnte am Deichpfahl, einem abgesägten Kurrbaum, der noch die Zeichen H. F. 125 trug, und hörte zu.

Sechster Stremel

Störtebeker stand binnendeichs und heilte seine Bunge aus, die zwei große Löcher hatte; entweder war ein Hecht hindurchgeschossen, oder der Bauer hatte sie mit Willen entzweigestoßen. Da begab es sich, daß der Briefträger den Deich entlang kam. Als der Junge ihn sah, dachte er an einen Brief von seinem Vater, aber er mochte doch nicht fragen. Erst, als er Jan Beier in das Schütt gehen sah, ließ er die Bunge liegen und sauste ins Haus hinein.

»Van Bremen, Gesa«, sagte der Briefträger gerade und gab seiner Mutter einen Brief, wobei er den Herd mit den Augen streifte, ob der Kessel über dem Feuer hing. Als er das Wasser singen hörte, hellte sich seine Miene auf, er holte den großen Beutel aus der Hosentasche, setzte ihn gewichtig auf den Tisch und sagte: »Hunnert Doler, mien Diern!«

»Junge, Junge, Mudder, wat en Hümpel!« rief Störtebeker aus, als er die Goldstücke sah, dann aber wurde er nachdenklich und sagte: »Wat kann dat angohn? Wenn Vatter de Schullen uthökert, denn kriegt he doch luter Groschens, un nu sündt mit eenmol all Goldstücker?«

»Jä, dat zaubert wi uppe Post all trecht«, antwortete der Postkerl geheimnisvoll.

Gesa holte geschwind ein Glas aus dem Teeschapp und tat Rum und Zucker hinein, denn es war Jan Beiers herkömmliches Recht, daß er einen Grog verlangen konnte, wenn er Geld gebracht hatte. Er setzte die Mütze auf den Tisch, die Störtebeker wie einen Maikäfer betrachtete, holte das rotbunte Taschentuch heraus und wischte sich die Stirn, obgleich ihn gar nicht schwitzte, dann ließ er eine kleine Rede über den langen Weg und sein Alter los, um sich vor der Kaiserlich Deutschen Reichspost zu rechtfertigen, zuletzt aber zerstieß er den Zucker und rührte den Grog liebevoll um; er hielt das Glas gegen das Licht, er probte wie ein Weinküfer mit geschlossenen Augen und nickte zum Zeichen, daß er gegen das Verhältnis der Zutaten nichts einzuwenden wußte. Schließlich aber trank er das Glas in einem Zuge leer und sagte zu Störtebeker: »Dat Glas kannst du utlicken.«

»Ik bün keen Restensuper«, sagte der Junge verächtlich und schob das Glas von sich. Jan Beier aber machte sich reisefertig, nahm seinen Gutentagstock aus der Ecke und ging aus der Tür mit den hergebrachten Worten: »So, nu geiht dat irst mol wedder! Adjüst, mien Diern!«

»Jüst, Jan!«

»Junge, Junge, Mudder: Vadder, de kannt ober!« rief Störtebeker bewundernd, sie aber steckte das Geld schnell in die Kommode und verbot ihm, am Deich zu erzählen, wieviel sie bekommen hatte. Dann öffnete sie den Brief, auf dessen Umschlag wie immer nur stand:

Klaus Mewes, Finkenwärder,

ohne Herrn und ohne Elbdeich und ohne: bei Hamburg. »Se findt mi ok so«, pflegte Klaus Mewes heiter zu sagen, wenn Gesa ihm das vorhielt.

Sie las den Brief dem Jungen vor, erst hochdeutsch, wie er geschrieben, und dann plattdeutsch, wie er gemeint war. Diese Briefe von der Fahrt waren einander dermaßen gleich, daß Gesa schon manches Mal gesagt hatte, sie wolle sie ihm vorschreiben bis auf dreierlei, das er dann nur noch auszufüllen hätte: den Hafen, das Datum und die Geldsumme.

Bremen, den 29. März 1887.

Liebe Gesa!

Wir sind hier glücklich angekommen, haben 300 Stieg gehabt und 350 Mark gemacht. Ich schicke Dir 300. In Bremerhaven war es zu voll, deshalb sind wir raufgesegelt und haben es ganz gut getroffen. Diese Nacht gehen wir wieder runter. Ob wir die andre Reise nach Hause kommen, weiß ich noch nicht. Der Markt ist ja immer so schlecht auf der Elbe. Wenn Störtebeker mitgegangen wäre, hätte ich ihm schön Bremen zeigen können. Wir sind noch gesund und munter, was ich auch von Euch hoffe.

Jetzt will ich schließen.

> *Mit Gruß an Dich und Störtebeker*
> *Dein Mann Klaus Meves*

Bei der Übersetzung rief Störtebeker einmal: »Och, de scheebe Weg no Bremen!« Das war eine Redensart am Deich. Und bei der Stelle »Bremen zeigen«, rief er: »Jo, dat keem anners ut as dat anner Bremenwiesen!« Die Seefischer fragten manchmal die Kinder: Schall ik di mol Bremen wiesen? Und sagte ein Junge ja, so faßten sie ihn bei den Ohren an und hoben ihn in die Höhe und fragten so lange, ob er Bremen nun sehen könne, bis er gequält ja sagte.

Im ganzen war Störtebeker aber mit dem Brief nicht zufrieden, denn sein Vater wollte ja noch länger nach der Weser fahren. Verdrossen ging er wieder an seine Arbeit.

Was sein Vater wohl immer auf der Weser wollte? Nachher, wenn er erst mit an Bord war, konnte es seinetwegen gern immer nach Bremen gehen, aber erst sollte sein Vater kommen und ihn holen!

Nach einiger Zeit begann es zu tröpfeln, da trug er sein Netz nach dem Schauer und heilte dort weiter, unter den großen Namensbrettern gestrandeter Schiffe aus der alten Zeit, als noch gute Beute zu machen war, Büt wie 1873, als eine englische Bark mit Kupfererz auf Großvogelsand strandete, oder wie 1880, also ein amerikanischer Klipper mit Erdöl auf Scharhörn entzweiging. Viele der Schauer hinter dem Deich trugen diese Namensbretter als Zier, manchen Schweinekoben schmückte eine Inschrift wie »Kalliope«, »Ceres«, »Farewell« oder »Merkur«.

Das Schauer von Klaus Mewes wies fünf Namensbretter auf, davon zwei mit Goldbuchstaben, und über dem vorderen Eingang stand eine gekrönte Jungfrau, die Galionsfigur eines Vollschiffes, einst von Albatrossen umschwebt, von fliegenden Fischen umschwirrt – nun von Spatzen umpiept und von Hühnern umgackert.

Von den fünf Brettern hatte Klaus Mewes aber nur eins angebracht, das mit der goldenen Inschrift:

Suzanne – Le Havre

die anderen vier stammten von seinem Vater, dem großen Beutemacher, und hießen:

Hoffnung

Goede Verwachting

Haabet – Skien

Mary Thompson

Es war ein Trost für Störtebeker, daß seine eigene Fischerei in diesen Tagen besser wurde. Er fing beinahe jede Nacht etwas. Und weil sein Vater in den ersten sechs oder acht Tagen ja doch nicht kommen konnte, er also nicht nach dem Fahrwasser zu schippern brauchte, warf er sich mit großem Eifer aufs Knütten und bekam die Bunge fertig. Der Jäger stellte sie ihm ein, und dann fischte er mit doppeltem Geschirr. Zuletzt saß das Hütfaß voller Hechte, Sturbarschen, Schleien, Rotaugen und Karauschen, und er mußte daran denken, sie an den Markt zu bringen.

Da trat der seltene Fall ein, daß er seine Mutter einmal brauchte, denn er konnte nicht bitten, wie er auch nicht danken konnte. Gesa mußte hin und Hannes Husteen fragen, ob er die Fische mit nach Altona hinaufnehmen wolle. Erst hatte sie sich zum Schein geweigert: »Frog em man sülben, büst jo grot un kannst jo snacken«, da sagte er aber kurz und bündig: »Non, denn ist god, denn lot de Fisch man all krüssen, denn lots man dot blieben.« Hätte sie freilich gesagt, er wäre wohl bange, daß er selbst nicht fragen möge, so wäre er gewiß zu dem Fischer gelaufen. Sie dachte aber nicht daran, sondern tat den Gang für ihn.

»Will he jüm mithebben, Mudder?«

»Jo, schallst jüm ober furts hinbringen, he geiht gliek rup!«

Da packte Störtebeker seine Fische schnell in ein Netz, lief damit zur Jolle, die im Sielgraben lag und schon ungeduldig mit dem Segel giekte, und hängte sie in den Bünn. Hannes Husteen machte spaßeshalber einige Einwendungen: Wenn bloß ne son slecht Markt is, dat ik jüm los warr... De Dinger sünd ok so lütj; wenn de de Hökerwieber man nehmt... Als Störtebeker aber sagte: »Denn schallst du jüm gorne mithebben, du Bangbüx« und den Bünn wieder aufmachen wollte, da hielt der Elbfischer ihn zurück und gelobte, sein Bestes zu tun und die Fische so teuer wie möglich zu verkaufen, und wenn er sie dem Bürgermeister von Hamburg selbst ins Haus bringen müsse und die Tide darüber versäume.

Achtundzwanzig Groschen bekam Gesa am anderen Tag für ihren Jungen ausbezahlt. Störtebeker, der die Elbfischerfrau ankommen sah, versteckte sich schnell, damit er nicht danke zu sagen brauchte.

Sein Vater fuhr weiter nach der Weser, als wenn er den Weg zur Elbe ganz vergessen hätte. Bald kam Kunde von Geestemünde, bald von Vegesack oder Elsfleth oder Bremen oder Brake, einmal sogar von Oldenburg. Klaus Mewes kroch in alle kleinen Löcher hinein und versorgte die ganze Unterweser mit springlebendigen Klapperschollen und mit Finkenwärder Plattdeutsch. Sie kannten den fröhlichen Fischer an Geeste, Hunte, Lesum und Weser gleich gut und freuten sich, wenn er mit aufgekrempelten Armen auf den Luken stand und seine Fische pries. Zum Elbdeich kamen nur Briefe und Geld.

Störtebeker war böse auf seinen Vater, und er machte seiner Mutter gegenüber kein Hehl daraus. Zumal mittags tat er den Mund auf wie ein Kesselflicker. Nach dem Fahrwasser ruderte er nur noch selten hinaus, denn der Ewer kam ja doch nicht, und die Seefischer lachten ihn schon bald aus, wenn er fragte.

Er hätte wohl nicht gewußt, was er mit seiner Zeit anfangen sollte, wenn die Eve nicht sieben Junge gekriegt hätte, die ihm viel Arbeit machten, und wenn nicht die Tage der Ostermoonen angebrochen wären.

Die Tage der Ostermoonen, der Osterfeuer am Westerdeich!

Was steckt in den Jungen, daß sie Feuer anzünden, wenn die Sonne höher steigt? Die alte Heidenfreude ist es, die Freude an der Welt, an der Sonne und am Licht, die sich dunkel in ihnen regt. Die Alten stehen ihr ferner und können schon auf die Osterbrennerei schelten. Aber wie das junge Tier dem Urtier ähnlicher ist als das ausgewachsene, entwickelte, so steht auch das Kind dem früheren Menschen näher als der Mann; es horcht auf Stimmen, die in uns längst verklungen sind. Ihr Eltern und Lehrer, habt ihr das bedacht? Nein? So bedenkt es jetzt und seht mit Ehrfurcht auf das Kind – straft es nicht für seine Osterflammen!

»Johannisfeuer bleibe unverwehrt!«

Kniehoch lag der Feek am Westerdeich, ein Gemengsel aus Schilf, Reet, Binsen und Gras, das die winterlichen Sturmfluten zusammengeworfen hatten; als die Sonne es etwas getrocknet hatte, wurde es haufenweise in Brand gesetzt. Und der Baas der Ostermoonen war Klaus Störtebeker, er führte die Rotte der Jungen an, die jeden Tag, an dem es nicht mit Mulden goß, den Westerdeich belebte. Streichhölzer wurden immer einige aufgetrieben, und da in allen strammgezogenen Hosen Feuer saß, qualmte ein Hümpel nach dem andern. Wie Wigwams eines Indianerdorfes sahen die Feekhümpel aus. Die Jungen lagen daneben, pusteten und husteten, machten an der Windseite Luftlöcher, schleppten wieder Feek herbei und freuten sich über den dicken weißen Rauch, der bei dem ewigen Westwind meistens das ganze Eiland durchzog und vom Neß bis zum Audeich zu riechen war. Jeder setzte seinen Ehrgeiz darein, die größte Ostermoon zu haben. Meistens hatte Störtebeker sie.

Die Leute auf dem Feld schalten, der Pastor wetterte in der Kirche gegen den heidnischen Greuel, der Polizist vertrieb die Jungen, die

Bauern hetzten sie mit Hunden, die Frauen taten alles mögliche – aber die Jungen ließen sich durch nichts abhalten: Sie fanden sich immer wieder zusammen und steckten die Feuer wieder an. Rauchgeschwärzt saßen oder standen sie bei ihren Ostermoonen, auf dem Deich aber ging einer von ihnen Wache, und zeigte sich etwas, ein Hund oder ein Mensch, so zerstob die Bande und verbarg sich in dem unwegsamen Inselgewirr der Püttensümpfe oder saß in den Erlenbüschen, hinter dem Reet und den dicken Wicheln, bis die Gefahr vorüber war. Störtebeker war der letzte, der die Feuer im Stich ließ, er war auch der erste, der wieder aus den Pütten kroch, und vergaß niemals zu sagen: »Ik bün obers ne bang, Jungens!« Er warf stets das nasseste Zeug auf, damit es tüchtig räucherte, und fand es ganz vergnüglich, auch mal eine alte Wichel in Brand zu setzen. Abends wusch er sich Gesicht und Hände im Graben und ging befriedigt nach Hause, ohne sich um die weiterschwelenden Feuer zu sorgen. »Lot man brinnen«, sagte er zu seiner Mutter, wenn sie manchmal in der Dämmerung mit anderen besorgten Frauen hinlief und die Flammen dämpfte, damit nicht alle Bäume in Brand gerieten.

Ihre Strafpredigten hörte er ungerührt an. Ostermoonen müßten sein; sein Vater hätte sie als Junge auch gehabt, so verteidigte er sich und fand am anderen Morgen wieder den Weg nach dem Westerdeich.

In der Giebelstube des letzten Hauses lag ein kranker Matrose, der hieß Harm Külper und konnte von seinem Bett zum Westerdeich sehen.

Als gesunder, starker, lauter Junggast war er vor Jahren aus der Heimat gegangen – als ein kranker, schwacher, stiller Mann war er vor Wochen zurückgekommen. Er hatte all seine Kraft zusammengenommen, um den Deich allein entlang zu gehen, und hatte die Leute noch gegrüßt, die vor den Türen gesessen hatten. Aber es war ihm doch nicht ganz möglich gewesen. Beim Kirchenweg sackte er um und mußte nach dem Neß getragen werden. Andrees Fink, der Starke, nahm ihn wie ein Kind auf den Arm und brachte ihn seiner Mutter, die laut aufschrie, so weiß war sein Gesicht.

In Manaos am Amazonenstrom hatte das Fieber ihn gepackt und niedergeworfen. Nun lag er im Bett und wartete auf den Tod, denn er fühlte, daß er nicht wieder gesunden könne. Die große Fahrt war aus – über sein Seefahrtsbuch war ein dicker schwarzer Strich gemacht worden, den er nicht wegwischen konnte.

Er war in ein Trauerhaus heimgekommen; seine Mutter ging in schwarzen Kleidern, und die unteren Fenster waren dicht verhängt. Denn sein Vater und sein ältester Bruder waren mit ihrem Schiff verschollen, während er butenlands gewesen war.

Harm Külper sah die Osterfeuer qualmen. Mit großen Augen sah er sie an, als wenn er noch im deutschen Hospital läge und träumte. Er sprach nur noch selten. An stillen Tagen ließ er das Bett so stellen, daß er die Elbe sehen konnte, sonst grübelte er den ganzen Tag vor sich hin. Mit fünfundzwanzig Jahren den Tod bei der Hand zu fassen: wie das Seemannsherz sich dagegen wehrte! Wie er immer und immer wieder die zerrissenen Segel ansah, als könne er es nicht begreifen, daß sie nicht wieder zu flicken waren.

Nur auf eins freute er sich noch, auf den kleinen Klaus Störtebeker, der jeden Tag vorbeikam und seine Ostermoon ansteckte. Der brachte noch ein Lächeln in das ernste, verschlossene Gesicht, und er half ihm in Gedanken bei seinem Osterfeuer... Hol man noch fix Feek her, Klaus, hürst?... Kiek, hier! Dat schall fluckern un räukern!... Hol du ok mol wat, Harm!... Jo, hier is en ganzen Arm vull!... Smiet man up!... U, wat fluckert dat, wat sleit de Flamm hoch!... Dat is doch en feine Ostermoon, ne, Harm?... Jo, dat is en scheune Ostermoon, Klaus Störtebeker!

»Säst du wat, mien Jung?« fragte die Mutter besorgt, die ihn sprechen gehört hatte und von unten gekommen war.

»Rop den lütjen Klaus Störtebeker doch mol rup, Mudder, ik much giern mol mit em snacken«, bat er.

Da kam Klaus Störtebeker die Treppe heraufgepoltert, wie er bei seinem Feuer gestanden hatte, geschwärzten Gesichts, und ließ sich ausfragen von dem todkranken Matrosen. Er berichtete von seiner Fischerei und seinen Kaninchen, von seinem Kahn und seiner Krähe, am meisten aber von seinem Vater, und daß er den Sommer mit nach See wolle und solle. Dann aber fing er an zu fragen: nach den großen Schiffen und den Schwarzen, nach dem Fliegenden Holländer und nach Amerika. Ob Harm schon mal Menschenfresser gesehen hätte, wollte er wissen, und ob es wahr wäre, was Kap Horn ihm von der großen Leine erzählt hätte, unter der alle Schiffe hindurch müßten.

Harm Külper fand großen Gefallen an der Art des Jungen. Er schaute in dessen Augen wie in einen Spiegel und sah seine Kindheit wieder, die er verloren hatte. Und er behielt Störtebeker lange bei sich, bis die

Mutter ihn an das Ruhegebot des Arztes mahnen mußte. Da schenkte er ihm ein kleines zierliches Vollschiff, das er in den Passaten, als die Segel wochenlang stehen bleiben konnten, geschnitzt und aufgetakelt hatte, und nahm ihm das Versprechen ab, den andern Tag und alle Tage wieder heraufzukommen.

»Dat brukt ne irst en Seemann to warrn: dat is all een«, sagte er zu seinem Bruder. »Herrgott innen Heben, wat förn mooi Leben hett de nu noch vör sik – un mien is ut! Mien is ut! Ik bün beet!« stöhnte er und kehrte das Gesicht gegen die graue Wand.

Da ging der Bruder hinaus, weil er es nicht mit anhören konnte, die Mutter aber setzte sich zu ihm und streichelte ihm die Backen, bis er ganz still lag. Dann sagte sie: »Harm, hür mol to: Ik will mol mit di snacken.«

»Och, lot mi doch, Mudder!«

»Ne, ik mütt di dat seggen, Harm, dat steiht mi so vörn Harten, dat ik ne mihr slopen kann. Jan, dien Bruer, will ok no See, wenn he Ostern ut de Schol is. Snack du em dat ut, Harm. Ik hol dat ne ut un goh to Woter, wenn he ne an Land blifft!«

Der Kranke schloß die Augen und gab keine Antwort. Da glaubte sie, daß er eingeschlafen sei, und schlich auf Socken hinaus. Er hatte aber nur keine Antwort geben wollen.

Störtebeker ließ die Ostermoon einen Tag liegen, er hatte keine Zeit für sie, denn er war mit seinem kleinen Schiff am Bollwerk zugange und erprobte dessen Segel- und Manövrierfähigkeit.

Der nächste Tag war ein Sonntag, ein heller, sonniger Tag. Weiße Wolken kamen im Westen aus der See gestiegen und segelten wie Lustkutter auf dem blauen Luftmeer. Der Matrose ließ sich von seinem Bruder die Kissen hinter den Rücken stopfen, damit er besser hinausgehen konnte, und wartete auf Störtebeker. Die Mutter kam herein, mit dem Gesangbuch in der Hand, und fragte, ob er noch etwas wolle; als er verneinte, ging sie zur Kirche und überließ die Wache dem Konfirmanden.

Störtebeker kam, aber er hielt sich nicht lange auf, sondern stolperte gleich wieder die Bodentreppe hinunter, um das Dankesfeuer zu entfachen. Nach kurzer Zeit loderte eine so große Ostermoon auf dem Deich, wie Störtebeker noch keine gehabt hatte: Das war für das schöne Vollschiff!

Harm Külper wandte kein Auge von ihm. Da ergriff ihn mit einem Mal der Gedanke: Jetzt muß ich sterben! Und er ließ ihn nicht mehr los, bis er sich ihm ergab und das Ruder losließ: Treib, Schifflein, treib! Da kam eine große, heilige Ruhe in sein Herz, der Schmerz verging, und all das Tote, Dumpfe, das auf ihm und in ihm gelegen hatte, wich einer wunderlichen Leichtigkeit und Klarheit. Er erkannte, daß sein Leben groß und schön und sonnig gewesen war. Glitzernd und blinkend, atmend und lachend lag die See vor ihm, die große weite See, und hohe stolze Drei- und Viermaster segelten wie Königsschiffe vor dem Wind. Wie leuchteten ihre goldenen Namen, wie winkten die Janmaaten! Er stand auf der Back im Sonntagsstaat. In der Tür des Logis saß der Norweger und spielte auf der Harmonika. Über ihm aber wölbten sich die gewaltigen Segel, von der Fock bis zu den Royals, und die Rahen knarrten. Delphine spielten vor dem Bug, und Albatrosse schwebten über dem Heck. Und der Norweger spielte, bis die weißen Nocken rot wurden und die Sonne langsam ins Wasser sank...

»Jan?«

»Wat schall ik, Harm?«

Jan hatte einige Sprüche zu lernen, die gar nicht sitzen wollten, und sah verdrießlich von seinem Katechismus auf.

»Jan, Mudder seggt, ik schall die van de Fohrt afroden. Du schallst ne no See hin, seggt se. Un ik schall di bang moken, Jan. Ober ik dot ne, wenn Vadder un Jakob ok verdrunken sünd, un wenn ik ok grote Hoveree hebb un kodimmt warrn mütt! Ik ro di to, Jan! Wenn du Lust no See hest, denn goh no See un lot di ne meuten! Goh no See, Jan, un dink an dien Bruer, wenn du goden Wind inne Seils hest!«

Der alte Lebensmut flammte noch einmal in der Seele des Matrosen auf.

»Buten is doch beter as binnen, Jan, gläuf mi dat! Wenn de Wieber ok seggt, mien Leben is verkihrt wesen: Ik bün krank wedderkommen un hebb keen Sack vull Gild mitbröcht. Ik segg di: Mien Leben is *recht* wesen, un ik wünsch mi keen anner!«

»Snack doch ne soveel, Harm«, beschwichtigte ihn der Bruder, der gern weiterlernen wollte. »Ik seh di dat an, du hest dor Wehdog van.«

Der Matrose aber richtete sich auf. Mit dem letzten Rest seiner Kraft ging er gegen die Schwäche an, die ihn übermannen wollte, und verlangte sein Seefahrtsbuch.

»Wat wullt dormit, Harm?«

»Mien Munsterbook, Jan! Dat liggt boben up mien Seemannskist!«
Er ließ nicht nach, bis er es in den Händen hatte. Fest umschlossen seine knochigen Finger es, als er sagte: »Dor steiht dat in, Jan, woneem ik allerwärts wesen bün: an de Westküst un in Schino, inne Middellandssee un inne Sunda, boben bi de Eskimos un nerden bi de Minschenfreters. Dat steiht dor all in! Mien Munsterbook will ik nu jümmer bi mi hebben, Jan, un wennk dot bün, denn scheut ji mi dat innen Sarg leggen, wat ik mi vör Gott ok verkloren kann.«
»Harm, schon di doch«, bat der Bruder, der ihm die Anstrengung ansah, aber der Matrose hörte nicht.
»Kiek, Jan, ik bün nu so krank, dat ik ne den lütjen Finger mihr krumm moken kann, ohn mi weh to don: Wenn ik düt Book seh, denn warr ik dor ober an dinken, wat ik mol boben up de Royals stohn hebb, in Nacht un Störm, un ne bangen wesen bün, un wat ik innen Atlantik mol Haifisch angelt hebb! Un dor an to dinken, dat is god, Jan, wenn en starben mütt.«
»Harm, so snackst du nu – un to Sommer, wenn du wedder beter büst un wedder up grote Fohrt geihst, denn lachst du dor ober.«
Der Kranke schüttelte den Kopf.
»Mien Fohrt ist ut, Jan, de grote und de lütje: Ik seh de See ne wedder! Jan, go no See un warr en fixen Seemann! Ünner Seils ist up best!«
»Ik do ok doch, wat ik will«, sagte der Bruder bestimmt. »Meenst du, wat ik Lust hebb, bi de Buern to sleupen?«
Befriedigt nickte der Matrose, dann aber drängte er seinen Bruder hinaus, indem er ihm sagte, er solle mal sehen, ob die Mutter noch nicht käme, denn er meine, die Kirchenglocken hätten schon geläutet. Er fühlte aber, daß der Tod in der Kammer stand, und wollte nicht, daß der Junge ihn sterben sah. Als er allein war, blickte er noch einmal über den Westerdeich, auf dem Klaus Störtebeker noch immer sein rauchendes Osterfeuer bewachte. Von der Elbe herüber tuteten die Dampfer, und hinter dem Neß standen viele braune Segel auf dem Wasser.
Dann trat die große Meeresstille ein: Der Tod kam und grüßte ihn. Und Harm Külper war tapfer bis zum letzten Augenblick. Mit dem Seefahrtsbuch in den Händen fanden sie ihn, und das Seefahrtsbuch bekam er nach seinem Willen mit in den Sarg. Die gebückte Triengretj, die Totenfrau, ging von Tür zu Tür und sagte an, daß er Mittweeken Klock dree aus dem Hause komme. Jan Köpke kam mit dem

Leichenwagen den Deich entlanggewankt und brachte den ruhelosen Weltumsegler, dem Tausende von Seemeilen nicht genug gewesen waren, in einer kleinen halben Stunde zum Hafen und zur Ruhe. Störtebeker ging mit hinter dem Sarg und trug einen großen Kranz, zu dem er das halbe Geld aus seinem Spartopf zugeschossen hatte. Aus jedem Haus ging einer mit, so daß es eine große Leiche wurde. Am Grab sangen die Lüneburger Kirchenjungen, und Bodemann sprach bewegt von einem Matrosen, der manchen Hafen und manches Meer gesehen hätte.

Nachher aber, als die Frau auch die letzten Fenster verhängte, lief Störtebeker mit dem Vollschiff zu seinem Kahn, wriggte vom Bollwerk ab und ließ es auf der blinkenden Elbe segeln.

Siebenter Stremel

Der verhängten Fenster wegen verlegte Störtebeker seine Ostermoonen zum Südende des Westerdeiches. Dort stand eine einsame kleine Kate, in der Bartel Tamp mit seiner Mutter hauste, der alten Hanno Quast, von der es hieß, daß sie nur einen Topf im Haus hätte, der abwechselnd als Eßtopf, als Waschtopf und als Pißpott dienen müsse. Den Tisch fege sie mit dem Besen ab. Sie hätte auch nur ein Tuch, das sie morgens als Schürze, mittags als Tischtuch und abends als Fenstervorhang benutze. Unter dem Herd wäre ihr Hühnerwiem, und die Ferkel hausten bei ihr im Bettstroh.

Bartel war von Amerika gekommen, um sie zu besuchen. Er sollte in Minnesota eine große Farm haben, so groß wie ganz Finkenwärder, sagte sie. Anzusehen war ihm das aber nicht, denn er ging sonntags und alltags gleich schlampig. Und als seine Mutter starb, da zimmerte er selbst einen Sarg zurecht, lud ihn auf die Schubkarre und fuhr ihn zum Kirchhof. Das wäre so Mode in Amerika, sagte er, und kümmerte sich nicht um die Leute. Er wollte auch die Kule selbst graben, aber da kam ihm der Totengräber Hein Bausen in die Quere, der von solcher Gottlosigkeit nichts wissen wollte, dem es aber mehr um die achtzehn Groschen zu tun war, die er für das Grab zu bekommen hatte, als um den Frevel.

Einige Tage danach läutete die Feuerglocke, der Nachtwächter tutete und die Feuerleute rannten in weißen Kitteln nach dem Spritzenhaus, die Gören hinterher. Dann ging es mit Hurra durch das Land zur Ecke des Westerdeiches, denn Hanno Quastens Haus brannte. Als sie hinkamen, stand die Kate in hellen Flammen und war schon beinahe gänzlich niedergebrannt. Bartel Tamp aber rannte mit dem einzigen Topf seiner Mutter hin und her und goß Wasser in das Feuer. Zu retten war da nichts. Als die Feuerwehr die Schläuche angeschraubt und alles in Schuß hatte, war das Haus schon zusammengestürzt, und sie konnte nur noch die Obstbäume naßspritzen. Unverdrossen aber lief Bartel mit seinem Klütjenpott umher, sagte Goddam und rief, das hätten die Jungens getan, die verdammten Jungens, Klaus Störtebeker und Konsorten. Störtebeker machte, daß er weg kam, als er das hörte.

Es gab große Verhöre vor dem Polizisten, aber Störtebeker blieb dabei, daß er es nicht getan hätte, seine Ostermoon wäre viel zu weit weg gewesen, als daß Funken bis zu dem Strohdach geflogen sein könnten. Obgleich seine Mutter ganz verzweifelt war, gab er nichts zu. Sie drohten ihm mit der Strafschule, aber er fürchtete sich nicht. Doch es kam doch so viel dabei heraus, daß kein Junge mehr mit ihm nach dem Westerdeich gehen durfte, und auch er selbst bekam Kellerarrest. Es wäre wohl noch schlimmer geworden, wenn Bartel Tamp nicht gutmütig gesagt hätte: Die Jungen sollten nicht bestraft werden. An dem alten Haus sei ihm nichts gelegen: Er reise ja doch wieder nach Amerika!

Und er verklopfte den Hof, ließ sich das Versicherungsgeld ausbezahlen und dampfte nach Neuyork ab.

Da kam das Gerede auf, er hätte das Haus selbst angesteckt, um das Geld zu bekommen, und die Leute glaubten es. Aber Störtebeker war damit nicht freigesprochen, er hieß noch lange Zeit der Brandstifter und bekam kein gutes Wort von seiner Mutter. Die ganze Geschichte war überhaupt verratzt, wie er sich ausdrückte, denn die Bauernknechte hatten ihm auch noch die Bungen weggenommen, und er konnte nicht mehr fischen.

Am Tag vor Gründonnerstag aber, als er sich zum erstenmal wieder eine Ostermoon gemacht hatte, eine ganz kleine, deren Rauch nicht weit flog, und sich mehr als sonst umguckte, denn die Sache war jetzt gefährlich geworden, da sah er drei große braune Segel hinter dem Giebel des Neßhofes erscheinen, die ihm bekannt vorkamen. Er sah scharf hin, dann ließ er das Feuer im Stich und lief in Sprüngen zum Bollwerk, kettete lachend seinen Kahn los und wriggte schnell vom Deich, seinem Vater entgegen.

Denn sein Vater war es: Er kannte den Ewer, er sah die Flagge! Sein Vater war wieder da!

Wie wriggte er, wie rief er: »Höh, Vadder, höh!«

Da wurde er vom Ewer gesehen.

»Höh, Klaus Störtebeker!«

»Non, Vadder, de Reis afmokt?«

»Jo, mien Jung!«

»Wat geiht di dat, Kap Horn?«

»Och, god, Störtebeker, dat weest woll, slechte Lüd geiht dat jümmer god!«

»Bist ok seekrank worden, Hein Mück?«

»Ne, du Schietinnebüx.«

Nun hatte er den Ewer erreicht, band seinen Kahn achtern an und kletterte an Deck, streichelte Seemann und stellte sich dann bei seinem Vater hin. Nun war alles gut – er war wieder an Bord bei seinem Vater!

»Hein, Hein Mück, du müßt di mol rosieren loten, Minsch, hest jo all en eulichen Snauzbort!«

Kap Horn aber sagte: »Dat is keen Bort, Störtebeker. Hein Mück hett si bloß en bitten annen Klütjenputt swart mokt.«

»Dor quält jo man ne üm«, schneuzte der Koch.

Vom Ruder scholl es: »Gohn den Draggen!« Der schwere Anker fiel, rasselnd sprang die Kette nach, straffte sich und brachte den Ewer zum Schwoien.

»Vadder, schall ik de Fock dol smieten?« rief Störtebeker, der sich wunderte, daß sich niemand um die Segel kümmerte. Aber Klaus Mewes erwiderte: »De Seils blieft stohn. Wie weut Mudder holen un denn mit allemann no Stadt rup!«

»Junge, jo! Dat ward fein!« sagte Störtebeker, wenngleich er nicht recht einsehen konnte, was seine Mutter dabei sollte. Er erbot sich, sie mit dem Kahn zu holen, aber sein Vater meinte, sie hätten noch Zeit genug und wollten erst an Land Kaffee trinken. So nahmen die Leute denn das Boot in die Taljen und setzten es über Bord. Der Schiffer warf unterdessen die Scharben in den Reisekorb, und dann schipperten sie an den Deich, Störtebeker in seinem Kahn, die Seefischer in ihrem Boot. Hein Mück wriggte. »Inne Wett, Hein, de up irst ant Bullwark

kummt, hett wunnen!« rief der Junge und wriggte aus Leibeskräften –
und richtig gewann er vor dem schweren Boot.

Gesa stand schon auf dem Deich und lachte ihnen aus glücklichem
Herzen entgegen . In diesem Augenblick sah sie nur die Sonne, die auf
der Elbe und auf ihres Mannes Gesicht lag, und dachte nicht an die
Stürme, an den Nebel und an die dunkeln Nächte.

»Mudder, du schallst di gliek klor moken, hett Vadder seggt: Wi weut
alltohopen mit no Altno rup!« rief Störtebeker schon von unten.

Lachend gab der große Seefischer seiner jungen Frau die Hand und
hielt ihre fest: »Goden Dag!«

»Goden Dag!« sagte sie verhalten und wollte ihre Hand lösen, aber er
hielt sie fest und sah ihr in die Augen. Da wurde sie rot und sagte
verwirrt: »Lot mi doch los, Klaus, wat scheut de Lüd dinken!«

Er hielt sie fester und hätte sie noch lange nicht losgelassen, wenn nicht
der Junge dazwischengetreten wäre und gesagt hätte: »To, Vadder, lot
ehr los, se schall sik klor moken!«

»Wullt mit, Mudder?«

Sie nickte. »Jo, dütmol goh ik mit, Vadder! Is jo scheun Wedder!«

Dann saßen sie beim Kaffee und aßen und tranken, die großen braunen
Gesellen, die sich fünf Wochen auf der See herumgetrieben hatten, und
konnten alle drei kaum soviel antworten, wie Störtebeker fragte. Er
mußte alles wissen: wo sie gefischt und wieviel sie gefangen hatten,
wo sie zu Markt gewesen waren und wieviel sie erlöst hatten, was für
Wetter sie gehabt hatten und so weiter. Wie eine Mühle ging ihm der
Mund, wie eine Pfeffermühle.

Gesa zog ihren Sonntagsstaat an und machte Störtebeker stadtgemäß,
obgleich er sich zur Wehr setzte. Das Vieh wurde in die Obhut der
Nachbarin gegeben, dann ging es mit Kahn und Boot zum Ewer hinaus,
der sich groß und schön auf dem blanken Wasser spiegelte. Klippklapp
sagte das Spill, als die Kette aufgehievt wurde.

Die Flut nahm sie auf ihren breiten Rücken und brachte sie durch das
Nienstedter Loch nach dem Fahrwasser zwischen die vielen Segel; dort
war so viel Wind, daß sie in ruhiger Fahrt bald bis Altona kamen, wo
sie an der Fischerbrücke anlegten. Störtebeker spielte bald mit
Seemann auf den Luken, bald nahm er Kap Horn in seemännischen
Angelegenheiten in Anspruch, bald guckte er neugierig in den Bünn,
in dem das Wasser wirbelte und ab und zu eine Scholle auftauchte, um
schnell wieder hinunterzuschwimmen; bald saß er auf der Kapp bei

Hein Mück, der Kartoffeln schälte, und aß getrocknete Knurrhähne. Oder er besah die Seeäpfel und Seesterne, die sie ihm mitgebracht hatten.

Er durchsuchte die Schieblade, in die sein Vater die Pfennige zu tun pflegte, und grabbelte eine ganze Handvoll Kupfer heraus. Dann spielte er den Schelm und kratzte am Mast, damit mehr Wind komme. Und wenn seine Mutter ängstlich den ankommenden Dampfern entgegensah, die Entfernungen maß und bat: »Vadder, stür doch af, wat wie keen Hoveree kriegt«, dann lachte er sie aus und sagte: »Mudder, de Dampfer mütt dat Seilschipp ut den Weg gohn! Wie bruckt uns ne to wohren.«

»Worum denn nich?« fragte Kap Horn lauernd.

»Vadder seggt dat«, gab Störtebeker zur Antwort, »un de mütt dat doch weten!«

»Jo, mütt he ok«, bestätigte der Schiffer vergnügt und schaute an dem großen Reisdampfer hinauf, der sich schwer und gewaltig an ihnen vorbeischob. »Störtebeker, wat is dat förn Stiemer?«

Der Junge sah nach der Flagge am Heck. »En Ingelschmann.«

Auf der Back stand eine Anzahl halbnackter Singalesen.

»U, kiek, Vadder, dor stoht Swarte boben!«

Kurz vor Altona fing Gesa an zu berichten, was der Junge in der Zeit angerichtet hatte. Sie saß auf den Luken und knüttete an ihrem Strumpf, aber sie hatte sich keine gute Stunde für ihre Klage ausgesucht. Denn erst sagte Störtebeker mit mildem Vorwurf: »Mudder, wi sitt hier nu so scheun up Deck un fahrt so mooi no Hamborg, un nu fangst du dorvan an!« Und er stand auf und ging zum Steven. Klaus Mewes nahm den Bericht noch leichter. So hätte er es als Junge auch gemacht, sagte er sorglos, sie solle ihn nur gewähren lassen. Der Junge solle ja kein Pastor, sondern Fischermann werden.

»Räuberhauptmann ward he, Klaus, ik segg di dat.«

»Gesa, mok doch kein Schop bang.«

»So veel du nu ober em lachst, müßt du noch mol ober em weenen!«

»Ne, dat gläuf ik ne, Diern!« Unbekümmert sah er drein, als könne er sein Leben schon überschauen.

»Bestrof em, Klaus!«

»Mien gode Diern, meenst du, wenn ik ut See komm, will ik up den Jungen rümkloppen? Gott schall mi bewohren, dat ik dat do! Man still,

Gesa, anner Reis nehm ik em vullicht all mit no See, denn kann he an Land keen Undöt mihr moken!«

Da gab sie auf.

Sie nahmen die Segel herunter und setzten sich zum Abendbrot nieder. Gebratene Schollen gab es, das Beste von der See. Störtebeker stimmte eine Art Lobgesang an und aß wie ein Scheunendrescher.

Als sie noch um die Pfanne saßen, kamen bereits die ersten Reisenkäufer: Fischhändler, deren Gewerbe es war, den Fischern die ganze Reise abzukaufen und die Schollen aus dem Bünn zu verhökern. Sie boten einen guten Preis, aber Klaus Mewes vergab die Reise nicht, denn es waren erst drei Ewer an der Brücke, und er konnte auf einen guten Markt hoffen. Auch war er von der Weser gewohnt, seine Schollen selbst zu verhandeln.

Die Händler drängten: »Dor komt hüt nacht noch mehr, Käppen Mewes!«

»Lot jüm kommen, Petersen, wie weut all leben«, lachte Klaus Mewes.

»Dat Woter is slecht, di blieft de Fisch bet morgen all dot, Mewes!«

»Lot jüm blieben, Meier, wie möt all starben«, bemerkte er trocken.

Da war nichts zu machen. Er ließ sich nicht einmal zu Eierkohrs einladen, sondern sagte, wenn er durstig wäre, könne er sich noch selbst einen kaufen. Und er sog ruhig an den Gräten.

Der Ewer dümpelte auf und ab, hin und her, als liege er in der Helgoländer Dünung, denn das Wasser wurde durch die vielen Dampfer in beständiger Bewegung gehalten.

Gesa wurde es schlecht, sie ging an Deck. »Du büst seekrank, Mudder, weest, wat dat is?« rief Störtebeker hinter ihr her.

»Paß man up, di geiht dat nix beter«, steckte Kap Horn es ihm, aber er lachte und sagte: »Nix zu machen, Herr: Ik bün seefast!«

»Wie spreekt uns to Sommer bi Hilchland wedder«, warf Hein Mück dazwischen, aber Störtebeker erwehrte sich auch dieses Angreifers, indem er spottend rief: »Wees du doch man ganz still, Hein, du hest jo för dot inne Koi legen, ast weihn worden is!«

Sein Vater zog sich um und machte sich landfein. Dann ging er mit Gesa die Brücke hinan. Sie wollten nach St. Pauli hinauf und mal in den Tingeltangel gucken, sagte er, und sie ging gern mit, weil sie das ewige Dümpeln des Fahrzeugs nicht mehr aushalten konnte. Störtebeker mußte an Bord bleiben, was er auch gern tat, denn aus solcher Musikdüdelei machte er sich nichts, er blieb am Deich nicht einmal bei den Nudelkastenmännern stehen.

Zudem gab es Arbeit. Knecht und Junge gingen daran und ketscherten den Bünn durch. Alle toten Schollen und die schon fleckig gewordenen wurden herausgesucht. Störtebeker mußte sie vorn aufs Deck legen, damit sie sich besser hielten. Als das Deck voll war, breiteten sie den großen Klüver darüber, damit ihnen nichts gestohlen wurde.

Hein Mück fand auf den anderen Ewern gute Gesellschaft und warf sich zum Wohltäter auf, weil er so lange auf der Weser gewesen war und einen schönen Schilling in der Knipptasche hatte. Sie schlenderten nach der Hafenstraße hinauf und genehmigten sich bei Martin Barghusen, dem Schlafbaas, einige deftige Eisbrecher.

Kap Horn aber saß mit Störtebeker auf der Kapp und zeigte ihm die Rahen der großen Segelschiffe, die bei Blohm und Voß dockten. Er nannte alle Segel und Taue mit Namen, erzählte ihm von der großen Fahrt und von dem schweren Wetter bei Kap Horn. Der Junge hörte so genau zu, wie er dem todkranken Matrosen zugehört hatte. Wenn der Knecht aber an gefährlichen Stellen beiläufig hinzufügte: »Dor harrst doch bang bi worden, nich, Störtebeker?«, dann sagte der Junge jedesmal ernsthaft: »Ne, bang harrk ne worden!«

So saßen sie in der Dämmerung und sahen die Lichter auf dem Wasser schillern. Dem alten Janmaat kam der kleine Junge in den Sinn, den sie auf der dänischen Bark an Bord gehabt hatten und mit dem er sich auch viel abgegeben hatte, mehr beinahe, als seinem Vater, dem Kapitän, lieb gewesen war, denn der Junge war mehr vor dem Mast gewesen als auf dem Achterdeck. Den kleinen Janmaaten hatten sie ihn geheißen. Das war ein stiller Junge gewesen, dieser Störtebeker aber war ein Ungestüm. Jener war auf der Höhe von Rio gestorben und nach Seemannsbrauch bestattet worden – er selbst hatte ihn in Segeltuch eingenäht –, dieser lebte und drängte mit allen Kräften nach der See, als könne er an Land nicht leben.

Als es ganz dunkel geworden war, ging er mit dem Jungen in die Kajüte und nahm ihn mit in seine Koje. Und bei dem Wiegen des Ewers und dem Glucksen des Wassers schliefen beide bald ein, der alte Janmaat und der seesüchtige Junge.

Am anderen Morgen war ein großes Trampeln und Scharren über Störtebeker, als er erwachte. Kein Mensch war mehr unten – er hatte richtig die Zeit verschlafen. Schnell zog er sich an und sauste an Deck. Du liebe Zeit, was für ein Leben! Als wenn es Karkmeß wäre! Das ganze Deck stand voll fremder Leute: was für ein Gedränge, was für ein Lärm! Fischfrauen, Bürgerinnen, Arbeitsleute, Kinder mit Netzen und Körben, mit Handtaschen und Beuteln standen um den Bünn herum, fragten nach dem Preis, handelten und kauften schließlich. Der Knecht und der Junge standen im Raum vor dem Bünn und ketscherten die Schollen heraus. Klaus Mewes aber ragte wie ein Leuchtturm aus der Menschenbrandung, reichte die leeren Körbe hinunter, langte die vollen herauf und strich das Geld ein: eine Mark für sechzehn Schollen. Er war in bester Stimmung, denn der Handel ging flott, obgleich in der Nacht noch sechs Ewer dazugekommen waren. Hamburg war schollenhungrig.

»Goh man mol mit den Jungen no de Reeperbohn rup un bekiekt jo de Lodens man mol«, sagte er zu Gesa, die beim Kompaßhäuschen stand und mit fremden Augen die vielen Stadtmenschen musterte, verwundert über ihn, der damit umzuspringen wußte, als sei er als Handelsmann geboren. Sie schüttelte aber den Kopf und blieb, wo sie war. Und Störtebeker? Ja, wo war Störtebeker? War er schon allein zur Reeperbahn gelaufen, um sich den Kasper anzusehen?

Nein! Er stand mit aufgekrempelten Armen zwischen Kap Horn und Hein Mück und hielt die Beutel und Netze auf, damit sie die Schollen besser hineintun konnten. Er warf die toten Fische beiseite und reichte die vollen Netze seinem Vater hinauf. »För twee Mark, Vadder!«... »Förn Mark!«... »Fö föftein Groschen, Vadder!«... So rief er dabei mit einer Stimme, aus der deutlich herauszuhören war: Nun paß auf, daß alle bezahlen!

»Süßtein förn Mark! Süßtein grote Schullen! All springlebennig! Süßtein förn Mark!« rief Klaus Mewes oben, und: »Süßtein förn Mark! Süßtein grote Schullen! All springlebennig! Süßtein förn Mark!« echote Störtebeker unten. Klaus Mewes brauchte es wahrlich nicht wie die anderen Ewer zu machen und sich einen Fischmarktlöwen als Ausrufer zu nehmen. Mitunter bekam der Junge auch Streit mit den Kunden. An Kaffeetrinken dachte er nicht, er mußte ja helfen.

»De sünd jo dot, Junge!«

»Wenn du man ne dot büst: De leeft!«

»De sünd jo so lütj, Junge!«

»Wenn du man ne lütj büst: De sünd grot!« Er ließ sich nicht verblüffen.

»Süßtein forn Mark? Oppen annern Ewer gifft achttein!«

»Denn goh dor man hin: Hier gifft dat bloß süßtein!« Er paßte aber auch auf: »Vadder, de Olsch hett noch ne betohlt!«

Da sollte der Schollenhandel wohl blühen, bei einem so guten Hilfsmann! »Vadder, dat middelste Schott is al leddig!«

Die Mutter sah besorgt auf seinen neuen Anzug: »Wat mokt he sik ok doch utsehn!« Aber Klaus Mewes lachte sie aus und sagte: »Worum hest du em dat nee Tüch antohn? Harrst em jo man inne Ingelscheddern mitloten kunnt! Süßtein förn Mark! Süßtein grote Schullen!« Gegen zehn Uhr waren sie schon so weit, daß sie die Luken zumachen konnten. Die paar Stiege, die noch im Bünn saßen, brauchte Klaus Mewes selbst. Ausverkauft!

Knecht und Junge spülten das Deck ab, das aussah wie ein Stück vom Deich bei Regenwetter. Klaus Mewes aber ging mit Frau und Kind in die Kajüte und entleerte seine dicken Taschen. Ein Haufen Groschen, Marken und Taler bedeckte den Tisch. Als er gezählt war, waren es nahe an dreihundert Mark, die er in acht Tagen aus der See geholt hatte. Es war wieder Glück dabei gewesen, daß er einen guten Markt getroffen hatte.

Dreihundert Mark in acht Tagen! Das kam den Bauern so groß vor, daß sie immer nur von den *großen* Seefischern sprachen und auf sie schalten, denn hatten sie einmal einen ordentlichen Knecht, so lief er ihnen weg und wurde Fischer. Dreihundert Mark in acht Tagen: Wie kam das den Tagelöhnern vor, die den ganzen Tag für sechs Groschen wie Pferde arbeiten mußten. Wenn sie nicht zu alt für die Fahrt gewesen wären, sie hätten es wohl auch noch mit der Fischerei versucht.

Wir wollen der Schollenzeit ihr Leuchten nicht trüben. Sie ist und bleibt die beste, schönste Zeit für den Fischermann. Wie sie Taler haben mit der Aufschrift »Segen des Mansfelder Bergbaues«, so könnte die Hamburgische Münze für die Finkenwärder Taler prägen mit der Aufschrift: Segen des Schollenfanges. Wenn auch die Seefischerfrauen sagen, daß so viel davon abginge: die Kasse, die Kurren, die Leute, die Segel, die Zinsen, der Winter – wir wollen sie dennoch preisen, die schöne Schollenzeit!

Nachmittags rollte die Kette wieder vor dem Neß durch die Klüsen. »Dol de Seils!« Als sie zusammengebunden waren, ging es mit Boot und Kahn an Land, mit Schollen und Scharben, mit Taschenkrebsen und Seesternen. Gesa mußte die Taschen kochen, Hein Mück hängte die Scharben auf, daß die Leinen den Deich wie Girlanden überzogen. Klaus Störtebeker mußte die Schollen austragen, die sein Vater in fürstlicher Weise verteilte: von der ersten Reise bekam alle Freundschaft, Verwandtschaft und Nachbarschaft lebendige Schollen. »De keen Fisch utgeben mag, is ne wirt, wat he welk wedder fangt«, hieß es am Deich. Die Bauern auf den Wurten, die Handwerker, die Tagelöhner: keiner wurde vergessen. Sogar an die alte Sill dachte er. Störtebeker lief gern mit den Schollen, es machte ihm Freude, wenn die Leute fragten: »Non, Junge, is dien Vadder her?« »Jo!« »Mit Schullen?« »Jo!« Dabei bekam er hier einen Groschen und da zwei, der Bäcker gab ihm einen Kringel und der Krämer einen Kakerlatje aus Zucker, Bauer Feldmann goß ihm den Eimer voll Milch, Sill aber wühlte wieder im Stroh und holte richtig noch einen schönen Apfel hervor. Er verzehrte ihn jedoch wohlweislich unterwegs, damit er ihn nicht erst wieder aus der Erde zu graben brauche und im Graben abwaschen müsse. Es war ein fetter Tag für ihn.

In der Abenddämmerung aber saß er mit seinen Mackern auf dem Deich und ging mit dem Hammer auf die gekochten Taschen los, deren Scheren so fest waren, daß sie anders nicht geöffnet werden konnten. Des Vollmondes wegen saßen sie voll Fleisch und schmeckten vorzüglich. Im Binnendeich schlichen die Katzen mit erhobenen Schwänzen heran und knurrten einander wegen der Abfälle an.

Gesa stand in der Tür. Klaus Mewes saß unter den Linden auf der Bank und verklarte dem alten Jäger, der am Staket lehnte, die Schollenfischerei bei Juist und Borkum, während die Nacht anbrach und die Lichter im Fahrwasser aufleuchteten und die Masten des Ewers gewaltiger und schwerer in den Himmel hineinwuchsen.

Vom äußeren Neß kam ein Aalfischer, der alte Jakob Derner, mit seinen Aalkörben beladen.

»Non, könt hier utholen?«

»Jo, Jakob!«

Er blieb einen Augenblick stehen.

»Lopt de Ool all, Jakob?«

»Ne, Klaus, is noch nix mit den Fang, is noch to kold! De Ool will Warms hebben.«

»Jä, Jakob, de Schull will ok Warms hebben. De hebbt wie nu doch ober all eulich belurt, ik kann di seggen, as de Voß de Geus un as de Hund de Rotten! Wi weet de Stä, Junge, Junge! Fiefmol no de Wesser, güstern an Altno: gode föfteinhunnert Stieg hebbt wi all holt. Wenn dat de Gildbütel man afkann!«

Diese Rede war aber gar nicht nach Jakobs Gemüt. Er dachte an die drei, vier kleinen Aale, die er jede Tide aus den Körben kratzte, und ärgerte sich über den großen Seefischer, der mit Tausenden von Schollen um sich warf wie der Bajazzo mit den Glaskugeln. »So, so«, knurrte er und stiefelte weiter.

Gesa schüttelte den Kopf. »Wat magst du woll so dull prohlen, Klaus Mees, as wenn du unsen Herrgott sien best Jung würst?«

Er sah sie groß an. »Wat meenst du dat?« fragte er verwundert. »Ik kann mien Leben doch ne anners moken ast is: grot und klor un scheun! Dor steihst du, dort sitt mien Jung, hier steiht mien Hus, dat sünd mien Linnenbäum, dor buten liggt mien Ewer, un hier bün ik sülben, oder is dat all ne wohr? Lot den Dübel klogen: Ik frei mi to dat, wat ik hebb! Un ik gläuf, uns Herrgott süht ok leber en vergneugten Minschen as en trurigen!«

»Wees ne so troß, Klaus Mees! Du büst ok bloß en Minsch un wullt wedder no See!« mahnte sie, er aber schüttelte die Worte ab wie die Ente das Wasser.

Achter Stremel

Es war Ostern auf Finkenwärder.

An den Gräben standen die Wicheln mit silbernen Katzen, und die Erlen ließen braune Troddeln im Winde wehen. Die Pappeln leuchteten im Sonnenschein und glommen wie Frühlingsbräute mit hellblonden Scheiteln. Die Elstern bauten ihre Nester im Lande. Über den Wischen gaukelten die Kiebitze zu Hunderten, und über dem hohen Neß schwebten die grauen Reiher.

Und die Finkenwärder Fahrensleute feierten Ostern, indem sie um ihr Eiland gingen. Nur Ostern taten sie das, sonst nicht. Wann käme sonst auch wohl ein Fischermann dazu, einen Gang um sein Land zu machen? Er geht sowieso nicht gern, denn Seebeine sind nicht für Landwege geschaffen. Wintertags, wenn er zu Hause ist, lassen die grundlosen Wege es nicht zu, für die sie früher Stelzen gehabt haben. Sommertags hat er zwischen Jütland und Niederland zuviel zu beschicken. Nur Ostern geht es klar.

Der Brauch entstammt der alten Zeit, als die Fischerei den ganzen Winter eingestellt war und die große allgemeine Ausreise erst nach Ostern stattfand. Da lag es nahe, daß der Fischer noch mal seine Insel auf den Kieker nahm, bevor er sich der See für lange Monde anvertraute. Auch die Konfirmanden, die mit zur See sollten, hatten ein Verlangen, den Deich noch einmal ganz unter den Füßen zu haben, bevor sie an Bord gingen. 1887 war diese uralte Sitte noch allgemein üblich.

Wir denken an den Ostergang im Faust, an den Doktor und seinen Famulus, an Bürger und Soldaten, Scholaren und Handwerksburschen und an all das andere bunte Gewimmel vor dem Tor der bunten, mittelalterlichen Stadt Frankfurt – aber das muß verblassen vor der großen Deichwanderung der Fischer am Ostersonntag, die nachmittags anfängt und bis zum Abend währt und voll Gewaltigkeit ist.

Breit und blau grüßt die Elbe, im Hintergrund steigen die Blankeneser Berge auf. Dampfer gehen auf und ab. Ihr Rauch weht über den Strom. Deutsche, englische, französische, nordische und holländische Flaggen flattern im Wind, Hunderte von braunen und griesen Segeln beleben das Fahrwasser wie Riesenvögel, und im Osten steigen die Hamburger Türme aus dem Hafendunst wie Propheten aus dem Volk. Vom Bollwerk aber und von den Schallen grüßen die blanken Ewer und Kutter, die starken, schönen Schiffe, und ihre Flögel lachen im Sonnenschein, als wenn sie wüßten, daß es Ostern ist. Da liegt Schiff bei Schiff in nachbarlicher Eintracht, und jedes spiegelt sein Gesicht ruhig in dem stillen Wasser. Zwischen den Masten hängen die Kurren zum Trocknen, die aussehen wie die Panzerhemden eines Hünengeschlechts, das große Wäsche gehabt hat.

Das ist eine Seite des Deiches; auf der anderen stehen die Fischerhäuser mit moosbewachsenen Stroh- oder Pfannendächern, mit grünen Türen, geröteten Steinen und blanken Fenstern, hinter denen Blutstropfen, Schuhbäume, Geranien und andere Blumen blühen. Binnendeichs stehen die großen Hamenanker, die ausgedienten

Kurrbäume, die aufgefischten Hummerkästen; dahinter liegen die braunen Äcker, von Gräben durchzogen, die grünen Wischen, die Wurten mit den großen Bauernhäusern, mit hohen Eschen, Linden und Eichen: Inseln inmitten der Insel.

Da kommen sie, die Osterleute.

Zuerst die Gören, de mol üm Finkwarder snurren weut! In Scharen kommen sie und setzen am Westerdeich einen Feekhaufen nach dem andern in Brand – denn an diesem Tag sind die Ostermoonen frei –, damit die Fahrensleute Leuchtfeuer haben, nach denen sie steuern können. Ihnen folgen die Schlingel, die ihre Kräfte an den morschen Wicheln versuchen, die in die Eschen klettern und in die Heisternester gucken, die über die Gräben jumpen und Enten und Gänse bange machen, die Deerns vom Deich stoßen und die Hunde reizen. Sind die vorüber, dann erscheinen die Konfirmandinnen in langer Reihe, sittsam in den langen Kleidern gehend, mit weißen Tüchern um die Schultern; aber doch summt ihnen schon der erste Schnellwalzer in den Ohren, doch gucken sie sich schon heimlich nach den Konfirmanden um, die nun kommen, etwas schwankenden Ganges, als wenn sie ihr Lebtag auf See gewesen wären. Sie tun, als hätten sie schon das kleine Schifferpatent in der Tasche, und gucken die Jungen gar nicht mehr an, kümmern sich auch nicht mehr um die Osterfeuer, sondern sprechen von Schiffen und Mädchen. Der breitrandige schwarze Hut, der Huler, sitzt verwegen auf dem Kopfe, etwas mit Backbordschlagseite, wie der Fischerknecht ihn gern aufsetzt. Jeder schmökt seine Zigarre (un noher fangt se doch all an to prüntjern).

Nach ihnen aber kommen die Seefischer, zu zweien oder dreien, in Gruppen zu fünfen oder sieben, zu zehn und zwanzig: Die brauchen den ganzen Deich und gehen ruhig und langsam, bleiben stehen, kehren ein, sprechen mit anderen, die ihnen entgegenkommen, und betrachten den Deich, die Häuser und die Schiffe wie ein Bauer sein Vieh. Namentlich die Alten nehmen sie vor, die vor den Türen stehen oder aus dem Fenster schauen, Hein-Bruer und Jan-Ohm, Thees-Unkel und Vadder Warnk, und fragen sie nach ihrer Gesundheit und ob das Essen noch schmecken wolle. Sie sehen nach, was auf den Werften gebaut wird und wie viele neue Häuser das Jahr hinzugekommen sind. Dazwischen gilt das Gespräch der Fahrt und der Fischerei und dem Wetter. Neem hei fischt und wat hei fungen: So geht es immerzu.

Klaus Mewes und sein Junge müßten keine rechten Finkenwärder sein, wenn sie nicht auch unterwegs wären. Auch sie machten die Runde um das Eiland, wobei sie sich ordentlich Zeit lassen mußten, denn weil das Mewesgeschlecht das größte auf Finkenwärder war, hatten sie an allen Huken Verwandte wohnen, denen sie guten Tag sagen mußten, und wurden alle Augenblicke zu einer Tasse Kaffee hineingenötigt. Auch mit den Fischern, die er überholte oder denen er begegnete, hatte Klaus Mewes manches zu beklönen. Störtebeker zog ihn schon ab und zu an der Jacke, damit sie nur weiterkamen, denn er wollte gern um ganz Finkenwärder herum.

Beim Segelmacher wurde ein neues Großsegel bestellt, das bis Karkmeß geliefert werden sollte. Und als Klaus den Zimmerbaas auf der Helling stehen sah, bog er mit seinem Jungen vom Deich ab. Zunächst bezahlte er die beiden Kurrbäume, die er noch auf der Rechnung stehen hatte, dann besah er den neuen Kutter, den Simon Wriede bauen ließ. Ein hohes stolzes Fahrzeug war es, das wie ein Königsschiff in den Himmel ragte.

»Wat köst de nu, Jochen?« fragte er, als er alles befühlt und besehen hatte.

»He löppt sowat up twölfdusend, Klaus«, erwiderte der Baas.

»Dat Schipp is god«, lobte der Seefischer und erfreute sich wieder an dem scharfen Steven und dem schlanken Rumpf. »De schall woll seilen, Gotts den Dünner! Dor mol mit no buten to flimsen! Jochen, noch een poor Johr, denn sett ik mien Ewer af, und denn schallst du mi een neen Kutter bon, noch greuter un noch scheuner as düsse hier! Und denn will ik jo mol wiesen, wat Seilen un Fischen to bedüden hett, so gewiß as ik Klaus Mees heet!«

»Denn giffst du mi den Ewer, ne, Vadder?« rief Störtebeker eifrig, der Baas aber strich den grauen Bart und sagte bedächtig: »Dor snackt wi noch moi ober, Klaus, wenn wi denn noch left un noch gesund sünd!«

»Hest upstünds noch mihr to don, Jochen?«

»Noch een Kutter, Klaus. Für Jan Harm.«

»Geiht vörwarts mit de Fischeree, Jochen! Wo lang schallt duern, un wi hebbt H. F. 500 up See!«

Der Baas aber sagte nur: »Wi weut dat best höpen«, denn er glaubte nicht daran.

Vater und Sohn verließen die Werft und gingen weiter.

Abends saßen sie alle in der Dönß und warteten auf die Ostereier. Hein Mück sagte, er wolle ganz gewiß zehn essen, und Kap Horn erzählte, er habe schon den ganzen Tag nichts mehr gegessen und rechne auf drei- oder vierundzwanzig, so hungrig sei er. Da trat Gesa mit der großen Schüssel herein, gehäuft voll mit den schönen, weißen Eiern, und das Ostereieressen begann, das lustige Wettessen, bei dem der gewonnen hatte, der die meisten Eier aß. Mit glänzenden Augen löffelte Störtebeker ein Ei nach dem anderen aus. »Wedder een, Vadder! De smeckt as Zucker!«

»Söben«, rief sein Vater.

»Kann ne angohn«, sagte Störtebeker aufgebracht, »du kannst heuchstens dree Eier up hebben.« Er zählte die Schalen: »Een, twee, dree, Vadder!«

Kap Horn beschäftigte von da an die Augen des Jungen bald auf dem Deich und bald bei den Bildern an der Wand und schob ihm, ohne daß er's merkte, die leeren Schalen hin, wie der brütenden Henne Enteneier untergeschmuggelt werden. Die drei Fahrensleute rissen ein ordentliches Loch in den Eierhügel, aber schließlich mußten sie doch back brassen und sich für beet erklären. Da bekleidete Störtebeker sich mit der Würde eines Preisrichters und zählte die Eierschalen, die jeder vor sich liegen hatte. Bei seinem Vater waren es fünf. »U, wat wenig, Vadder! Du säst söben! Dat harr ik ne van di dacht!«

»Ik much ne tolangen, Störtebeker«, entschuldigte sein Vater sich, »ik dach, anners wörs du ne satt!«

Bei der Mutter kam Störtebeker zu dem niederschmetternden Ergebnis: »Twee! Mudder, dat et de lütjen Kinner ok all meist. Du müß gewiß de Pann wegdrägen!« Hein Mück, der sechs Eier gegessen hatte, kam glimpflich davon, aber über Kap Horn, der nur ein Häufchen ganz zusammengedrückter Schalen hatte, goß er die volle Schale seines Spottes aus. Dann ging er an den eigenen Berg und steckte die Schalen zusammen. »Mit de poor Dinger is ok doch keen Stoot to moken«, stichelte Kap Horn.

»Van wegen poor Dinger«, ereiferte der Junge sich und zählte sie in Gedanken schnell noch einmal durch, um sicher zu sein, daß er sich nicht verzählt hatte. »Kiek hier: dre, süß, söben, acht, negen. Negen Eier! Ik harr sülben ne dacht, wat soveel würen, ober kannst jo sehn!«

»Wohrraftig negen«, rief Klaus Mewes, der sich kaum des Lachens erwehren konnte. »Wat kannt angohn, wat en swarte Koh witte Melk gifft, und wat de Jung mihr Eier eten kann as wi groten Lüd?«

Kap Horn lachte: »Jo, he is de Boos und sall noher hochleben loten warrn.«

Störtebeker aber sagte: »Junge, Junge!« und knöpfte die Hose auf, um sich Luft zu schaffen, denn die vermeintlich gegessenen neun Eier lagen ihm nun doch mit einem Mal schwer im Magen. »Vadder, nu komm ik ok doch mit no See?«»

»Nu noch ne«, bremste die Mutter schnell, »is noch veel to kold buten.« Klaus Mewes sah sie jedoch bedeutsam an und sagte, er wolle morgen zum Schuster und Dampf dahinter machen; dann könne der Junge die nächste Reise schon mit an Bord.

»Och jo, Vadder! Och jo!« rief Störtebeker in heller Freude und sprang in der Dönß herum wie ein Füllen auf der Wisch.

Er müsse aber auch Ölzeug haben, gab Kap Horn zu bedenken; das wolle er ihm machen, denn auf so was verstehe er sich noch von den großen Schiffen her. Er ließ sich eine Elle geben und nahm gleich Maß, was dem Jungen den größten Spaß machte. Umständlich schrieb er Länge und Breite in sein Notizbuch mit Kalender von Anno Tobak ein und malte darüber: Ölzeug für Klaus Mewes junior.

Spät am Abend standen sie auf dem Deich und schauten nach den drei großen Osterfeuern aus, die auf dem Opferberg bei Neugraben, der altgermanischen Thingstätte, auf dem Sand von Teufelsbrücke und auf dem Strand von Blankenese loderten und das Sonnen- und Sommerverlangen des Niedersachsengaues in die Nacht hinausriefen.

So bald wurde es doch nichts mit Störtebekers Seefahrt, denn ein starker, stetiger Ostwind, von dem die Fahrensleute sagten, daß er bis Michaelis wehen könne, ließ seinen Vater nicht die Elbe herauf. Klaus Mewes machte sich wieder auf der Weser heimisch, denn mit dem ewigen Dampferschleppen vom vierten Feuerschiff bis Hamburg hatte er nicht viel im Sinn; er schrieb von Bremen und Bremerhaven.

»He hett mi förn Narren«, sagte Störtebeker immer wieder erbittert zur Mutter, wenn er den Ewer nicht hergucken konnte. Längst hatte der Schuster die Siebenmeilenstiefel abgeliefert; aber sie hingen auf der Diele an dem Haken, an dem wintertags das geschlachtete Schwein hing, und er sollte sie vorher nicht tragen. Da hingen sie und ärgerten ihn alle Tage.

Störtebeker war wieder wie ein Schiff ohne Kompaß, das hierhin und dorthin trieb, wohin gerade der Wind wehte: Er fischte und schipperte, bemühte sich um das Sprechen der Nebelkrähe, verkaufte die jungen Kaninchen, er sprang mit den Jungen über die Gräben und trocknete sein Zeug im Wind, wenn es dabei naß geworden war, er watete schon in der Elbe, wenn die Mutter es nicht sehen konnte, und war der einzige vom Neß, der schon schwamm – das Wasser war noch eiskalt und benahm ihm fast den Atem! –, er suchte Regenwürmer an feuchten Abenden und pödderte Aale, er ließ sein kleines Vollschiff segeln und kalfaterte seinen Kahn mit Hilfe des Jägers, er ging mit auf die Entenjagd und saß mäuschenstill in den Binsen, während die zahmen Lockenten nach den wilden Schwestern riefen und Juno zum Sprung bereitstand, er holte sich die getrockneten Scharben von der Leine, zog ihnen die Haut ab, schnitt sie in Stremel und verzehrte sie, er sorgte dafür, daß sie abends und vor aufkommenden Regenflagen unter Dach und Fach kamen, er machte sich Hupuppen, Flöten und Dreibässe aus dem leicht abnehmbaren Bast der jungen Weidenzweige und ketscherte an stillen Abenden die Maikäfer, die um die grüngewordenen Linden schwirrten – aber es war alles Notbehelf, bis sein Vater kommen mußte und er mit zur See sollte! Alle seine Gedanken waren an Bord, und er konnte wieder jeden Tag nach dem Fahrwasser hinausfahren und Blankeneser, Kränzer und Finkenwärder nach H. F. 125 fragen.

Da stand der alte Hans Benitt am Deich, der auf dem Altenteil lebte, unbeweglich auf seine Schaufel gestützt, und hatte die Maulwurfshügel vor Augen. Regungslos stand er wie ein Hecht im Graben. Wühlte aber ein Maulwurf, so schlich er hin, stach mit der Schaufel in den Hügel, warf den Schwarzrock in die Luft und tötete ihn durch einen Hieb auf die Nase. So reinigte er jeden Tag den landschützenden Deich von seinen schlimmsten Feinden, den Erdwühlern, die in alten Zeiten so manchen Deichbruch verschuldet hatten.

Da kam ein Schnelläufer den Deich entlang, bunt gekleidet wie ein Kasper von St. Pauli, mit Schellen behängt, eine Glocke in der Hand, und hinter ihm her liefen Hunderte von Kindern. Die gingen nicht so sittsam hinter ihm wie die Kinder von Hameln hinter dem

Rattenfänger. Sie lärmten und lachten, schrien und sangen wie rechte Gören des lauten Finkenwärders, des Eilands, das gewohnt ist, zwischen Stürmen zu fischen und in schwarzen Kleidern zu tanzen.

»U – en Snilläuper!«

Vorbei braust die wilde Jagd. Störtebeker läuft barfuß neben dem Schnelläufer, er überholt ihn und springt geschickt vom Deich, als er einen mit der Peitsche kriegen soll, aber dann fällt ihm ein, daß er mit dem Kahn los muß, und er kehrt um. Und als der bunte Mann langsam zurückkommt und von Tür zu Tür geht, um sich für sein schnelles Laufen bezahlen zu lassen, da dümpelt der Junge schon bei Blankenese in der Dünung und ruft die Ewer an.

Jan Lanker aber gab dem Schnelläufer nichts, als der seine Hand ausstreckte, sondern fragte nur: »Wat is dor los?« – »Ik bün de Snelläuper un heff snell lopen!« – »Wat geiht mi dat an! Du harrst jo man sinnig lopen kunnt«, sagte Jan patzig und machte ihm die Tür vor der Nase zu.

Da kamen Straßenmusikanten, pfälzisches und böhmisches Volk, nicht zu vieren wie in Hamburg, sondern zu zwölfen und zwanzigen, und spielten, daß der ganze Deich tanzte, da kam der Schornsteinfeger, und die Kinder sangen:

Schosteenfeger sitt upt Dack:
Goh no Schol un lihr di wat!

Da kamen kroatische Mausefallenkerle, Nudelkastenmänner erschienen, denen weiße Mäuse aus den Taschen krochen, Elias kam mit Hüten und Geesch mit Wolle, Jan Timm mit Kirschen und Betti-Betti mit wat Räukerts, da kam der Scherenschleifer und ließ die Funken springen, der Wollkämmer kam und schor die Schafe, die Bauern kamen mit Pferd und Wagen: Es gab wirklich viel zu gucken und zu hören am garn- und fischbehängten Deich, aber Störtebekers Augen waren westwärts gerichtet. Er lag die meiste Zeit auf dem Wasser und ließ Torpedoboote und Ochsendampfer, Jalken und Kuffen, Viermaster und Barken, Lühjollen und Steinewer vorbeidampfen und -segeln. Jonn Meier kam auf, der glückliche Störfischer, weithin kenntlich an den beiden Booten, die auf Deck standen, an den roten Bojen, den Pümpeln, die an den Wanten hingen, und an dem großmaschigen Störgarn – er hatte neun große Störe gefangen, die er an Stroppen hinter sich her schleppte wie Etzel die

Könige an Stricken – aber seinen Vater konnte Störtebeker nicht in Sicht kriegen. Was gingen ihn die Störe an? Sein Vater fischte keine Störe! Was kümmerte es ihn, daß Jan Mewes seine alte Jolle abschlachtete und mit dem Boot weiterfischte, daß Hein Schloo zwei Fischottern bei der Neßkuhle schoß, daß Paul Fahje sich einen neuen Großmast einsetzen ließ, weil er den alten abgesegelt hatte, daß Hinnik Saß doch zum Bauern mußte, weil er zu seekrank geworden war, daß der kleine Karsten Kölln in den Graben fiel und ertrank, daß Hans Peter sich aufhängte, weil sein Sohn von einem Dampfer in Grund gebohrt worden war, daß Hein Husteen und Marieken Kröger lustige Hochzeit feierten? Was kümmerte es ihn, der auf seinen Vater lauerte? Wie auch die Mutter sich bemühte, ihn an den Deich und an das Land zu gewöhnen – er sprach von der See und guckte nach den Schiffen, als wenn es weiter nichts auf der Welt gäbe.

Dann kam der Tag, an dem Gesa ihrem Jungen beiläufig klagte, daß sie keinen Sand mehr hätte und den Schweinen kaum noch streuen könnte; wenn Vater doch bald käme, daß er ein Boot voll Sand vom Nienstedter Fall holen könnte. Störtebeker merkte sich das und beschloß, sie zu überraschen und ihr heimlich einen Kahn voll Sand zu holen. Er nahm sich am dritten Tag, als es mit der Tide besser paßte, den kleinen Harm Rolf zu Hilfe, versah sich mit zwei Schaufeln und schipperte mit halber Ebbe westwärts, zu den Ausläufern des Nienstedter Falles, die bei Niedrigwasser als Sandbänke aus dem Wasser tauchten. Sie sollte nicht sagen, daß er nur zu schlechten Dingen zu gebrauchen sei.

Als sie die rechte Stelle gefunden hatten, klaren Sand ohne Schlick und Kraut, ließ er den Kahn aufs Trockne laufen, zog Stiefel und Strümpfe aus, krempelte die Hose auf und sprang ins Wasser. Sein kleiner Macker machte es ihm nach. Als die Bank hoch genug aus dem Wasser guckte, häuften sie den Sand zunächst neben dem Kahn zu einem Berg, damit die Feuchtigkeit abziehen konnte, dann erst schaufelten sie den trockeneren Sand in den Kahn; so mußte er ja bedeutend mehr tragen können, sagte sich Störtebeker und warf immer mehr hinein, bis der Haufen mit der Ducht gleich war. Aber auch dann gab er noch nicht nach; er wollte eine ordentliche Last ans Bollwerk bringen und schaufelte unermüdlich.

»Schullt ok woll all genog wesen?« fragte Harm, aber Störtebeker schüttelte den Kopf und spuckte von neuem in die Hände. »Noch lang ne, Harm, smiet man noch in, de Sand is dreuch, und de Kohn is en fixen Kohn, de driggt wat, kann ik di flüstern.« Er mußte sich schon den Schweiß von der Stirn wischen, so riß er sich ab. »Lot em giern bit an den Dullbom to Woter liggen, Harm: dat weiht jo ne un nix!«

Er gönnte sich und seinem Knecht erst Ruhe, als der ganze Kahn voll Sand war. »Nu weut wi utscheiden, Harm«, sagte er väterlich, setzte sich auf den Dollbaum und wartete auf die Flut, die den beladenen Kahn flottmachen sollte, der nun hoch und trocken auf dem langen Sandrücken saß. Harm betrachtete besorgt den großen Sandhaufen, aber er traute sich nicht, etwas dagegen zu sagen, weil er nicht ausgelacht werden mochte, und weil Störtebeker seiner Sache und seines Fahrzeugs so sicher war.

»Wenn achtern Swiensand Seils in Sicht kommen, denn ist Flot«, sagte Störtebeker gleichmütig. »Dat durt ober noch wat«, setzte er hinzu, als er Jakob Derner und Karsten Wubb, die Aalfischer, mit ihren Kähnen vorbeirudern sah, denn die wollten ja vor der Flut noch ihre Körbe und die Aale herausnehmen. Die beiden Jungen spielten deshalb erst noch Kriegen auf dem Fall, sie bewarfen sich mit Sand, sie sammelten die großen Elbmuscheln, die Adam und Eva heißen, sie jagten die Möwen und Krähen auf, die an der Fahrwasserkante saßen, daß sie sich wie eine riesige, schwarz-weiße Wolke über dem Wasser erhoben, sie griffen die Nesen und Weißfische, die in den Prielen schwammen, und wateten in den tiefen Löchern, mit denen der Fall bedeckt war. Zuletzt saßen sie aber wieder auf dem Bordrand und suchten nach flutkündenden Segeln.

»Nu ist Stallwoter«, sagte Störtebeker, »kiek, Harm!« Und er zeigte auf die Blasen auf dem Wasser, die stillstanden.

Dann setzte Donar das Trinkhorn des Riesen ab (die Ebbe wird künden von Asenkraft, bis einmal alles vergeht, sagt die Edda), und die Flut kam, die Flut! Zuerst stiegen die Wasserblasen langsam stromauf, unmerklich fast, wie von einem Hauch bewegt, aber ihre Geschwindigkeit nahm allmählich zu, wurde stärker und stärker; gelassen wischte das Wasser mit leiser, zaghafter Hand über den Sand und stieg schüchtern über die ersten Sandrillen, besann sich noch, bevor es eine Muschel umspülte, dann aber nahmen Kraft und Strömung unaufhaltsam zu und wurden stark und wild, denn es war Neumond und springende Tide. Wie kletterte das Wasser, wie sprang, wie lief, wie wallte es!

Flot, Schipper, flot, flot!

Die Möwen und Krähen erhoben sich in die Luft und flogen davon, ihnen folgten die Störche und Reiher, als das reißende Wasser immer mehr vom Sand fraß. Im Fahrwasser ließen die elbabwärts segelnden Schiffe die Draggen fallen, weil sie die Flut nicht meistern konnten; dafür erschienen bei Schulau Dampfer über Dampfer und hinter dem Schweinesand Segel nach Segel.

Ruhig saß Störtebeker auf dem Bordrand, baumelte mit den Beinen und ließ die lebendige Flut um seine Füße strömen. »Gliek sünd wir flott, Harm!« rief er. »Kiek mol, wat dat Woter kummt!« Seines Genossen Besorgnis aber war angesichts der starken Strömung zur Angst geworden, und er wagte es, wieder davon anzufangen, daß sie zu viel Sand eingeladen hätten, daß der Kahn es nicht tragen könne und daß sie gut täten, etwas rauszuwerfen. Störtebeker indessen verzog geringschätzig den Mund, nannte ihn eine Bangbüx und verfolgte mit Freude, wie ein Stück des Sandes nach dem anderen im Wasser verschwand.

Nun war der ganze Sandfall unter, der Kahn schwamm inmitten der großen Wasserfläche – und schwamm doch nicht, sondern saß fest und rührte sich nicht. Er habe sich am Ende festgesogen, bemerkte Störtebeker, sie wollten doch mal dümpeln; er krempelte die Hosen weiter auf und riß an dem Fahrzeug, um es in Gang zu bringen, aber das lag fest wie ein großer Stein und war nicht zu bewegen, so sehr der Junge sich auch mühte.

»Wat hebb ik di seggt, wat hebb ik di seggt«, jammerte sein Kamerad. »Wi flott ne, wi flott ne, lot uns gau utsmieten!«

»Dat wür scheun!« sagte Klaus. »Kumm hier, ward nix mokt!« Und er bemühte sich eifriger, den Kahn zu bewegen, er stieg auf die Ducht und nahm den Riemen zur Hand, aber es war, als wäre das Fahrzeug angewachsen, jedenfalls rührte es sich nicht. »Dat ist jo rein as wenn dat Diert behext wür«, scherzte er, als er sich dann aber über den Dollbaum beugte und fand, daß nur noch eine Handbreit frei war, da wurde auch er bedenklich und ging hastiger mit dem Riemen zur Kehr. »Bang bün ik ober ne«, sagte er.

Der Kahn blieb fest sitzen. Der Macker begann zu weinen: »Wi buddelt af, wi versupt!« klagte er und begann, um Hilfe zu rufen: »Hilpt uns, hilpt uns!« Aber der Deich war weit, und die aufsegelnden Fischerjollen waren noch in der Ferne. Wenn nicht ein Jäger in den

Binsen oder im Reet saß, wer sollte sie dann retten? Die Aalfischer waren schon längst zurückgerudert.

Störtebeker warf Sand hinaus. Wie flog die Schaufel, wie blitzte sie in der Sonne, wie flog der Sand, wie spritzte das Wasser auf!

»Hilpt uns, hilpt uns!«

»Nu lot doch bloß mol dien Geschricht van Murd und Dotslag no!« sagte Störtebeker barsch. »Smiet man mit ut, denn sünd wie gliek flott!«

»U, ik bün jo so bang, Klaus!«

»Denn kannst du ne no See hin! Ik bün keen betjen bang! Smiet doch bloß mit ut, du Knappen!«

Er hatte das Gesicht voller Wasser- und Schweißtropfen, aber er warf unverdrossen aus. »Mol schuben, Harm!« Sie stemmten sich, auf dem Dollbaum stehend, mit aller Macht gegen die Riemen, und wirklich rührte das Fahrzeug sich jetzt. »Huroh, wie hebbt em«, rief Störtebeker. »Noch en lütj betjen, denn geiht de Reis los!« Er schaufelte emsig, denn das Dollbord lag jetzt mit dem Wasser gleich, und mitunter spritzte schon eine kleine See in den Kahn. Vielleicht wäre es Störtebeker in seinem Eifer doch gelungen, ihn im allerletzten Augenblick zu retten, aber da kam die hohe, mächtige Dünung eines großen schwarzen Amerikadampfers, der schon bei Teufelsbrücke qualmte, den Störtebeker bei seiner dringlichen Arbeit aber nicht gesehen hatte, in starken Wellen über den Nienstedter Fall gelaufen, fegte über den Bordrand und füllte den Kahn mit Wasser, wischte den Sand glatt und brachte das Euschfatt zum Treiben. Da war nichts mehr zu machen, obschon Störtebeker das Euschfatt ergriff, um das Wasser auszugießen. Es war zu spät.

»Wie versupt, wie versupt!«

Sie standen schon bis an die Knöchel im Wasser auf den Duchten. Störtebeker meinte freilich, das wäre spaßig, so auf dem Wasser zu stehen. Er tröstete Harm und sagte, er solle nicht bange sein; bis das Wasser ihnen an die Knie ginge, wären die Jollen dreimal da und könnten sie holen; schade wäre es nur um den schönen Sand. Er blickte sich aber doch besorgt um, ob nicht vom Deich ein Boot käme, denn der Wind war still geblieben, und die Segel kamen nur langsam näher. Als das Wasser ihnen bis über die Knie reichte, band er die Riemen an die Fangleine und hieß Harm sich daran festhalten, damit der starke Strom ihn nicht umrisse.

Es war eine böse Lage. Nun begann auch Störtebeker laut zu rufen, nachdem er versichert hatte, daß er nicht bange sei. Aber sie konnten wohl am Deich vor lauter Eschen und Pappeln nicht gesehen und wegen der weiten Entfernung nicht gehört werden, denn kein Boot ließ sich blicken. Immer höher stieg das Wasser, es reichte ihnen schon an die Hüften. Störtebeker tröstete seinen frierenden Macker, er solle sich an ihm festhalten, damit er nicht über Bord ginge. Dann sagte er ihm, sie wollten warten, bis das Wasser ihnen bis unter die Arme gehe. Wenn dann keine Rettung gekommen sei, wollten sie die Leine losmachen und sich mit den Riemen treiben lassen. »De drägt uns as en Beesenbült«, sagte er zuversichtlich.

»Wat ist dat Woter kold, wat früst mi! Hilpt uns, hilpt uns, hilpt uns!« Störtebeker stützte ihn und hielt tapfer aus, denn die ersten Boote kamen heran und konnten sie am Ende schon sehen. Mehr als an den Riemen klammerte er sich an den Gedanken: Ne bang warrn, anners kummst du ne mit no See! Er begann zu winken. Da antwortete das erste Boot: Der Fischer hob die Hand und steckte schnell die Riemen aus, um durch Rudern bessere Fahrt zu machen.

»Nu hol di fast«, sagte Störtebeker.

Bis an die Brust standen die beiden Gesellen im Wasser, als das Boot sie erreichte und Jan Fock sien Jung, Peter Husteen, sie über den Setzbord zog.

»Junge, du kannst wat moken«, sagte er zu Störtebeker. »Wat meenst wull, wenn Peter Husteen ne so bannig seilen kunn, denn harrn ji hier doch afsopen as son poor Rotten!«

»Non, denn lot di man en Medaille geben«, antwortete Störtebeker und zog die Riemen ein, nachdem er sie losgeknotet hatte.

»Nu büst doch mol bang wesen, wat?«

»Dat lügst du, Peter! Ik bün ne bang wesen! Kannst Harm frogen! Wat schreest du denn nu noch?« wandte er sich an seinen Leidensgefährten, aber der antwortete nicht, er schluchzte nur noch mehr, denn er dachte an die Schläge, die zu Hause seiner warteten.

Daran dachte Störtebeker nicht, denn seine Gedanken waren bei seinem gesunkenen Fahrzeug und den Möglichkeiten, es zu heben.

»Segg den Düker man Bescheed«, sagte er am Neß zu dem Fischerjungen, als sie gelandet wurden.

Der Empfang, den Gesa, die schon unruhig geworden war, ihrem Jungen bereitete, war nicht ohne, aber er dachte: Utschillers deit ne weh, un Togels durt ne lang, und sagte schließlich, als er wieder seine Prügel hingenommen hatte, ohne auch nur ein einziges Mal zu schreien, und sich zum Abendbrot hinsetzte: »Bang wesen bün ik ober doch keen betjen, Mudder!«

Am anderen Tag ging der Jäger los, um den Kahn zu bergen. Störtebeker wollte ihn mit aller Gewalt begleiten, und weil er das nicht sollte, wurde er zuletzt in den Keller gesperrt und mußte einen Tag brummen.

Neunter Stremel

Der Allmächtige, der Herr der Götter,
vor dem der Engel niederfällt,
Gott redet donnernd aus dem Wetter
und ruft voll Majestät der Welt!
Anbetend sinkt der Erdkreis nieder,
der Wald ertönt, es bebt die Flur!
Und Blitze sagen's Blitzen wieder:
Gott ist der Herrscher der Natur...

»U, wat en harten Slag ok doch! Klaus, ik bitt di üm allens inne Wilt, stoh doch up! Kiek doch mol, wat dat lücht! De ganze Heben steiht in Für un Flammen!«

Störtebeker aber, der im Bett lag, sagte mürrisch: »Lot mi doch slopen, Mudder, ik bün so meud!« Und er machte die Augen wieder zu. Sie las mit bebender Stimme im Gesangbuch weiter und fuhr bei den harten Donnerschlägen ängstlich zusammen.

Der warme Sommertag hatte ein Gewitter gebraut, das gegen Abend in einer dunkelblauen, schweren Wolkenwand mit unheilvollen weißen Flecken über der Elbe stand. Es wetterleuchtete schon in der Dämmerung; nun es Nacht geworden war, griff es mit Riesenhänden über den Himmel und brach mit Regen- und Windflagen herein. Ununterbrochen blitzte es an allen Ecken, und der Donner rollte in einem fort, bis manchmal ein scharfer Knall alles Grollen übertönte. Überall am Deich hatten die Frauen sich erhoben, die Kinder notdürftig angekleidet und saßen nun in Angst und Bangen bei dicht verhängten Fenstern laut betend. Denn die Gewitter sind schwer auf der Elbe, sehr schwer. Sie liegen wie verankert über Finkenwärder und sitzen wie in einer Mausefalle, die von den Blankeneser und Harburger Bergen und den Häusern und Türmen von Hamburg gebildet wird. Sie können weder vorwärts noch seitwärts. Wie wirbeln sie da hin und her; wie gefangene Tiere und toben sie und bleiben stundenlang liegen. Sie müssen sich über dem Eiland austoben, das flach wie ein Teller und naß wie ein Keller ist und keinerlei Ausstrahlungspunkte hat. Der Wind vermag sie nicht zu vertreiben, sie liegen steinfest, ja, sie ziehen mitunter trotzig gegen die Luft. Nur die Flut hat Macht über sie: Die nimmt sie mit und drängt sie mit Gewalt über Hamburg hin. Aber bis es Flut ist, oft stundenlang, wankt und weicht selten ein Gewitter.

Licht auf Licht fiel vom Himmel, der Regen rauschte auf dem Wasser, wenn die Donner einen Augenblick schwiegen, der Gewitterwind brauste durch die Bäume, und die Fenster klirrten bei den harten Schlägen. Oft bebte das Haus in seinen Grundfesten.

Gesa saß in der Küche bei dicht zugezogenem Fenster, damit sie die grellen Blitze nicht so scharf sah, und las laut, denn sie war bange vor Gewittern. Sie hatte sich angekleidet und trug ihr Geld, ihre Papiere und ihr Sparkassenbuch in der großen Tasche unter der Schürze, damit sie wenigstens etwas retten konnte, wenn es einschlug. Störtebeker blieb liegen, denn Gewitterfurcht hatte sein Vater ihm ausgeredet.

Ein furchtbarer blauer Blitz, ein kurzer, entsetzlich knallender Schlag: Es mußte in der Nähe eingeschlagen haben!

»Klaus, nu steihst du batz up!« Gesa lief in die Schlafkammer und holte den Widerstrebenden aus den Federn, suchte sein Zeug und drängte ihn in die Küche. Da ging es denn nicht anders, er mußte sich unter Blitz und Donner anziehen; er nahm aber die Gelegenheit wahr und holte seine Siebenmeilenstiefel, damit er draußen waten könne, wenn es einschlüge. Recht war es ihm nicht, er hätte lieber geschlafen. So sah es ja aus, als wenn er bange wäre, dann konnte er morgen nicht zu den Jungen sagen: »Ik bün beliggen bleben!«

»Hürd och mol, Klaus, wat dat innen Schosteen pultert!«

»Jo, dat is meist, as wenn de Schosteenfeger dor togangen is«, sagte der Junge schläfrig. »Lot mi man wedder to Koi gohn! Vadder geiht bit Gewidder ok uppn Bitt, seggt he!«

»Non, un wat dien grote Vadder deit, dat müßt du ok don, ne?«

»Jo, dat is gewiß, Mudder!«

»Wat en Slag!«

»Junge, jo«, sagte Klaus anerkennend, »dat wür en eulichen! Petrus hett alle Negen smeeten bit Kegeln!«

»Junge, lot den droken Snack!«

»Err – hett Vadder ober seggt!«

»Jo, neem dien Vadder woll klüst bi düt Wedder.«

»De, Mudder? De is up See un hett all de Seils dolsmeten un liggt inne Koi un slöppt!«

»Dat gläuf man ne!«

»Dat gläuf man jo! He hett mi dat sülben seggt. Büst du denn fix bang, Mudder?«

»Och, Junge, ik zitter un beef annen ganzen Lief.«

»Wat kann dat angohn: Ik bün gorkeen betjen bang, Mudder!«

»Wennt obers insleit, Klaus?«

»Sleit ne in, Mudder!«

Wieder knallte der Donner. »Wees still, Junge! Wat ut di un dien Vadder noch mol warrn schall, weet de leebe Gott: Ji sünd beid veel to driest!«

Du und dien Vadder – das hörte Störtebeker am liebsten.

Das Gewitter stand nun steil über ihnen, und die Blitze jagten einander. »Nu hett dat inslogen! Nu hett dat gewiß inslogen«, rief Gesa bei jedem Knall, bis es Störtebeker zuviel wurde.

»Wennt jedesmol inslogen harr, müß ganz Finkenwarder woll all upfluckert wesen«, sagte er, schlug die Vorhänge zurück und guckte in die Nacht hinaus. Gesa prallte zurück vor dem grellen Feuer, er aber sah ruhig in die Blitze. Er wußte von seinem Vater, daß sie ihm nichts taten. »Brinnt gornix, Mudder! Kiek, en ganzen gelen! Junge, de süht ut! Heitmann, wat is dat: Inne Besen dor blitzt dat? Junge, eben son ganzen kwatterwatschen, Mudder, ik gläuf, dat würn Kugelblitz!«

»Klaus, mok de Kolosen to, innen Blitz kieken, dor kannst blind van warrn. Dink leber mol an dien Vadder, du!«

»An Vadder dink ik jümmerto.« Störtebeker wurde gesprächiger. »Bi sun Gewidder lopt de Ool fix, Mudder. Morgen sitt de Körf vull. Un de vunnacht pöddert, de kriegt gewiß söben Ammers vull! Un de Buern ward all de Melk sur vunnacht: Morgen möt wi swarten Kaffee drinken!«

Unter Blitz und Donner schlichen so zwei Stunden hin, dann, als es bald hell werden wollte und der Hahn schon einmal gekräht hatte, verstärkte sich das Toben, der Wind schwoll an und der Hagel prasselte gegen die Scheiben.

»Schullt woll all Flot wesen?« fragte Störtebeker und holte den Hamburger Almanach hinter dem Spiegel hervor. Die Mutter sah nach: »Jo, is Flot! Gott Loff und Dank, nu tütt dat Gewidder woll weg, nu kummt de Wind dor woll achter!«

Der Junge horchte auf, denn er wollte gern zu Bett. Plötzlich sagte er, er wolle mal nachsehen, ob die Wolken schon zögen, stand auf und trat ungeachtet des mütterlichen Widerspruchs aus der Tür, in den nachlassenden Regen hinein. Der Deich war aufgeweicht und bildete eine große Pfütze. Am Himmel war nicht viel zu unterscheiden, aber das Schlimmste schien überstanden zu sein, denn die grellsten Blitze glommen jetzt im Osten, und der Donner rollte verhaltener. Störtebeker blickte zur Elbe und sah zwei dunkle große Segel unweit des Bollwerks: Ein Ewer segelte vorbei. Da hörte er in einem donnerschwachen Augenblick, wie die Kette durch die Klüse rollte, scharf und deutlich!

Da wußte er, daß es sein Vater war, und rief, so laut er konnte: »Höh, Vadder! Höh, Vadder!«

Und vom Wasser antwortete es: »Höh, Störtebeker!«

Er stürmte ins Haus: »Mudder, Mudder, Vadder is hier! He liggt hier afward! Kiek man bloß mol ut!«

»Ist wohr, Klaus?«

»Jo, jo, he ist! Ik hebb ober em ropen, un he hett mi eben antert!« Damit sauste er hinaus, und als sie auf der Schwelle stand, mit der Schürze über dem Kopf, da war er schon Gott weiß wie weit, da war er schon nach dem Siegelgraben gelaufen, hatte seinen Kahn, den glücklich geborgenen, losgemacht und wriggte im Regen zum Ewer hinaus, dessen rote Seitenlaterne sein Kompaß war. »Vadder, ik komm all!«

Die Reise dauerte einige Zeit, denn er mußte den reißenden Flutstrom überwinden, dann aber stand er an Deck zwischen den Seefischern, die tief im Ölzeug steckten und deren Gesichter glänzten. Er stand bei ihnen, als sie die Segel fierten, und achtete des Regens nicht, er nahm Hein Mück die Laterne ab, trug sie in die Diele und pustete sie aus, und er legte mit Hand an, als sie das Boot vom Deck setzten. Was kümmerten ihn Regen und Blitz, was ging ihn der Donner an, er war ja bei seinem Vater an Bord!

Als die erste Arbeit getan war, wollten Knecht und Junge sich niederlegen, aber Klaus Mewes nahm sie mit an Land, denn wenn Gesa auf war, konnten sie auch noch Kaffee trinken. Als sie abstießen, Störtebeker als Lotse mit seinem Kahn voran, standen über Blankenese schon einige Sterne. Das Gewittergewölk saß über Hamburg. Der Regen hatte aufgehört. Im Reet piepten die Wasserküken, am Nienstedter Loch lärmten die jungen Möwen, und im Fahrwasser tutete ein Dampfer. Binnendeichs schrie eine katernde Katze in wilder Leidenschaftlichkeit.

Die Linden tropften noch, als sie auf dem Deich angelangt waren. Gesa stand in der Tür, warm und licht im Schein der Lampe, und wirklich, sie hatte keine Angst mehr, nur noch Freude in den Augen. Wie lieb erschien sie Klaus Mewes, der eine ganze Nacht nur Blitze gesehen und Regen gehört hatte, wie freute er sich!

Als die Leute und der Junge in die Küche gegangen waren, hielt er sie fest, zog sie aus dem Licht heraus und nahm sie unter den Linden in die Arme.

Drinnen aber öffnete Kap Horn seinen Packen, den er mitgebracht hatte: Da war das Ölzeug, das er gemacht hatte: eine Ölbüx, lang und weit genug, ein Ölrock mit großen blanken Knöpfen, da war ein Südwester mit blauen Sturmbändern, alles hellgelb und noch klebend, aber Störtebeker probierte es doch gleich an, damit er wußte, wie es paßte. Er zog die Hose mit dem Strick zu, ließ sich von dem Knecht die noch steifen Knöpfe zumachen und setzte den Südwester vor dem Spiegel auf. Er zupfte und riß an dem Zeug herum, endlich war er fertig und ging vor dem Spiegel auf und ab wie ein Staatsminister. Knecht und Junge lobten ihn und sagten, nun wäre er ein kleiner Fischermann; ihm fehlte aber noch das gewichtigste Urteil, das seines Vaters.

»Schipper, wat ist, könnt wie nu anmustern?« rief er übermütig und guckte um die Ecke. Sein Vater und seine Mutter ließen einander schnell los, denn sie hatten noch nie vor dem Jungen geliebkost. Sie kamen herein und bestaunten ihn. Sogar die Mutter mußte über ihn lachen, als er so freiherrlich dastand.

»So, Vadder, Stebeln und Eultüch hebb ik. Nu kannt no See gohn!«

»Jo, Störtebeker, nu ist so wiet – nu kummst du mit no See!« sagte Klaus Mewes und sah Gesa so bedeutsam an, daß sie fühlte, dagegen gab es ebensowenig ein Auflehnen wie gegen das Schicksal selbst.

Sie schwieg, aber in ihrer Seele schrie es nach ihrem Mutterrecht.

»Mudder, du hest hürt? Kap Horn, du hest hürt? Hein Mück, du hest hürt? Ji hebbt alltohopen hürt: Ik schall mit no See, ik schall mit no See, huroh!« rief der Junge, setzte den Südwester ab, unter dem ihm reichlich warm geworden war, und sprach im Tonfall seines Vaters mit verstellter, grober Stimme: »Non denn, so wiß: Ik sülbst bün Klaus Störtebeker!« Alle lachten.

Beim Kaffeetrinken kamen freilich auch seine letzten Schandtaten an den Tag, darunter als Hauptstück die große Havarei. Kap Horn aber hob den grauen Kopf und sprang ihm bei: Er sähe kein Unrecht darin, denn der Junge habe es gut gemeint. Und Klaus Mewes nickte und sagte, wenn die Sache vor ein Seeamt käme, erhielte Störtebeker ein Lob wegen seiner Umsicht und Ruhe. Ein anderer wäre dabei ertrunken, meinte Hein Mück, um auch etwas zu sagen.

»Non, denn ist god, he kriegt jo mol wedder recht«, sagte Gesa, in deren Herzen die Bitterkeit wieder aufstieg. »Denn nimm em hin! Goht hin un verdrinkt alltohopen!« Die Tränen kamen ihr. »Ochott, wat ist en Hartleed mit mi arme Froo! Klaus Mees, Klaus Mees, du weest ne, wat du deist, un dinkst noch mol an mi. Uns Herr Kristus is bloß eenmol för di storben: Ik starf jede Nacht üm di! Un nu wullt du mi ok noch den Jungen nehmen!«

Klaus Mewes aber ging es wie dem Wallensteinschen Kürassier: Wo sie die Not nur sah und die Plag, schien ihm des Lebens heller Tag. Unbeirrt ging er in der Küche auf und ab, als die Leute wieder an Bord waren und Störtebeker schon schlief. Er begriff nicht, daß sie immer wieder nicht mitkonnte, daß sie immer wieder umkehrte auf dem Weg zur Sonne. Er dachte an seinen Großvater, der geblieben war, an seinen Vater, der verschollen war, als er selbst erst vierzehn Jahre alt gewesen war, an seine Stürme und Unwetter – und fand sein Leben doch so groß, stark und schön, daß er sich kein anderes wünschte und auch seinem Jungen kein anderes verschaffen wollte.

Klaus Mewes war ein Fischername, und die ihn trugen, sollten immerdar Fischer bleiben.

»Gesa?«

»Wat schall ik noch?«

Sie war müde, körperlich und seelisch.

»Wat kummst du merden inne Nacht mit son Gedanken vertüch? Seefischerfroo dött ne bang wesen, dat weest du doch?«

»Bün ik en Seefischerfroo, Klaus Mees?«

Sie schüttelte trübe den Kopf, als wenn sie hinzusetzen wolle: Ich bin keine und werde niemals eine werden!

»Noch ne, Gesa, aber du warrst noch een! Weest wat, Diern? Goh mit an Burd! Man to! Denn sünd wie uppen Dutt un brukt nee uppenanner to teuben! Man to, büst jo so jung un so stark! Goh mit! Schallst mol sehn, wo mooi dat up See is!«

Er faßte sie bei den Händen, aber sie wich seinem Blick aus und schüttelte den Kopf. »Ik kannt ne, Klaus, gläuf mi dat! Mi groot all vör de Ilw, wat schull dat irrst up See warrn? Ik bleef vör Angst dot!«

In dieser Nacht hatte Klaus Mewes zwischen seiner Frau und seinem Kind zu wählen, und wählte den Jungen.

Bei ihm, dem sturen Fischer, gab es keinen langen Streek an Land: wenn er Proviant eingenommen hatte, lag er nicht lange am Neß, sondern ging mit der ersten Tide seewärts, um möglichst schnell wieder in die Fischerei zu kommen. So begann er auch diesmal sofort mit der Ausrüstung, als er mit seinem Ewer von Altona gekommen war. Kap Horn, der Janmaat, war es zufrieden, daß sie schon abends fuhren, obgleich er dann eine Hochzeit versäumte, bei der er auf der Harmonika spielen sollte. Er war aber kein Passatmatrose, der nur bei gutem Wetter etwas taugte, sondern er stand jederzeit seinen Mann. Und Störtebeker? Das zu sagen, erübrigt sich. Ihm dauerte dieser Tag schon zu lang, und er hätte am liebsten gesehen, wenn sie schon mittags den Anker aufgehievt hätten, denn je länger es dauerte, desto eher konnte noch etwas dazwischenkommen und er womöglich wieder abgemustert werden. Nur einem paßte der Kram nicht, dem guten Hein Mück, der auf einen Sonntag gehofft hatte. Ihn verlangte nach der Musik, denn er hatte plenty money in der Tasche und wollte den Bauernknechten mal preußische Taler unter die Nase halten, wollte mal eine Runde für allemann ausgeben, wollte mal mit den Mädchen linksum tanzen und sie in der Nacht nach Hause bringen, die erdbeerseuten Deerns, und nun wurde wieder nichts draus. Er mochte es Klaus Mewes nur nicht antun, der einen so treuen und fixen Jungen nicht wieder bekäme: Sonst hätte er sich mit Trommeln und Pfeifen davongemacht, jawoll, Klaus Mewes!

Gesa war ruhiger geworden. Sie konnte den beiden lachenden Klaus Mewes auf die Dauer doch nicht grollen, wenn sich ihr Herz auch zusammenzog und sie mit Grauen an die einsame Zeit dachte, die vor ihr lag. Auch wollte sie vor ihrem sonnensicheren Mann nicht mehr klein und verzagt dastehen. So half sie eifrig bei der Ausrüstung des Fahrzeugs und suchte die Sachen für den Jungen heraus, wobei sie sogar wieder zu ihrer angeborenen Heiterkeit kam.

Was packte sie nicht alles ein, was machte sie nicht alles zurecht, was suchte sie nicht alles zusammen! Es war, wie Klaus scherzend sagte, als wenn Störtebeker auf Lebenszeit nach Amerika auswandern oder eine Nordpolexpedition mitmachen wolle. Strümpfe und Socken, wollene Jacken, Rümpfe und Buscherumpen, Halstücher, Handschuhe und Taschentücher, Mützen und Hüte, Unterhosen und Pulswärmer: ganze Beutel voll standen auf der Diele, gefährlich anzusehen! Gesa ging dabei nach dem Grundsatz der Fischerfrauen, der da hieß: Upt Woter ist jümmer kold, und kehrte alle Schiebladen um. Seife und Kamm, Heftpflaster und Hamburger Tropfen, Scharpie und Verbandleinen, alles gehörte dazu.

Klaus Mewes durchsuchte unterdessen die Räucherkammer und musterte einen Schinken, eine Seite Speck und eine erkleckliche Anzahl von Mettwürsten an, indem er sie von der Leine schnitt.

Störtebeker barg das Hütfaß und stellte die Bungen auf den Schauerboden, die er den Bauernknechten wieder weggeholt hatte. Dann schleppte er den Kaninchenkoben auf den Deich, denn er wollte sein Viehzeug mit an Bord haben, auch seine Krähe. Aber da kam Kap Horn und redete es ihm aus: Sie hätten für die Munkis kein Futter und Kluß könne sich ja doch nicht mit Seemann vertragen. Störtebeker sah es ein und kantete den Stall wieder über die Wurt. Er konnte sich aber nicht enthalten, vorwurfsvoll zu sagen: »Du hest mi ober sülben seggt, wat ji up grote Scheep sogar Swien und Kninken an Burd hatt hebbt.«

»Jo, op grote Scheep«, sagte Kap Horn, »dat is ok wat anners!«

»So? Fischereber is ok en grot Schipp«, rief Störtebeker patzig.

Nach Mittag mußte er mit Hein den Deich entlang, mit der Karre, und Brot und Mehl holen, Pflaumen und Erbsen, Graupen und Bohnen, Zucker und Kaffee. Er hatte seine Siebenmeilenstiefel an und konnte nur langsam vorwärts kommen, dennoch erregte er Aufsehen genug am Deich und wurde von allen Seiten gefragt, ob er nun mit an Bord komme. Und wenn er bejaht hatte, dann sagten sie, er solle bloß nicht seekrank werden, solle kein Heimweh kriegen und solle aufpassen, daß er nicht über Bord falle. War er aber vorbei, so hieß es bei den Alten: »Sien Vadder is verrückt: Wat schall dat Gör all up See?«

Der Krämer, ein Schelm, schenkte ihm einen langen Bindfaden. »Wat schall dat denn?« fragte Störtebeker verwundert.

»Och, nehm man mit! Is god för de Fohrt!«

»Neem to?«

»Kumm, dat segg ik di int Uhr«, raunte der Krämer und flüsterte: »Dor bindst du di de Been mit to, Störtebeker. Du deist de Büx jo doch vull, wenn ji up See sünd.«

Da warf der Junge den Bindfaden auf die Theke und sagte, ihm könne so was nicht passieren.

Sie wurden bis Hochwasser doch nicht ganz fertig und verschoben die Abfahrt deshalb auf den nächsten Tag. Störtebeker mißtraute der Sache, er fürchtete, daß sein Vater ihn übers Ohr hauen wolle, und horchte in der Nacht alle Augenblicke, ob sich in der Schlafkammer etwas rege. Als er schließlich die Augen nicht mehr offen halten konnte, zog er leise seines Vaters Strümpfe vom Stuhl und steckte sie bei sich unter die Decke mit dem Gedanken: Nu will ikt woll hürn, wenn du upsteihst!

Der andere Morgen verging rasch. Störtebeker fuhr ununterbrochen zwischen Bollwerk und Ewer hin und her und brachte alle Beutel und Packen, alle Brote und Würste, alle Kruken mit Weißsauer und Schwarzsauer sicher an Bord. Ein Wunder, daß er sich nicht in Brand lief.

Als der Flutstrom nachließ, war es soweit, daß sie an Bord mußten. Der Abschied nahte. Gesa mußte ihrem Jungen die Hand geben. Sie tat es scheinbar ruhig. Er sprang vor Freude, daß es nun wirklich und wahrhaftig losgehen sollte, und versprach alles, was sie von ihm verlangte: sich nicht zu erkälten, nicht seekrank zu werden, nicht zu weinen, nicht über Bord zu fallen, nicht in die Wanten zu klettern, sich nicht von den Fischen beißen zu lassen und gesund zu bleiben. Er hätte in diesem Augenblick noch viel mehr versprochen, dann aber drängte er zur Abfahrt, stiefelte den Deich hinunter und rief seinen Vater, der in der Stube lachend Adjüst sagte und seine schöne Frau küßte, bis sie sich ihm verwirrt entzog.

Der Kahn mußte mit, sagte Störtebeker, sonst gingen die Jungens ihm damit durch die Binsen, und Klaus Mewes war es zufrieden, denn der leichte Kahn war eher vom Deck zu werfen als das schwere Boot und mochte ihnen in den Häfen ganz gut zupaß kommen.

Adjüst! Adjüst! Adjüst!

Sie winkten und stießen vom Bollwerk ab. Seemann stand auf der Ducht und bellte zu Gesa hinüber, die auf dem Deich stand, als wenn auch er Adjüst sagen wolle.

Der Ewer entfaltete seine Segel wie ein Schmetterling seine Flügel, der Anker wurde aufgehievt, wobei Kap Horn nach Matrosenbrauch sang, dann schwoite das Fahrzeug herum, die Lappen fielen voll, langsam zog es davon und segelte in einem großen Gange westwärts. Gesa winkte noch mal, Klaus Mewes und Störtebeker winkten vom Ruder, Seemann bellte. Da holte Kap Horn schnell seine Harmonika, die geliebte, aus der Koje und spielte: Auf, Matrosen, die Anker gelichtet... Hell klang es zum Deich hinüber, aber Gesa stimmte es doch so wehmütig, daß sie, die sich bisher tapfer gehalten hatte, ins Haus gehen und weinen mußte.

So trat Störtebeker seine Seefahrt an, mit seinem Vater am Ruder und bei Sonnenschein auf dem Wasser, unter dem Harmonikaspiel von Kap Horn und dem Gebell von Seemann.

Fahr wohl, Störtebeker!

Zehnter Stremel

Nun wölbt euch, große braune Segel, nun knarrt, ihr Gaffeln, schlagt, ihr Schoten, tanzt, Flögel! Wind muß wehen, Sonne muß lachen, Wasser muß blinken, auf daß die Freude in Klaus Störtebekers Herz komme und er die Fahrt lieb gewinne, auf daß er ein Fahrensmann werde! Daß er sich dem Kampf mit der See verschwöre wie der Knabe Hannibal dem Kampf mit Rom, daß er auch dann zur See gehe, wenn sein Vater etwa vorzeitig bleiben sollte und seine Mutter einen Landmann aus ihm zu machen gedächte.

Denn *navigare necesse est* – Seefahrt ist notwendig, und bitter not ist es, daß das Lachen von Klaus Mewes nicht von der See weicht.

Sie hatten Nordwestwind und mußten kreuzen. Hinter dem Schweinesand, dwars von Wittenbergen, füllten sie das Wasserfaß mit frischem Elbwasser, wobei Störtebeker fleißig half, denn er konnte auch schon eine Pütze tragen. Bisher hatten sie nur die drei großen Segel stehen gehabt, nun setzten sie noch den Klüver, das Toppsegel und den Nackenhut, um bessere Fahrt zu machen.

Dann nahmen sie das Boot aus dem Wasser und stellten es auf die Luken unter den Giekbaum. Auch Störtebekers Kahn wurde aufgehievt und bekam seinen Platz unter den Luken an Backbord. Hein Mück verstaute den Proviant in den verschiedenen Schappen. Es gab Enden aufzuschieben, sie hatten zu pumpen, das Deck zu schrubben und zu dweilen.

Schließlich aber war alles getan bis auf die Fahrt, bis auf das Segeln, bis auf das Kreuzen. Kap Horn legte sich zu Koje, weil er die Nachtwache bekommen sollte. Da stand denn Klaus Mewes am Ruder, und Hein Mück hockte vorn auf Deck, putzte den Kessel und die Gabeln und Messer und bediente die Fock, wenn der Ewer über Stag ging. Störtebeker saß auf den Luken. Seemann hatte den struppigen Kopf auf seinen Schoß gelegt und schlief.

Er guckte nach dem Großsegel hinauf, das ihm so hoch vorkam, daß er sich immer wieder wundern mußte. »Dat reckt bit inne Wulken, Vadder«, sagte er, »uns Karkturm is nix dorgegen.«

»Ree«, rief sein Vater, wenn sie die Grenze des Fahrwassers erreicht hatten, und warf das Ruder herum, daß der Ewer gewaltig anluvte und in den Wind schoß. Dann sprang Hein Mück auf und hielt die heftig schlagende, wildwerdende Fock am Want fest, Klaus Mewes aber drängte den Besangiekbaum kräftig nach Luv. Das Großsegel schüttelte sich unwillig und haute erregt mit den Schotblöcken, daß das Deck erzitterte, dann aber war der Ewer herum, die Segel fielen von der anderen Seite voll, und der neue Streek begann. »Gohn!« scholl es über Deck, Hein Mück löste das Tau und gab dem Block einen Fußtritt, daß die Fock nach Lee schlug, wo sie wieder festgebunden wurde.

So ging es die ganze Tide.

Hinter und vor ihnen waren viele Finkenwärder und Blankeneser unter Segel, aber der Laertes, der gut kreuzte, blieb doch vorn und ließ sich nicht überholen. So kreuzten sie gegen den allmählich stärker werdenden Nordwest, und Klaus Mewes zeigte seinem Jungen die Schiffe und Baken, die Tonnen und Feuertürme, die Deiche und Kirchtürme, er erklärte ihm Flaggen und Segel, er zeigte ihm die Windmühlen des Alten Landes, die Berghäuser von Blankenese (»dat de dor no dolpurzelt!« sagte der Junge, als er sie in der Nähe sah), den Hahnöfersand mit den Krähennestern, den Lühdeich mit den vielen Kirschbäumen, die roten Dächer von Wedel, das Schulauer Feuerschiff, das Wrack beim Hungrigen Wolf, von dem nur die Masten und ein Stück vom Steven aus dem Wasser ragten, Juels mit der weißen Bake, Brunshausen mit einem löschenden Neuyorker Dampfer und die Türme von Stade.

Störtebeker nahm alles auf und fragte nach allem, aber das Beste schien ihm doch der große Ewer in Fahrt. Wie er dahinsauste, wie er in die Seen schoß und wie dabei das Toppsegel unbeweglich in den Wolken stand, darüber mußte er sich immer wieder wundern. Auch seinen Vater sah er mitunter von der Seite an: Obgleich der noch lachte und sprach, schien es ihm doch ein anderes Lachen und Sprechen zu sein als am Deich und in der Dönß. Und auch die Augen sahen ganz anders aus.

Finkenwärder war außer Sicht gekommen und scheinbar auch schon aus dem Sinn, denn als Hein Mück einmal spöttisch fragte: »Hest ok all Heimweh?«, da guckte Störtebeker ihn verwundert an, als hätte er ihn gar nicht verstanden. Auch als sein Vater einmal meinte: »Muchst ok all wedder no Hus hin, no Mudder?«, da schüttelte er nur den Kopf wie im Traum und blickte nach den Segeln hinauf.

»Jä, ans müßt seggen, denn geeft wi di an en Jill af, den büst morgen wedder annen Diek!« setzte Klaus Mewes lauernd hinzu. Da fragte der Junge nach dem Feuerturm im Süden, um damit anzudeuten, daß er von solchem Schnack nichts wissen wollte.

Bis vor den Pagensand kamen sie mit dem Ebbstrom. Dort aber wogte und schäumte ihnen die Flut unwiderstehlich entgegen und zwang sie, zu Anker zu gehen. Das war in der Dämmerung. Sie ließen die Segel fallen, steckten das Staglicht an und aßen Abendbrot in der Kajüte. Als sie nachher noch mal nach draußen sahen, Störtebeker und sein Vater, merkten sie, daß sich viele Ewer zu ihnen gesellt hatten: Eine Schar wartender Fahrzeuge lag bei ihnen hinter den niedrigen Büschen des ungedeichten Eilandes, und die Lichter liefen auf dem Wasser spielend durcheinander. Der Himmel war von übereinandergetürmten Wolken umlagert wie von Alpen, und der kalte Nachtwind strich taubringend um die Wanten.

Dann kletterten die beiden Mewes in eine Koje und ließen sich von den glucksenden und klopfenden Seen so lange etwas erzählen, bis sie es nicht mehr hören konnten.

»Büst ok all bang, Störtebeker?« fragte Klaus Mewes, schon halb im Traum, aber der Junge antwortete nicht mehr: Er schlief schon.

Bald wachte nur noch die niedrig gedrehte Lampe in der Kajüte.

Mitternacht war vorüber, als der Wecker surrend ablief. Da rief Klaus Mewes: »Seilen!« und schwang sich aus der Koje, um die Seestiefel anzuziehen. Knecht und Junge entstiegen den seitlichen Kojen und suchten mit kleinen Augen nach ihren Sachen. Störtebeker sollte liegen bleiben wie Seemann, der sich auf der Bank nur umgedreht hatte, aber er stand doch mit auf und half beim Anstecken der Seitenlaternen, er zog die Fock mit hoch und drückte beim Hieven des Draggens mit auf die Spaken, denn es war kalt und ihn fror wie einen Schneiderlehrling. Das Großsegel stieg auf, die Besan folgte, dann der Klüver. Auch auf den anderen Fahrzeugen regte es sich, überall glommen die bunten Lichter, erscholl der Lärm der Winschen; das Rufen der Fahrensleute wehte mit dem Wind herüber, die Gaffeln knarrten, und die Schoten hauten.

Der Wind war südlich geworden, so daß sie fast ablaufen konnten und nicht mehr zu kreuzen brauchten. Die Segel fielen voll, und der Ewer, ein großer, schwarzer Walfisch in der Nacht, schwamm ins Fahrwasser zurück.

Kap Horn ging ans Ruder und übernahm die Wache. Er hatte sich ein dickes wollenes Tuch um den Hals gebunden und sah aus, als wenn er es im Halse hätte. Störtebeker guckte eine Zeitlang auf den hellbeleuchteten Kompaß und fragte, ob er auch in der Nacht richtig hielte, er ermahnte den alten Knecht, keine Havarei zu machen, und ging mit seinem Vater wieder zu Koje. Er zog aber die Decke bis an die Nase und schmiegte sich dicht an ihn, denn er zitterte vor Kälte.

Als er am Morgen mit seiner Kaffeemuck und seinem Roggenbrot aus der Kapp kam, um seinen Vater auszuschelten, daß er aufgestanden war, ohne ihn zu rufen, und um zu sehen, wie weit sie schon gekommen wären, da schäumte der Ewer mächtig durch bewegtes graugrünes, schmutziges Wasser und lief, was er konnte. »Vadder, neem sünd wi all?«

»To Freeborg, Störtebeker«, rief Klaus Mewes und zeigte ihm den Turm von Freiburg an der Elbe.

»Neem is de See denn?«

»Dor achter! Wi kommt dor rundog noch hin! Sultwoter hebbt wi all fot!«

»Ne, dat gläuf ik ne«, rief Störtebeker, aber Hein Mück sprang wie ein Luchs auf, schalt ihn einen Dummbart, holte eine Pütze voll Wasser herauf und hieß ihn kosten. Störtebeker steckte den Finger hinein:

Das Wasser war wirklich salzig und bitter. Er schmeckte noch einmal, aber der Geschmack änderte sich nicht. Wie das angehen könne, rief er kopfschüttelnd, das könne er nicht begreifen! Daß Fische darin leben könnten, wollte ihm noch weniger in den Kopf. Nun wurde die Fahrt noch geheimnisvoller für ihn.

Der Wind wurde nach und nach so stark, daß Klüver und Toppsegel weggenommen werden mußten. Der Ewer lag sehr schief, die Segel standen voll Wind, und die groben Seen spritzten schon einmal über Deck, wenn der Ewer stauchte. Am Himmel standen »Ziegenhaare«, zerzauste Wolkenbüschel, die auf stürmisches Wetter deuteten.

Solche Fahrt war Klür für den Ewer und erst recht für Klaus Mewes, der vergnügt steuerte und sang. Ein Vers aus der Dänenzeit war es, den er beim Wickel hatte, vererbt vom Großvater her:

„Kridderwidderwitt, den dänschen Keunig
Kridderwidderwitt, den deen ik ne!
Den sein Lohn ismi to wenig.
Pillkantüffeln mag ik ne!“

Störtebeker, der das Lied kannte, stimmte mit ein und vertrieb die Bangigkeit, die ihn ankommen wollte. Sein Vater war ja bei ihm. Was sollte ihm da die See tun können?

Scheelenkuhlen und die Bösch passierten sie schon gegen Mittag, so rasch zog Laertes davon. Bei Brunsbüttel gab Hein Mück das Essen aus und übernahm das Ruder, während die anderen sich die Klütjen und Plummen schmecken ließen. Als sie wieder an Deck kamen, waren sie so weit, daß Klaus Mewes seinem Jungen die See zeigen konnte, denn im Norden trat das Ufer zurück, dort blinkte die See, nach der er sich am Deich gesehnt hatte, der kleine Störtebeker, als wenn sein Leben davon abhinge.

Nun stand er bei seinem Vater hinter dem Kompaß und sagte, ja, er könne sie sehen, aber weiter sagte er nichts, denn eigentlich war es eine große Enttäuschung für ihn, dieses erste Schauen; er hatte auf der Zunge zu sagen: »Dat is ok jo wieder nix as Woter!« Aber er verbiß es, denn er dachte: Erst ganz hin sein!

»Vadder, neem fischt wi nu?«

»Och, mien Jung, dat ist noch wiet weg! Ganz buten, kannst nu noch gorne sehn!«

Das war Störtebeker recht, denn es mußte auch noch anders kommen, wenn es mehr sein sollte als die Elbe.

Es gab noch die Schanze zu sehen mit den schwarzen Kanonenschlünden, die die Elbe bewachten, das Ostefeuerschiff, das an seinen Ketten riß, die Türme von Altenbruch; dann kam Cuxhaven in Sicht, der dicke Leuchtturm, die Kugelbake. Da sah Störtebeker zum erstenmal ein großes Schiff, eine Bark, unter Rahsegeln. Sein Vater wies ihm den alten und den neuen Hafen, die großen Seeschlepper, die mächtigen Anker, die am Deich standen, das Schloß Ritzebüttel, das klug und geborgen aus den Bäumen lugte, er zeigte ihm einen Seehund, der hinter dem Ewer auftauchte, und drei Masten, die im Norden kahl und verlassen aus der See ragten.

Störtebeker wurde doch stiller, als er das Land kleiner und die See größer werden sah, als er wahrnahm, daß der Ewer ungestümer auf und ab tauchte und sich schräger legte als vorher, aber er hielt tapfer aus und ließ sich nichts anmerken.

Es gab kein Halten mehr für den großen Ewer: Mit dem flagigen, starken Südwestwind in den Segeln brauste er mächtig einher und schnitt eine breite, schaumige Furche wie ein rechter Pflüger. Noch trug er die Segel ohne Reff, aber die Luft schmierte zu, dunkle Wolken beschatteten die See, und auf den Watten räucherte die Brandung. Mit breiten, langen Kämmen kam die Flut ihnen entgegen, aber diesmal wurde der Ewer Baas über sie, denn er hatte Wind und ließ sich von ihr nicht mehr aufhalten. Sie segelten an der Kugelbake vorbei, der großen Frau der Elbmündung, die immerfort nach ihrem Mann sucht, der doch längst geblieben ist, und nahmen Kurs nach dem vierten Feuerschiff, Nord zu West.

Bald verlangte den Südwest nach Südwestern; er brachte Regen und jagte die Seefischer ins Ölzeug. Auch Störtebeker mußte hinein. Als sein Vater ihm den Rock zuknöpfte, sah er ihn forschend an und bemerkte, daß das Gesicht schon etwas blasser geworden war; er tat aber, als hätte er nichts gesehen. Dem Knecht und dem Jungen hatte er untersagt, mit der Seekrankheit zu drohen und Störtebeker bange zu machen. So gedachte er, ihn am besten davor zu bewahren.

Heiter wies er ihm den dicken Turm von Neuwerk und erzählte, daß Störtebeker von dort einen Gang unterm Wasser bis nach Cuxhaven gehabt hätte.

Hinter Scharhörn sichteten sie die ersten fischenden Ewer. Da vergaß der Junge das fremde Gefühl und wurde lebhafter, er holte sich den Kieker aus dem Nachthaus und betrachtete Ewer für Ewer; er las die Nummern und ließ sich die Schiffer dazu sagen.

»94, Vadder?«

»Jakob Fock, dat weest du doch!« – »138?« – »Jakob Mees.« – »3?« – »Friedrichson van de Au, de Störnfischer.« – »107?« – »Ornd Fock!« Er lernte erkennen, wann einer einzog: Dann fiel die Fock nieder, und die Möwen flogen um die Masten. Wann er kurrte, wann er segelte, wann er aussetzte. Von da an kümmerte er sich nicht mehr viel um Galioten und Feuerschiffe, Lotsenschoner und Frachtdampfer, sondern nahm sich der Fischerei an. Er drängte, daß sie doch auch schon aussetzen sollten, und war gar nicht erbaut, als er hörte, daß sie noch einen ganzen Tag zu segeln hätten.

Wenn ein Ewer nahe kam, rief sein Vater den Schiffer an und fragte nach dem Fang. Der Schiffer aber fragte nach dem Markt. Das war immer ein nachbarliches Gespräch wie am Deich und schloß mit einem Gedankenaustausch über das Wetter.

Die See wurde rauher, und der Ewer tauchte tiefer. Bei der Lotsengaliot nahm eine hohe See den Ewer auf den Rücken und warf ihn dwars weg, daß Störtebeker das Gleichgewicht verlor und gegen das Boot flog. Er stand ruhig wieder auf und hielt sich am Dollbaum fest, aber die Düsigkeit im Kopf nahm immer mehr zu, und den schlechten Geschmack im Mund wurde er nicht wieder los. Er fühlte, daß seine Stunde kam, daß er seekrank wurde und brechen mußte. Er wollte es nicht, er wollte es nicht! Nur das nicht!

Wie sie wohl lauerten, Kap Horn und Hein Mück, daß sie ihn auslachen konnten! Nein, er wollte es nicht! Fest biß er die Zähne zusammen und hielt sich den Mund zu. Er beneidete Seemann, der ruhig und behaglich auf den Handschuhen im Nachthaus lag und sorglos seine Pfoten leckte, während er selbst es kaum noch aushalten konnte.

Wie eine Möwe schluckt und würgt, wenn sie einen großen Hering in der Kehle stecken hat, so schluckte und würgte Störtebeker auf dem heftig arbeitenden Fahrzeug und wehrte sich tapfer gegen die Seekrankheit.

Kap Horn sagte beiläufig zu Hein Mück, wer hier schon seekrank würde, sei ein Schietinnebüx, denn sie seien ja noch in der Elbe, die See finge erst beim ersten Feuerschiff an. Störtebeker hörte es und wehrte sich noch mehr, denn er wollte doch nicht auf der Elbe schon seekrank werden. Sie lachten ihn aus, das war gewiß. Wenn er doch mit seinem Vater allein auf Deck wäre!

Da hatte also all das Dümpeln in seinem Kahn nichts geholfen. Junge, Junge, was für ein Zustand! Er wollte aber vor dem äußersten Feuerschiff, vor der richtigen See nicht nachgeben!

Als sie daran vorbeigeschäumt waren, konnte Klaus Mewes seinen Jungen mit einem Mal nicht mehr sehen und dachte schon, er wäre über Bord gefallen. Aber da nahm Kap Horn das Ruder und wies zum Boot. Der Seefischer ging nach vorn – da lag Störtebeker im Boot zusammengekrümmt unter den Duchten und erbrach heftig. Hein Mück steckte ein Grienen auf und wollte etwas sagen, aber Klaus Mewes sah ihn an, daß er ihn schnell wieder sacken ließ. Seinen Jungen ließ er gewähren. Schließlich, als das Spucken nachließ, legte er ihm die Hand auf die Schulter. Der Junge fuhr zusammen und sah auf, kreidebleich im Gesicht. Dann lächelte er unter Tränen und sagte: »Nu lach mi man fix wat ut, Vadder, wat ik seekrank bün!« Urch – da ging es wieder los: Klaus Mewes, Dollbaum, Luken und der neugierig herbeigekommene Seemann bekamen etwas ab. Da lachte Klaus Mewes doch, und Kap Horn lachte am Ruder und sagte, das wäre gerade so wie bei einem Albatros, der auf Deck sei, und Hein Mück lachte, weil sie ihn die ersten Reisen auch ausgelacht hatten. Störtebeker lachte mit, wenn auch verzerrten Gesichts, dann aber mußte er kapitulieren. »Gliek ist all rut«, tröstete er, »denn wardt beter!« Aber das stimmte nicht, denn es wurde immer ärger, je leerer der Magen wurde, zuletzt spuckte er Galle aus und lag dann regungslos unter der Ducht.

»Bang bün ik ober ne, Vadder«, sagte er matt, »bloß seekrank!«

»Schall ik di wedder an Land setten?«

Störtebeker schüttelte den Kopf. Auch unter Deck wollte er nicht, denn er sagte, es ginge bald vorüber. Da deckte sein Vater ihn mit einem alten Segel zu und ließ ihn im Boot liegen, weil die Seeluft besser war als die Luft in der Koje.

Als Klaus Mewes wieder am Ruder stand, dachte er an seine erste Reise und an seine Seekrankheit. Auch er war nicht frei davon geblieben. Noch jetzt wurde er etwas seekrank, wenn er nach dem winterlichen Aufliegen wieder nach See kam – wie viele alte Fahrensleute.

Der Wind krempte nach Westen um und nahm an Stärke zu. Es wurde stur.

Einzelne Ewer und Kutter fischten noch mit einem Reff im Segel, die meisten aber hatten das Kurren aufgegeben und trieben. Die See hatte Mützen aufgesetzt. Klaus Mewes, der seine alte Stelle zwischen Norderney und Juist suchte, gab das Kreuzen auf, weil er die Segel nicht zerreißen wollte. Er hielt auf Helgoland zu, dessen Feuer hell im Norden blinkte.

Bidewind! Der Ewer schoß dahin und kletterte, stampfte und rollte, während die düstere Nacht hereinbrach. Viele Segel und Lichter waren bei ihnen, und der dunkle Felsen stieg immer höher aus der See.

Als sie um Mitternacht zwischen dem kleinen Land und dem großen Land, also zwischen der Düne und Helgoland zu Anker gingen, war der Wind nordwestlich geworden und zum Sturm angewachsen, so daß sie froh sein konnten, eine Reede zu haben. Sie setzten noch den zweiten Anker aus, dann nahm Klaus Mewes den kleinen Seekranken auf den Arm und trug ihn nach unten – und weil er nichts essen wollte, packte er ihn gleich in die Koje.

Hein Mück wagte, nochmals zu lachen; dafür bekam er eine nasse Hand in den Nacken. »Wi sünd ok mol seekrank worden«, sagte Klaus Mewes, »dorüm kann he doch en fixen Fischermann warrn! Lot em man tofreeden.«

Die ganze Nacht aber riß der Ewer gewaltig an seinen Ketten und klüste wie nichts Gutes hinter Helgoland.

In der Morgendämmerung legte der Wind sich etwas, aber die Luft sah noch nicht nach Aufklaren aus. Draußen stand eine hohe See, so daß an Fischen nicht zu denken war. Sie blieben deshalb noch liegen.

Als Störtebeker aufwachte und aus der Koje lugte, war die ganze Besatzung schon auf den Beinen: Hein Mück saß auf der Treppe und schälte Kartoffeln, Kap Horn war mit Segelhandschuh und Nadel am Toppsegel auf der Diele zugange, dem er einen Flicken aufsetzte, Klaus Mewes knüttete an einem Kurrensteert. Auf dem aufgeklappten Tisch stand noch der Morgenkaffee.

»Vadder, neem sünd wi?«

»Wi liegt achter Hilchland, Störtebeker; dat weiht so dull, dat wi ne fischen könnt.«

»To Anker, Vadder?«

»Jo, Störtebeker!«

Der Junge dachte einen Augenblick nach, warum ihm der Kopf so sauste und warum die ganze Kajüte sich um ihn drehte; da fiel ihm seine Seekrankheit ein, und er legte sich rasch wieder hin, damit sie nicht wiederkommen sollte.

»Blief man giern liggen«, sagte sein Vater mit verstelltem Ernst, während er ruhig knüttete. »Wenn dat noher stiller is, sett ik di an Land, denn fohrst du mitten Damper no Hus, hürst? Up See is dat noch nix för di, wenn du so licht seekrank warrst bi slecht Wedder. Eten magst du ok nix, dat kann jo ne god gohn.«

Dann ging er an Deck, um nach dem Wetter zu sehen, und sagte zu Seemann, der ihm nachgelaufen war und auch die Nase in den Wind steckte: »Nu weut wi mol sehn, wat de Mederzin ne hilpen deit!« Als er die Reihe der Fahrzeuge überblickt hatte, die in der Nähe lag, und mit Jannis Six gesprochen hatte, der am dichtesten bei ihm ankerte, ging er wieder unter Deck, nahm Scheger und Nadel auf und knüttete weiter, als wenn nichts geschehen wäre. Aber es war doch etwas geschehen, das ihm das Seefahrerherz mit Stolz und Freude erfüllte.

Denn Klaus Störtebeker war aufgestanden und hatte sich angezogen. Noch mehr: Er saß am Tisch und trank schwarzen Kaffee aus der Muck. Und er aß Schwarzbrot dazu, obgleich ihm schon zuwider war, es nur zu riechen. Er versuchte sogar zu lachen; und wenn es noch nicht gleich gelang, so war sein Wille doch nicht daran schuld. Tapfer aß und trank er, obgleich der Fußboden und die Kojen wieder zu kreisen und zu tanzen begannen.

»Smeckt all wedder, Störtebeker?« fragte Klaus Mewes nach einer Weile.

»Dat mütt, Vadder! Ik bün nu mit de Seekrankheit dör!«

»Dat segg man nich to hart«, rief der Knecht von der Diele.

»Doch, Kap Horn, schallst sehn: Ik warr ne mihr seekrank! Un no Hus will ike ne, Vadder. Ik will bi di blieben un mit fischen!«

»Non«, sagte sein Vater, »denn ist god!« Und ging mit ihm an Deck, damit der Junge in der frischen Seeluft ganz genese, denn die Teer- und Segelgerüche der Kajüte waren nicht gut für seinen Zustand.

Er zeigte ihm Helgoland und die Düne, das Unterland und das Oberland, die große Treppe, den Leuchtturm und die Kirche, die großen, rotgrauen Felsen, die starken Boote der Helgoländer und das Haus des Gouverneurs, auf dem die rote englische Flagge wehte.

Störtebeker vergaß sein Leiden und behielt das Gegessene bei sich. Er tat schon wieder Schiffsarbeit mit, wenn er sich auch noch matt fühlte.

Sein Vater ließ ihn pumpen und das Boot schrubben, damit er immer in Fahrt blieb und sich nicht wieder hinlegte, denn nun mußte die Seekrankheit endgültig verjagt werden.

Mittags ging Störtebeker mit zu Tisch und aß tapfer, wenn auch nicht so viel wie sonst. Seine Backen hatten schon einige Farbe zurückbekommen, und seine Augen glänzten wieder. Der Kummer war vergessen.

Klaus Mewes warf den Kahn über Bord und sagte, er wolle an Land. Wer mitginge? Störtebeker war dabei. Hein Mück, der auch mit sollte, lehnte ab. Er wolle ein bißchen verschlafen

»Up Hilchland ist fein, Hein Mück.«

»Scheun ist bloß in Fenkwarder up Musik«, sagte Hein Mück jedoch und zog die Stiefel aus, um einen Stremel zu verträumen. Kap Horn, der gern mitgegangen wäre, mußte zur Sicherung des Fahrzeugs zurückbleiben.

Der kleine grüne Kahn wurde heftig hin und her geworfen, denn es stand noch eine ziemliche See, wenn auch der Wind nachgelassen hatte und raumer geworden war. Aber Klaus Mewes wriggte zu geschickt, als daß sie Wasser über bekamen. Störtebeker guckte die Wogenköpfe scharf an, aber er fürchtete sich nicht und ließ auch die Seekrankheit nicht an sich heran.

An der Brücke banden sie den Kahn zwischen den Helgoländer Booten fest und betraten englischen Boden. Auf dem Unterland sprach Klaus Mewes eine Weile mit Kai Rickmers, den er kannte, und der Schiffer klopfte dem Jungen auf die Schulter und sagte etwas, das Störtebeker aber nicht verstand, weshalb er meinte, es wäre Englisch. Dann stiegen sie die 188 Stufen zum Oberland hinauf und blickten auf die kleinen Ewer und Kutter hinab.

»U, wat is uns Eber lütj! As mien lütj Schipp bi Hus!« rief Störtebeker. Er bekam den Mönch zu sehen, den gewaltigen, frei im Wasser stehenden Felsen mit dem grünen Hut, und das Sathorn. Er blickte staunend in die schroffe Tiefe, in der das seifige Seewasser gedämpft rauschte. Dann schlugen sie den Mittelweg ein, den die Badegäste die Kartoffelallee getauft haben, und blickten von der Nordklippe der Insel weit über die graue hohe See, die beiden Finkenwärder. Im Westen stand ein Dreimaster mit weißen Segeln auf der Kimmung, unter ihnen aber brandete die See in dumpfem Grollen.

Am Leuchtturm, dem schlafenden Riesen, vorbei gingen sie zu den Vogelfelsen, auf denen die dummen Lummen, die schwarz-weißen isländischen Gesellen, in großen Scharen saßen. Andere flogen hin und her und krächzten.

Auf dem Unterland kehrten sie bei Hai Deepen ein, und Klaus Mewes schrieb einige Zeilen an Gesa. Dann schieden sie von dem englischen Heligoland und wriggten zum Ewer zurück. Als Störtebeker bei der Pfanne über die Ausfahrt berichtete, fragte Hein Mück plötzlich nachdenklich: »Worüm hürt Hilchland egentlich den Ingelschmann to?«

»Worum?« lachte Kap Horn. »Worum heurt em Malta un Hongkong un Zypern un Gibraltar un Kapstadt un Jamaika? He hett tolangt, de olle ehrliche Jan Bull, as anner Lüd bleud weurn.«

Klaus Mewes studierte das Wetterglas und ging noch mal mit dem Himmel zu Rate, dann aber rief er munter: »Seilen!« und warf seine Kurre mit einem großen Schwung in die Netzkoje auf der Diele. Die Fischerei trat wieder in ihr Recht, und alle stürzten an Deck.

Sie brachten das Fahrzeug unter Segel, hievten die Anker und kreuzten aus dem Helgoländer Loch. Draußen kamen sie in leege Wall und trafen eine so hohe See und so frischen Wind an, daß sie reffen mußten, aber weil er einmal unterwegs war, ließ Klaus Mewes sich nicht aufhalten und dachte nicht an Umkehren. Er hatte schon anderes erlebt als diesen südwestlichen Kurs nach Norderney hinunter und hielt wohlgemut an seinem Ruder aus.

Störtebeker stand bei ihm und hielt sich an der Rudertalje fest, wenn der Ewer überholte. Er kämpfte wieder mit bösem Unwohlsein, aber zum Brechen kam es nicht mehr, und weil sein Vater ihn ermunterte und sagte, nun sei er darüber hinweg, so glaubte er es auch und meisterte die Übelkeit. Nachts übernahm der Knecht die Wache, und Störtebeker ging mit seinem Vater zu Koje, hocherfreut, daß er nicht mehr seekrank geworden war. Auch Klaus Mewes war recht vergnügt darüber und lobte ihn.

Gegen Morgen mußten alle an Deck, denn sie waren auf der alten Stelle angelangt, wie Klaus Mewes durch Peilen und Loten festgestellt hatte. Dwars von Juist klüsten sie, und der Wind war wieder etwas schwächer geworden. Sie nahmen das Reff aus den Segeln und setzten die Kurre aus, nachdem sie den Ewer an den Wind gebracht hatten. Kurrbaum und Kugeln, Klauen und Sprenken wurden zurechtgemacht, dann ließen sie das Schleppnetz, das ganze schwere Geschirr, zu Wasser, mitten hinein in Störtebekers Gold, in den roten Feuerweg, den die eben aus der See gestiegene Sonne aufs Wasser warf. Störtebeker war mit Leib und Seele dabei, er rief und fragte, als müsse er alle Fischerei in der ersten halben Stunde lernen, stolperte über die Kurrleine, daß er beinahe über Bord gegangen wäre, trat Seemann auf den Schwanz, daß er klagend schrie, und steckte überall dazwischen.

Als die harte Arbeit getan war, die durch die ganze Kraft dreier Männer gerade bewältigt werden konnte, bekam Hein Mück die Wache. Schiffer und Knecht gingen schlafen.

Der Ewer zog mit seiner Kurre seitwärts davon wie ein Roß mit dem Pflug und segelte langsam dem grauen Streifen entgegen, der im Süden aus der See lugte. Die dicke Kurrleine zitterte im Wasser, als wolle sie jeden Augenblick brechen. Störtebeker sah eine Zeitlang über Bord und machte sich Gedanken darüber. Aber als Hein Mück, der Wachmann, anfing, sich über ihn lustig zu machen, ging er seinem Vater nach und verschlief die beiden Kurrstunden in dessen Armen.

»Intehn! Intehn!« Der Ruf, der Tote erwecken und Kranke zum Aufstehen bringen kann, scholl in die Scheinkappe hinein, die Hein Mück geöffnet hatte. Da konnten sie aus dem Bett finden, Junge, Junge! Eins, zwei, drei, standen sie an Deck und hievten im Angesicht der Norderneyer Dünen die Kurre ein, nachdem sie das Ruder lose gegeben und die Fock fallengelassen hatten.

Was für eine harte Arbeit, dies mühselige, langsame Aufhieven des Netzes! »Hiev, hiev!« Wie oft mußte Klaus Mewes ermuntern, wie mußte er sich beim Abstoppen schinden! Allen dreien lief der Schweiß von der Stirn, aber sie gaben nicht nach, bis der Kurrbaum an den Wanten saß. Dann beugten sie sich über Bord und zogen die Kurre mit den Händen über die Reling.

Seemann bellte die Möwen an, die schreiend um den Ewer flogen und sich zu Hunderten versammelt hatten. Lauter aber als Hund und Möwen war Störtebeker, der bald hier stand und bald dort und immerfort zeigte und rief: »U, watten Fisch! Kiek dor: een Schull! Dor noch een! Dor all wedder een! Dor een Tasch, dor een Ruch, dor een Gnurrhohn, dor een – den kinnk ne! Junge, Junge, watten Fisch!«

Er sollte sich aber noch mehr wundern, denn jetzt erschien der Steert, der Beutel des Netzes, an der Oberfläche. Der war so groß und schwer, daß sie ihn nicht übers Setzbord heben konnten. Sie mußten ihn deshalb in die Talje nehmen.

Da hing er über Deck, der wirre, lebendige Klumpen aus Fischen und anderem Seegetier, und leckte wie ein Sieb. Der Schiffer machte das Steerttau los und sprang beiseite. Die Kurre öffnete sich und quaks-quaks stürzten die Fische schlagend und spritzend an Deck.

Da kreischten die hungrigen Möwen noch lauter. Störtebeker aber geriet gänzlich außer sich. Mann o Mann, Junge, Junge, watten barg Fisch! Das war doch etwas anderes, als wenn er Stichlinge fischte oder die Lütjfischer am Fall mit den Garnen zogen. Da klapperten und paddelten die Schollen und Scharben, da sprangen die Rochen, da schnappten die roten Petermännchen nach Wasser, da knurrten die Knurrhähne, zwischen ihnen kroch ein Hummer, da lagen Seemäuse und Seesterne, Seeäpfel, Muscheln und Tang, ein alter Seestiefel, ein zerbrochener Topf und ein großer Stein.

Die Luken wurden abgedeckt und die Schollen in den Bünn geworfen, nach Größe gesondert und gezählt. Der Streek hatte gelohnt, denn sie kamen auf acht Stiege großer und zwölf Stiege kleiner Schollen. Störtebeker mußte den Hummer in eine Kiepe setzen und sie in den Bünn hängen, und die Taschen packte Hein Mück, dem nach altem Brauch das Taschengeld gehörte, in einen Hummerkasten. Knurrhähne und Rochen wurden für die Pfanne bestimmt, denn weil die Eiskisten noch leer waren, konnten sie nicht frisch gehalten werden. Die Scharben wurden zugemacht und in Salzlake gelegt, dann schaufelten sie den Rest des Fanges schnell über Bord und setzten die Kurre wieder aus. Die Fock stieg in die Höhe, der Ewer fiel ab und nahm seeseitigen Kurs.

Die Möwen verließen das gastliche Schiff. Spurlos wie sie erschienen waren, verschwanden sie wieder, um andere fallende Focksegel aufzusuchen.

Der erste Streek war geschafft.

Diesmal blieb Störtebeker an Deck, denn sein Vater stand am Ruder. Sie machten kurze, zweistündige Striche in der Schollenzeit, damit die Fische, die lebendig auf den Markt gebracht werden mußten, in der Kurre nicht zu sehr litten. Kap Horn und Hein Mück gingen in voller

Kleidung zu Koje und schliefen, denn wie ein ehernes Gesetz hatte nun die Fischerei Gewalt über sie. Das Tag- und Nacht-Kurren ließ sich nur dann durchhalten, wenn die Freiwache verschlafen wurde. Bei gutem Wetter wurde ununterbrochen gefischt. Ruhe gab es erst, wenn der Bünn voll war oder wenn Windstille oder Sturm dazwischenkamen.

Wie der Fischermann inmitten der vielen Fische kein Stückchen wegwirft, wie er auch die letzte Gräte absaugt, so läßt er keinen Streek aus und fischt tags und nachts, sonntags und alltags.

Was für ein Leben! Störtebekers Backen glühten, seine blauen Augen leuchteten wie die Elbe an Sonnentagen. Sie fischten ja, sie fischten ja! »Junge, Vadder, dat ist wat, dat mokt Spaß«, versicherte er immer wieder und sprach die ganzen zwei Segelstunden von nichts anderem als von dem Streek. Die Seekrankheit war vergessen. Er holte sich ein dickes Stück Schwarzbrot aus dem Schapp und aß es, trank Kaffee dazu und war guter Dinge. In der Weite kurrten mehrere Finkenwärder, aber dicht bei ihnen segelte niemand. Sie hatten das Feld allein.

Wie im Flug verging die Zeit.

»Is so wiet«, sagte Klaus Mewes. »Nu rop jüm man!« Freudig sprang Störtebeker über die Luken, schob die halbgeöffnete Kapp zurück, kletterte die Treppe hinab und grölte so laut er konnte: »Kap Horn un Hein, upstohn! Weut intehn! To, gau! Vadder hett dat seggt!«

»Jo«, brummte Hein Mück, dem ein schöner Traum von seiner Gesine durch die Lappen ging, und grabbelte nach seinen Stiefeln, Kap Horn aber schwang sich auf die Bank und schalt: »Wat is dat egentlich forn Snack von wegen upstohn, Klaus Störtebeker? Du meenst woll, du büst hier bin Buern, wat? Weest du nich, dat an Bord allens utsungen warrn mutt? Paß mol op, so heet dat:

›Reis ut, quarteer, is mien Verlangen,
reis ut, quarteer, in Gottes Nom!
De een von jo salt Ror verfangen,
reis ut, Quarteer, de Wacht is don,
acht   Glosen   sünd   slon!
Reis ut, Quarteer, in Gottes Nom!‹«

»Junge, dat is jo en ganzen Gesang«, rief Störtebeker, »den kank ne beholen!« Dann rüttelte er Hein, der auf der Bank wieder eingedusselt war: »Schall ik irst mitten Pütz Woter kommen? Hebb ik di ne seggt, du schullst upstohn?«

»Du kriegst gliek een annen Blackputt, wat van hier no Amsterdam flügst«, drohte der Junge mürrisch und erhob sich.

Störtebeker wich nicht vom Fleck, bis sie fertig waren. Als sie alle drei an Deck kamen, hatte sein Vater den Ewer schon in den Wind schießen lassen, die Fock war gefallen und die Möwen flogen schon wieder über den Masten.

Sie legten die Leine um die Winsch und hievten. Es ging noch schwerer als vorher, so daß Störtebeker rief, da säßen gewiß hundert Stiege Schollen drin. Ihr Seefischer, die ihr ihn auslacht: Erwehrtet ihr euch der Gedanken an große Fänge, an reiche Schätze, wenn ihr die Kurre einzogt? Wenn's auch vorher nur Tang und Schlick und Steine gewesen waren, was ihr zutage gehoben hattet: Kam nicht bei jedem Streek die Hoffnung wieder, daß es auch einmal etwas anderes sein könnte? Der Bauer, der Gerste gesät hat, weiß, daß er nichts anderes ernten kann. Aber der Fischer, der nicht sät (Sehet die Fischer an: Sie säen nicht und ernten doch, hatte Pastor Evers gepredigt), für den ein anderer die Saat bestellt, der unbekannte, geheimnisvolle Äcker und Felder beharkt: Was kann der alles ernten? Störtebekers Gold liegt immer noch auf dem Grund der See. Ein Fischer wird es einmal finden, heißt es. Diese Hoffnung auf Großes, Unsichtbares, die sich bei jedem Streek erneuert, ist es, die auch dem armseligsten Fischerewer vor allen anderen Schiffen etwas vorausgibt. Und sie ist es, die Fischer werben wird, solange die See nicht zugeschüttet ist.

Klaus Mewes mußte Hein Mück und seinem Jungen das Abstoppen für eine Weile überlassen, denn ohne seine Bärenkraft ließ die Winsch sich diesmal nicht drehen. Endlich konnte der Kurrbaum festgemacht werden. Diesmal riß Störtebeker schon kräftig mit an der Kurre, denn er wußte jetzt, worauf es ankam, und kümmerte sich wenig darum, daß er naß wurde. Sogar Seemann half: Er biß sich an den Maschen fest und zerrte unter großem Geknurr.

Als das Steerttau losgeknotet war, donnerte ein so schwerer Stein auf das Deck, daß der Ewer erdröhnte. Das war der vermeintliche reiche Segen! Zum Glück waren aber auch noch Schollen in der Kurre. Sie wanderten in den Bünn. Der große Felsen blieb einstweilen an Deck liegen. Klaus Mewes wollte ihn hier nicht über Bord werfen, sondern gedachte ihn an einer Stelle sacken zu lassen, wo nicht gefischt wurde, wo er also keinem Fischer mehr beschwerlich und keinen Kurren mehr gefährlich werden konnte. Störtebeker schrubbte ihn ab und setzte sich darauf, als die Sonne ihn getrocknet hatte.

Kap Horn übernahm die nächste Wache. Störtebeker, der noch nicht wieder schlafen konnte, blieb bei ihm und half ihm beim Zusammenbinden und Aufhängen der Scharben, die der Wind nun trocknen mußte. Der alte Janmaat freute sich, daß der Junge so viel von ihm hielt, und erzählte ihm Geschichten von der großen Fahrt, die noch all seine Gedanken füllte wie der Wind die Segel, und die er nicht vergessen konnte: Geschichten von Albatrossen und Eisbergen, von Schiffbrüchen und Piraten, von Schinesen und Negern, von Haifischen und schneebedeckten Bergen, von dem Fliegenden Holländer, von der Linie und dem Sargassomeer bei Westindien, in dem kein Schiff von der Stelle kommen konnte. Auch die berühmte Aalgeschichte von Hans Fink erzählte er ihm. Die war so: Als Hans auf großen Schiffen fuhr, bekam seine Bark einst zwischen Kapstadt und Singapur ein Leck in den Boden. Sie wollten es dichten und konnten nicht, denn das Wasser sprudelte immer stärker. Da riefen sie Hans Fink, den Zimmermann, daß er es dicht mache. Als Hans aber angelaufen kam und gerade anfangen wollte zu arbeiten – in die Hände hatte er schon dreimal gespuckt –, wat meent ji woll: Mit einem Mal taucht ein großer, dicker, fetter Aal vom Grund der See auf, steckt den Kopf durch das Loch und bleibt drin sitzen. Hans Fink holt ruhig sein Knief aus der Tasche, das mit der knöchernen Schale, das er noch heute hat, schneidet dem Aal Kopf und Schwanz ab und läßt sich vom Smutje Hamburger Aalsuppe davon kochen. Und das Schiff ist dicht und macht nicht einen Tropfen Wasser mehr, so daß sie glücklich in Singapur ankommen, weil Hans Fink so schlau gewesen war.

Gotts den Dünner – was für eine Geschichte. »Minsch, wat kannt angohn«, rief Störtebeker verdutzt, »wie grot is dat Leck denn wesen?«

»Och, so as mien Arm dick is!«

»Son dicke Ool gifft ober nee!«

Kap Horn ließ sich nicht aus dem Kurs bringen. Es wäre eben ein Seeaal gewesen!

»Veel Pund schull de woll wogen hebben?«

»Dor mutt ik um legen, Störtebeker. Hans Fink meent ober, he kunn em op foftein Pund taxieren!«

Der Junge kam auch jetzt noch nicht über den sonderbaren Fall hinweg und trieb den Knecht zuletzt in die Enge mit der Frage: »Jä, nu segg mi ober mol: Wat hett he denn den Stert afsneen kregen? De seet doch bugenburds?«

Da saß Kap Horn mit seinem Aal fest und wand sich selbst wie ein Aal, er suchte beim Kompaß und bei den Segeln Rat, ohne ihn zu finden. Zuletzt rettete er sich durch einen Hasenseitensprung, indem er tiefsinnig erklärte:»Dor heff ik Hans noch nich no frogt! Wenn ik em annen Diek drop, will ik ober noch mol mit em über den Krom snacken.«

Noch viel mehr Geschichten erzählte er, während sie stetig fischten: von Jan Wurts kleinem Haus, das so klein war, daß viele darüber fielen und viele es für einen Maulwurfshügel hielten. Einmal erlebte Jan Wurt eine dreitägige Sonnenfinsternis, weil Hannis Loop, der beim Lohen war, sein Großsegel aus Versehen darüber gebreitet hatte. Ein andermal steckte der große Karsten Külper es im Vorbeigehen in die Jackentasche, und als er nachher bei Madam auf Musik war, zog er es heraus und stellte es auf den Tisch zwischen die Groggläser und Bierseidel mit den Worten:»Kiekt, Junggäst, wat ik annen Feekstreek funnen hebb!« Seine Macker, die Seefischer, aber lasen das Schild an der Tür:

> Jan Wurt
> Elbfischer

und sagten, da hätte er schön was gemacht: Das sei Jan Wurts Haus. Und ehe der große Fischermann noch recht begriff, was er angerichtet hatte, ging die Tür des kleinen Hauses auf, und Jan guckte heraus. Die Groggläser und den Saal sehen und einen großen Lärm machen, war eins bei ihm. Alle Tänzer kamen aus dem Takt, die Musikanten konnten nicht weiterspielen, eine so gewaltige Lunge hatte der kleine Mann, so konnte er grölen und schelten! Der große Karsten wurde immer kleiner und wäre am liebsten unter den Tisch gekrochen, es half ihm aber nichts: er mußte das Haus wieder hintragen, wo er es hergenommen hatte, und am anderen, hellichten Tag mußte er den Deich entlang und Abbitte vor Jan Wurt tun. Alle Leute lachten ihn aus.

Als des Erzählens ein Ende war, machte Kap Horn dem Jungen aus umgedrehten kleinen Rochen die sonderbaren Seeaffen zurecht und lehrte ihn den Kompaß nach der Weise:

West zum Norden, Westnordwest,
unsre Freundschaft stehet fest;
Süd zum Osten, Südsüdost,
deine Liebe ist mein Trost!

Nur spielen wollte er nicht, denn er behauptete, mit der Harmonika mache er die Fische bange. Dafür aber bastelte er ihm eine Angel für Makrelen und Katzenhaie, beschwerte sie mit dem Lot und fierte sie achteraus. Es war nur schade, daß nie etwas angebissen hatte, sooft sie Störtebeker auch heraufzog.

Schon strichen einzelne Möwen über den Ewer hin, als wenn sie sagen wollten. Man to, wi sünd all hungrig!

Da sang Störtebeker zum Einziehen, und die Arbeit begann wieder. Dieser Streek brachte nur fünf Stiege. Sie segelten deshalb westlicher, bevor sie wieder aussetzten. Hein Mück kam an die Reihe. Störtebeker aber leistete auch ihm Gesellschaft, weil er noch nicht müde war, er ließ sich von ihm im Steuern unterrichten und steuerte allein, als Hein sich als Koch betätigen, die Klöße rollen und die Kartoffeln zu Pott bringen mußte. Das war etwas für ihn: allein an Deck zu sein und allein zu steuern. Wie paßte er auf, daß kein Segel zu klappern anfing, daß sie immer voll standen, daß er nicht aus dem gegebenen Kurs kam, wie suchte er die See ab, daß er keine Havarei machte! Sein Vater hätte ihn sehen müssen!

Als Hein wieder die Wache übernahm, sprachen sie über Ostermoonen und Binsenschiffe, über Hechtschnarren, Jimpenfischen, Kaninchenzucht und andere Dinge vom Deich, sie einigten sich über die fischreichsten Gräben und beschwörten Karkmeß, Weihnachten und Fastelabend herauf, die drei großen Feste, die nun bald kamen.

Dieser Streek brachte gute zwanzig Stiege Schollen, als sie aber nach dem Mittagessen – gekochte Rochen gab es, etwas Köstliches – an Deck gingen, um die Kurre wieder auszusetzen, da war der Wind schlafen gegangen und der Ewer steuerte nicht mehr; da mußten sie das Fischen aufgeben. Stundenlang dümpelte der Ewer auf der starken Dünung hin und her wie in schweren Träumen, die Gaffeln knarrten, und die Schoten schlugen mit den Blöcken.

Das war die schlechteste Zeit für die Fischerleute. Selbst Klaus Mewes machte ein verdrießliches Gesicht. Wie unsinnig schlug das herrenlose Ruder hin und her, willen- und machtlos war der Ewer der

Meeresdünung und der Seeströmung ausgeliefert, die mit ihm spielten wie Löwen mit der Maus. Störtebeker wunderte sich sehr über diese unruhige See und diesen tanzenden, rollenden Ewer bei so totenstiller Luft.

Einer schlief einen Stremel, der andere lag auf den Luken, der dritte lief an Deck auf und ab: Sie wußten die Zeit nicht hinzubringen, so jäh waren sie aus der schönen Fischerei gerissen worden. Wie guckten sie nach dem Himmel, wie sehnten sie Wind herbei! Klaus Mewes schüttelte das Wetterglas, als wenn darin die Brise säße. Zuletzt schleppte er die angefangene Kurre an Deck, denn drinnen war es heiß, und knüttete in großer Ungeduld. Und Kap Horn spielte wieder Segelmacher, diesmal aber auf den Luken. Hein Mück kochte Störtebeker einige Taschen, die dieser unter den Flügelschlägen und dem Gekreisch der Seemöwen aufklopfte und verzehrte.

»Kratz man mol annen Mast, denn kummt Wind«, rief Kap Horn, aber Störtebeker lachte ihn aus und sagte, das sollte er seine Großmutter man tun lassen. Dagegen hielt er scharfen Ausguck nach Windwolken an der Kimmung.

Es kam aber kein Wind durch. Die See wurde allmählich ruhiger. Gegen Abend sichtete Störtebeker drei Torpedoboote nicht weit vom Ewer; mit einem Mal erhob er großen Lärm, rief das ganze Schiffsvolk auf und sagte: Eins von den Torpedobooten, den schwarzen Schiffen, sei eben umgekippt und untergegangen. Da wurde er aber gewaltig ausgelacht, denn was er für Torpedoboote gehalten hatte, das waren Tümmler, die träge auf dem Wasser trieben und mitunter heisterkopf schossen und untertauchten. Von ihnen tauchten allmählich immer mehr auf, mitunter erschien auch der Kopf eines Seehundes. Ließ sich aber einmal einer einfallen zu schreien, dann mußte man Seemann sehen, wie er aus seinem Handschuhberg stob und bellend und knurrend am Setzbord wütete! Störtebeker sagte, er könnte sich darüber totlachen.

Es blieb die ganze Nacht still – erst gegen Morgen kräuselte sich die Dünung. Da konnte zur allgemeinen Freude wieder gefischt werden.

So trieben sie den Schollenfang noch vier Tage bei wechselnden Winden, oft von Stillen heimgesucht, und kamen immer östlicher, bis Langeoog hinauf. Dort sprach Klaus Mewes das erlösende Wort: »Utscheiden!« Sie hatten zweihundertfünfzig Stiege, der ganze Bünn saß voller Schollen, sie hatten die Reise!

Nach der Elbe ging es aber nicht, des weiten Weges wegen, sondern nach der Weser. Störtebeker sollte es bestimmen. Er war natürlich für die Weser, denn dort gab es etwas für ihn zu sehen. Und dann: An der Weser wohnte keine Mutter, die ihn möglicherweise wieder von Bord holte, wohl aber an der Elbe.

Überhaupt die Elbe und der Deich, was gingen sie ihn noch an? Er dachte kaum noch daran, so weit weg lag das alles, seit er mitfischte. Vergessen waren Krähe und Kaninchen, und die Bungen konnten sich ruhig mit Spinnweben bedecken. Er fragte nicht mehr danach, so sehr war er in der Seefischerei und in der Seefahrt aufgegangen.

Mit gefierten Schoten segelten sie nach der Weser. Da bekam Störtebeker zum erstenmal das Wunder der Nordsee zu sehen, den zwei Jahre zuvor errichteten Rotesand-Feuerturm, den mitten im Meer stehenden, rot-weißen Riesenpilz, dessen Feuer ihm schon manchmal gezeigt worden war. Kap Horn meinte, der würde wohl ebenso spurlos im Meer verschwinden wie sein Vorgänger, weil er auf Sand gebaut sei und nicht auf Felsen wie der Turm von Eddystone. Aber Klaus Mewes sagte: Einerlei. Bremen hätte da sein Meisterstück geschaffen. Störtebeker wunderte sich am meisten über das Rettungsboot, das dort haushoch über dem Wasser hing. Und daß dort oben zwei Leute wohnten und schliefen.

Sie kamen nachts in der Geeste an und verhökerten am anderen Morgen ihre Schollen. Sie wurden sie auch zu gängigen Preisen los, denn sie waren nur zu fünft, und das war für Bremerhaven und Geestemünde nicht viel, zumal Klaus Mewes, der hier an der Unterweser bekannt war, den Geestendorfer Ausrufer Konrad mobil machte, der mit seiner Glocke und mit seiner rostigen, durchdringenden Stimme die abgelegenen Straßen abklopfen mußte. Sie nahmen etwas Proviant ein, vor allem Schiffskeks, nach dem Störtebeker ein großes Verlangen hatte, dann Büffelfleisch und Zucker aus dem Freilager, und gingen am Abend schon wieder hinaus. Der Neß bekam nur eine Postanweisung über zweihundert Mark und einen kurzen Brief, den Klaus bei Kinau in der Achterdönß schrieb, während Störtebeker sich von Marta und Mieze, den Töchtern des Fischerwirts, denen der kleine Fischerjunge sehr gefiel, im Billardspiel unterrichten ließ.

Der Junge sei gesund und munter, hieß es in dem Brief, den der Seefischer schrieb. Er sei nur einen Tag seekrank gewesen, nun wisse er schon nichts mehr davon, er habe große Lust zu der Fischerei und sei immer vergnügt, Heimweh kenne er nicht. Er ließe schön grüßen. Heute abend gingen sie wieder hinaus und kämen bald mit Schollen nach der Elbe. Störtebeker ließe ihr noch sagen, sie solle die Krähe und die Kaninchen nicht vergessen.

Den Gruß und die Viehfrage hatte Klaus sich aus den Fingern gesogen, denn Störtebeker hatte jetzt ganz andere Dinge im Kopf. Er wollte Bremerhaven sehen, das große Denkmal und die Schinesen auf den weißen Lloyddampfern, aber dazu war diesmal keine Zeit. Sie mußten an Bord und nach See.

Nach neun Tagen lagen sie wieder mit Schollen an der Kaje zu Geestemünde. Da wehte es zwei Tage, und nun bekam Störtebeker alles zu sehen, was er sehen wollte.

Elfter Stremel

Roland der Ries' am Rathaus zu Bremen,
Kämpfer einst Karls in der Schlacht;
Roland der Ries' am Rathaus zu Bremen,
Jetzo wie einst noch steht er und wacht!

H. F. 125, Laertes, Unterscheidungssignal R. T. F. B., 28 Registertonnen groß, geführt vom Schiffer Klaus Mewes, lag zu Bremen-Stadt an der Schlachte mit lebendigen Schollen. Das trübe gelbe Wasser der Weser gurgelte um seinen Bug, und die Giebel der hohen Speicher blickten überlegen auf ihn herab, denn sie standen schon zweihundert Jahre und hatten Güter aller Zonen unter ihren Dächern. Auf der Kaje standen die Bremer Jungen und lachten über den kleinen Stintmajor, wie sie Störtebeker nannten. Als sie sich aber einfallen ließen, mit Steinen nach ihm zu werfen, da rief er: »Ji verdrehten Zigarrenmokers!« (das hatte er von Kap Horn aufgeschnappt), zog seine Seestiefel aus und ging ihnen mit der Handspake und mit Seemann zu Leibe, bis sie die Flucht ergriffen.

Die Bremer Bürgerfrauen, Fischweiber, Köchinnen und Arbeitsleute waren minder stolz als die alten Speicher und minder feindselig als die Jugend. Sie kamen mit Körben und Netzen, mit Taschen und Eimern, besahen die Fische und kauften und kauften. Klaus Mewes, der auch die Bremer zu nehmen wußte, war den Fang bald los, zumal er ganz allein an der Schlachte lag. Der verrufene schiefe Weg nach Bremen hielt die anderen Ewer fern.

Um die letzten Stiege stritten sie förmlich. Ein Kampf um die Schollen entbrannte, dem Klaus Mewes lachend und mit seiner vollen Tasche klirrend zusah, bis er sagte: »Nu is de Putt ut: Hein Mück, deck de Luken to!« Dann zählte er mit Störtebeker die vielen Groschen, Marken und Taler. Es war wieder eine gute Reise, die die vielen Wind- und Stillentage, die dahinter lagen, vergessen ließ.

Nach Mittag machten Klaus Mewes der Große und der Kleine und Kap Horn sich landfein und zeigten einander Bremen. Zunächst steuerten sie wie alle Fremden den Markt an und besahen den gewaltigen Dom, die graue Börse, den vergoldeten Schütting, das gründachige, verwitterte Rathaus und das hohe, steife Standbild, die Rolandssäule. Störtebeker gefiel von all diesen Bauwerken eigentlich nur der Dom mit den beiden hohen Türmen. Das Rathaus war ihm viel zu alt und zu voller Grünspan; das könnten sie auch mal abschrubben, meinte er vorwurfsvoll. Der Roland aber war ihm nicht bunt genug und machte ein zu dummes Gesicht: als wenn er nicht bis fünf zählen könne, lachte er.

Er verstummte aber, als sie dann am Denkmal des Heidenbekehrers Wilhadi vorbei in den halbdunkeln, riesengroßen Dom traten, mit den leuchtenden Glasmalereien und der reichen Pracht der Wände, die dem nordischen Gotteshaus etwas Südlich-Katholisches gaben; denn da gingen sie unhörbar auf weichen Teppichen, und alles war so still und feierlich, wie es an dem Morgen gewesen war, als sie hinter Langeoog gelegen hatten und das Läuten der Glocken zu hören gewesen war. »Hier in Bremen hett de lebe Gott dat doch beter as in Finkwarder«, flüsterte er seinem Vater zu, der leise lachen mußte.

Sie besahen den Bleikeller unter dem Dom, in dem keine Leichen verwesen und die Särge reihenweise stehen. Schwedische Gräfinnen, englische Majore, bremische Bürger lagen da gelb und lederartig in offenen Steinsärgen, und die Ecken waren mit Totenschädeln ausgefüllt. Um die fortwirkende Kraft des Gewölbes zu beweisen, hingen auch frische Ratten, Hühner und anderes Getier an den Pfeilern. Die trockene Luft des Raumes benahm den Seefischern fast den Atem, weshalb sie sich dort nicht lange aufhielten.

Als sie wieder vor dem Dom standen, sagte Kap Horn, er könne den bösen Geschmack nicht wieder loswerden. »De müt dolspeult warrn«, sagte Klaus. »Lot uns man eenen genehmigen! Kumm, de Rotskiller is jo bi de Hand!«

»Rotskiller? Büst nich klok, Klaus? Dat is bloß wat for de Groten, for Reeders und Käppens, dor gifft bloß Wien, Minsch!« rief Janmaat, aber Klaus Mewes nahm ihn am Arm und bugsierte ihn in den von Hauff und Heine besungenen Bremer Ratskeller hinein.

»Een van de Groten bün ik ok«, sagte er stolz. »Ik bün Reeder und Käppen, un Wien mag ik ok, un op de scheune Reis kann sowieso een up stohn! Kumm, Störtebeker!«

Da gingen die drei getrost in den Ratskeller hinunter, setzten sich mitten zwischen die Pfeiler und besahen die Hausgelegenheit.

»Finkwarder Fischermann kann allerwärts to Anker gohn«, lachte Klaus. »Büst ok bang, Störtebeker?«

»Ne, bang bün ik ne, Vadder.«

Mißtrauisch kam einer der Kellner näher, denn diese Jan vom Moor konnten wohl nur versehentlich die Treppe heruntergefallen sein, die wollten gewiß zu Heini Holtentüffel und bei dem eine kleine Lage trinken. Als Klaus Mewes, der es merkte, ihn groß und frei ansah und mit lauter Stimme zwei Flaschen Rheinwein zu einem Taler den Buddel und ein Glas süßen Weins für den Jungen bestellte, da nickte er aber höflich und brachte das Verlangte.

Es schien allgemein aufzufallen, daß der Finkenwärder so laut und plattdeutsch sprach, denn an allen Tischen drehten sich die bedächtigen, geruhsamen Bremer nach ihnen um. Aber Klaus Mewes ließ sich dadurch in keiner Weise stören. Er rief den Kellner, und sie ließen sich durch alle Räume führen. Sie sahen die Rose an der Decke, die ein italienischer Maler gemalt hatte, weil er seine Zeche nicht bezahlen konnte. Sie sahen Fässer, die so groß waren wie ein kleines Haus, sie kamen durch den Apostelkeller, in dem zwölf nach den Jüngern benannte Fässer lagen, von denen der Judas sauer war, sie hörten von Wein, von dem jeder Tropfen dreitausend Mark kostete.

Endlich hievten sie den Draggen und stiegen wieder ans Tageslicht. Die Bremer Stadtmusikanten, die Störtebeker noch durchaus sehen wollte, waren nicht auszumachen, so gingen sie durch die Langenstraße an dem schnörkelgesegneten Essighaus vorüber zum Ewer zurück.

Nicht so gut lief die Fahrt ab, die Hein Mück abends unternahm. Er konnte das Bremer Bier so wenig vertragen, daß er allerhand Havareien machte und schließlich von einem Schutzmann an Bord gebracht werden mußte. Als er auch da sich nicht geben wollte, goß Klaus Mewes ihm einfach eine Pütz Weserwasser über den Kopf, um den großen Brand zu löschen.

Keine Luft von keiner Seite...

Dwars von Spiekeroog, aber ohne Sicht von Land, steht der Ewer totenstill auf dem spiegelglatten Meer. Drei Tage haben sie schon keinen Wind mehr gehabt; zwei Tage hat die Dünung geknarrt und gelärmt, nun am dritten Tag ist das Meer so glatt geworden, wie es selten vorkommt. Drei Tage schon ruht die Fischerei, hängt die Kurre am Mast, ist das Ruder mitschiffs festgestroppt. Die Sonne brennt steil auf das Deck nieder, das so heiß ist, daß sie Schollen darauf braten könnten und daß das Pech in den Nähten weich wird. Von den Wanten leckt der Teer.

Plackendotstill ist es, wie Störtebeker, der Munterste an Bord, immer wieder versichert. Ein Brett, das er ins Wasser geworfen hat, um die Strömung zu erkunden, bleibt stundenlang neben dem Ewer liegen. Das große Schiff ist tot, und tot ist die See. Nicht einmal eine Möwe läßt sich sehen.

Seemann liegt im Schatten auf einem Stück Segeltuch und schnappt nach Luft. Kap Horn hockt auf der Diele neben dem Wasserfaß und liest in einem Buch, das ihm der Bremerhavener Seemannspastor mitgegeben hat, bis er dabei einschläft. Hein Mück hat das beste Teil erwählt: Er hat sich ausgezogen und steht nun nackt im Bünn, bis an den Hals im Seewasser.

Dem Schiffer gehen sie weit aus dem Weg, denn er ist wie ein gereizter Löwe, und es ist nicht gut anbinden mit ihm. Er kann nicht fischen – das sagt alles.

Er weiß nicht mehr, was er tun soll. Lesen? Son Schiet! Knütten? Son Snarrkrom! Fischen will er, Schollen greifen, kurren, segeln, kreuzen, denn sie müssen nun endlich mal nach Hause. Erst war ihm der Wind dazwischengekommen, der sie hinter Wangerooge gejagt hatte, dann war der Fang schlecht gewesen, drei magere Schollen im Streek! Und nun kam ihm noch die Stille in die Quere! Unruhig stand er vor dem Wetterglas und starrte es an, als wenn es an allem schuld wäre mit seiner ewigen deutsch-englischen Predigt: Sehr schön – very dry. Klaus Mewes konnte es nur als ›sehr schlecht – verdreiht‹ lesen.

Dann ging er wieder an Deck und spähte zum Himmel, als wolle er Löcher hineingucken. Dabei hörte er das Plätschern im Bünn. Erst wollte er Hein die Leviten lesen, daß der die paar Schollen im Bünn noch tot trat, dann aber dachte er: Dat mokst du ok! Und er zog sich auf der Achterplicht aus, setzte seinen alten Kameruner ab, rannte in Berserkerwut über Deck zum Steven, setzte vom Vorderpoller ab und sprang mit Hurra in die blaue See, tauchte tief unter und kam prustend wie ein Seehund wieder an die Oberfläche.

»Kiek mol ober, Kap Horn«, rief Hein Mück. »Ik gläuf, Klaus hetten Sünnenstich kregen!«

Der Knecht klappte das Buch zu und lief an Deck: Da schwamm sein Schiffer kräftig ausholend wohl zwanzig Faden vor dem Ewer und lachte und rief: »So ist mooi, Kap Horn!«

Seemann aber stand mit den Vorderfüßen auf dem Setzbord und bellte, und Störtebeker sagte in einem fort, er wolle auch mal schwimmen.

»Lot di man nich vonne Haifisch opfreten un krieg man keen Ramm inne Been«, warnte der Knecht, steckte eine Leine an den Rettungsring und warf ihn über Bord. Auch fierte er einen Riemen längsseit, damit der Schwimmer einen Halt hätte, wenn er dessen bedurfte. Schließlich setzte er mit Heins Hilfe noch den Kahn ins Wasser, stieg hinein und wriggte in die Nähe seines Schiffers, denn das Schwimmen in offener See, ohne Schwimmweste und Leine, war ihm ein Greuel und ein Frevel. Wie der Bauer sich niemals auf die Erde setzen sollte, so sollte der Fischer niemals in der See schwimmen.

Dennoch freute er sich über den rüstigen Schwimmer.

Mit einem Mal erhob Seemann ein zorniges Geknurre und Gescharre, und als der Knecht sich umdrehte, sah er Störtebeker nackt an Bord laufen und den widerstrebenden Hund zum Setzbord schleppen. »Störtebeker, wat mokst du?« rief er. »Klaus, kiek mol den Jungen!«

»Wenn se all swümmt, schallst du ok swümmen, un wennt mitten Dübel togeiht«, grölte Störtebeker und warf den winselnden Seemann kopfheister in die See. Dann nahm er einen Anlauf und sprang mit Hurra hinterher.

»Minschenkinners noch mol! Nu wollt se jo woll al versupen«, rief Kap Horn, als auch noch Hein Mück über das Schwert kletterte.

»Nimm Seemann man wohr, för Störtebeker will ik woll uppassen«, rief Klaus Mewes und schwamm an die Seite seines Jungen, der entrüstet sagte: »Du meenst woll, ik kann ne swümmen, Kap Horn, wat? As son Woterrott, kann ik di seggen! Kiek mol! Ik kann ok all duken: Paß up!«

Und weg war er, um prustend wieder aufzutauchen. »Junge, dat do ik ne wedder! Dat Woter is jo sult, dor hebb ik gorne an dacht! I, wat bitter!«

Klaus Mewes lachte vor Freude über seinen Jungen und hielt sich in seiner Nähe auf, um ihm beizuspringen, wenn seine Kräfte nachlassen sollten. Kap Horn aber zog den zappelnden Seemann in den Kahn und bewachte die drei kühnen Schwimmer und den großen, regungslosen Ewer, der wie tot auf dem Wasser lag.

So vertraute Klaus Mewes seiner Kraft und schwamm mit seinem Jungen in der See, als wäre es am Finkenwärder Bollwerk und nicht zwischen Spiekeroog und Helgoland auf zwanzig Faden Wassertiefe. Wenn Gesa das gesehen hätte!

Als die Sonne untergegangen war und die Hitze etwas nachließ, saßen sie allemann auf Deck. Dort aßen sie auch Abendbrot, denn in der Kombüse war es nicht auszuhalten. Dann schliefen sie in alten Segeln auf den Bänken und auf der Diele. Kap Horn ging die Wache.

Gegen Morgen stieg unter der englischen Küste ein Gewitter aus der See und fegte dunkel und drohend heran. Mit ungeheurer Schnelligkeit verbreitete es sich über den sternklaren Himmel, furchtbar knallte der Donner, und die ganze Wolke saß voll von Blitzen. Aber Klaus Mewes und seine Gesellen begrüßten das Wetter mit Freude, denn nun mußte ja auch Wind kommen und sie erlösen.

Als die ersten großen Tropfen fielen, holten sie die Segel nieder und gingen hinunter, denn bei einem Gewitter an Deck sein ist der gefährlichen Nähe der Masten wegen nicht gut. Sausend harfte der Wind auf den Wanten, der Regen prasselte auf das Deck, die Masten dröhnten, der Ewer zitterte, die Lampe schwankte, die See kam allmählich in leise Bewegung. Geruhsam saßen oder lagen die Seefischer unter Deck und horchten. Als das Gewitter halb vorüber war, zogen sie die Ölröcke an und setzten Segel. Und im blauen Schein der letzten Blitze fierten sie die Kurre über Bord, denn nun hatten sie wieder Wind genug.

Ships that pass in the night...

Tiefdunkel, samtschwarz ist der Nachthimmel. Die Sterne funkeln um so heller um den Schleier der Milchstraße. Wie tanzt der Orion, wie blitzt die Wega, wie leuchten die Zwillinge, wie strahlt der Himmelswagen, wie gleißt der Aldebaran! Die Weltwiese hat sich aufgetan, die gewaltige Wisch, die mit abertausend weißen und bunten Blumen bewachsen ist und auf der Myriaden von Tautropfen glitzern. Die riesenhaften, schwarzen Segel des Fischerewers aber sind wie gewaltige dunkle Kühe, die auf der großen Wiese in den Blumen grasen. Ruhig und bedächtig grasen sie und fressen sich langsam weiter.

Klaus Störtebeker steht bei seinem Vater am Ruder. Gesprochen wird in solchen Nächten nicht viel.

Eine Kühlung, eine leichte, westliche Brise, wandert über die See und gibt den Segeln die Kraft, die Kurre zu ziehen. Rot, grün und gelb spielen die Fischerlichter auf der Dünung. Die Kielfurche leuchtet, als ginge es durch Silber. Wo die Kurrleine ins Wasser taucht, gleißt sie wie ein diamantenbesetztes Zepter. Leise knarren die Gaffeln oben am Mast, und wie im Traum reißt der Klüver, der Jager, das kühnste aller Segel, an seiner Schot; über der Besan aber weht die dunkle Flagge im Nachtwind. Seemann schläft im Nachthaus neben dem Kompaß, und Klaus Mewes geht nach Schifferart auf dem Achterdeck hin und her, die Hände in den Taschen, während Störtebeker das Ruder mit einem Tau regiert, denn Steuern hat er längst gelernt.

Bei sturem Wind und bei Regen singt Klaus Mewes, wenn er allein an Deck ist, er singt auch bei Sonnenschein, aber in solcher Nacht singt er nicht. Da fühlt er tief das geheime Leben und Weben seines Ewers, sein Wesen, seine Atemzüge, da haben alle Segel und Wanten, alle Bäume und Masten ihre eigene Sprache. Nächte, die gewesen sind, und Nächte, die noch kommen sollen, stehen vor seiner Seele, und dunkle Ahnungen beschleichen ihn, denn jeder Seefischer ist ein Hagen, der ins dunkle Hunnenland hinunterzieht. Gedanken über Gedanken kommen ihm entgegen, wie der Wind in die Segel weht, die ihn weit hinaustragen aus der Sehnsucht nach Gesa, nach einem guten Streek und einem schönen Markt, die ihn Auge in Auge mit der Ewigkeit stellen. In solchen Nächten muß er Verklarung über sich selbst gewinnen, der lachende Seefischer, und nicht lachend, sondern ernst beantwortet er seine eigenen Fragen, denn je höher dem Baum die

Krone gewachsen ist, desto tiefer streckt sich seine Wurzel – und Klaus Mewes ist ein so gewachsener Baum.

Rund um sie herum stehen Lichter auf der See, rote, weiße, grüne, denn sie fischen zwischen Helgoland und dem Weserfeuerschiff, und auf diesen Gründen wimmelt es von Finkenwärdern und Blankenesern. Mitunter ist das Geklapper einer Winsch in der Weite zu hören, wenn sie irgendwo einziehen, mitunter schallen die Rufe zweier Fischer, die einander nahe gekommen sind, abgehackt herüber.

Dann kommen dunkle Segel an ihnen vorbei, und weil der Laertes wegen seiner Besanflagge leicht auszumachen ist, wird hüben und drüben gerufen.

»Klaus, büst du dat?«

»Jo, Hinnik! Wat fangt ji?«

»Ochott, is ne slimm: acht Stieg!«

»So. Jä, wi hebbt ok ne mihr hat. Hest all bald de Reis?«

»Morgen weuf utscheiden!«

»Uppe Wesser is bannig slecht wesen, gorkeen Schullen lostowarrn, Hinnik.«

»So!«

Dann sind die Schiffe zu weit auseinander gekommen, als daß das Seegespräch fortgesetzt werden könnte, und Klaus Mewes geht wieder schweigend auf und ab. Einmal steht er hart an den Wanten und blickt starr in die Weite, als sähe er seines Großvaters Kuff im Norden untergehen, dann horcht er, als höre er seines Vaters Todesschrei aus der See heraus.

Die ganze Nacht aber grasen die Segel ruhig und bedächtig in den Sternen.

Gesa rang in dieser Nacht mit schweren Träumen. Sie sah, wie ein Schiff sich mit haushohen Seen abmühte, wie es leck wurde, und wie zuletzt eine große Woge ins Segel schlug und es umwarf, wie zwei Menschen in schwerem Seemannszeug in der See schwammen, sie hörte, wie sie um Hilfe riefen.

Als sie ihnen in die Gesichter sah, schrie sie laut auf, denn es waren ihr Mann und ihr Junge.

Da erwachte sie und weinte bis zum Morgen.

Zwölfter Stremel

Am Deich jagten die Kinder den Schmetterlingen nach, den Kohlweißlingen, Füchsen und Pfauenaugen, wobei sie sangen:

Schomoker, sett di annen greunen Diek,
Schomoker, sett di annen greunen Diek.

»U kiek, Klaus Störtebeker, de jümmer mit no See geiht!«
»Woneem?«
»Dor! Kannst ne kieken?«
»U Minsch, wat süht de mol ut! Ganz anners as to.«
»Höh, Klaus Störtebeker!«
»Höh, Peter! Non, wat mokst?«
»Ik griep Schomokers, kumm man her, kannst noch mit ankommen!«
»Wat goht mi Schomokers an? Wi weut teern un smeern, wat meenst! Uns Eber süht ut as ik weet ne wat.«
»Klaus Störtebeker, wullt mien Kninken mol sehn?«
»Ik hebb keen Tied, Krischon, mütt Teer holen.«

So ging Klaus Störtebeker mit der Teerpütz in der Hand an ihnen vorüber und freute sich, als er fühlte, daß sie ihm nachguckten. Er war größer und brauner geworden. Sein Gesicht war das eines Indianers, sein Gang aber war der eines Fischermannes, und seine Hände waren die eines Tagelöhners.

»Dat is keen Kirl mihr för Hus un Hoff, dat is een för Schipp un See«, hatte der alte Jäger zu Gesa gesagt. Störtebeker hörte es und vergaß es nicht wieder. Und er vergaß auch nicht, was der greise Willem Fock ihm sagte, der sich am Deich von seinen langen Fahrten ausruhte. Er unterzog den Jungen einer Kleinschifferprüfung, fragte ihn nach Wind und Wetter, Fang und Markt und freute sich über die fahrensmännische Klugheit des kleinen Gesellen.

»Hest den flegen Hollanner ok sehn?«
»Ne, Willem, denn stünn ik woll ne hier. De den flegen Hollander in Sicht kriegt, de blifft!«
»So, so meenst du dat? Non, denn wohr die man vörn flegen Hollanner, Störtebeker, wenn du grot büst, un seh man to, dat du jümmer goden Wind hest, un warr man en fixen Fischermann, hürst?«
»Jo, Willem, dat will ik ok«, sagte der Junge mit lachendem Mund und ging stolz weiter.

Da spielten die Mädchen Ringelreihe und sangen dazu: Es fuhr ein Matrose wohl über das Meer, nahm Abschied vom Liebchen, sie weinte so sehr... Störtebeker blickte sie gar nicht an, sondern ging in den Krämerladen und ließ sich die Pütz voll Teer gießen. Kinderspiel war ihm fremd geworden, er war Fischerjunge und fuhr bei seinem Vater auf dem Ewer.

Sonnenwende, Sonnenwende!
Das A und O von Finkenwärder, der kleine schwarze Ewer H. F. 1., Jan Sieverts Hoffnung, und der große weiße Kutter H. F. 190, Jakob Cohrs' Möwe, der noch die Kränze vom Stapellauf in den Toppen flatterten, lagen im Köhlfleet beieinander, und um sie herum und auf den Schallen ankerten wohl hundertfünfzig große Ewer und Kutter. Schwarz, grün, rot und weiß spiegelten die Steven sich im Wasser, und jede Farbe hatte ihren eigenen Sinn.
Schwarz rührte von den alten Fahrensleuten her, die als die ersten das Watt hinter sich ließen und sich auf die offene See wagten, die bei Helgoland und Terschelling die dunkeln holländischen Logger und die schwarzen englischen Smacken sichteten. Sie hatten auch weder Zeit noch Geld, das Fahrzeug anzumalen und zu verzieren.
Grün brachten die Bauernjungen auf, als sie die Pflüge verrosten ließen und sich auf die Seefischerei warfen. Sie wollten auf der grauen kahlen See an ihre grünen Felder und Wischen, an ihre Linden und Eschen erinnert werden, wenn sie kein Land in Sicht hatten.
Rot wählten die glücklichsten Fischerleute, die Störfänger und Beutemacher, die Schollenkönige, die gern etwas Besonderes aufweisen wollten und denen es auf den teuern Zinnober nicht ankam. Weiß aber war die erklärte Farbe der jungen Fischer, die noch dabei waren, ihr Marinerzeug aufzutragen, und die noch draußen klüsten, wenn andere schon im Hafen lagen. Einer von ihnen wurde gewahr, wie prächtig seinem Kutter der weiße Berg von Schaum und Gischt vor dem Steven zu Gesicht stand, und daheim wußte er nichts Besseres zu tun, als den Bug weiß zu malen, damit das Schiff ständig im Schaum wühle.
Hochwasser!
Eine schlanke, östliche Brise bläst von Hamburg herunter, umstreicht Heitmanns weißen Leuchtturm und die mächtige Königsbake, das alte Wahrzeichen von Finkenwärder, rauscht durch das Reet des

Pagensandes und läßt die Flögel tanzen. Es ist ein Wind zum Fahren, wie er nicht besser sein kann. Und doch bleiben alle Fahrzeuge liegen. Nirgends werden die Segel aufgezogen und die Draggen gehievt. Wahrlich, es muß ein großes Ding sein, das diese mächtige Flotte, die gewaltigste der deutschen Küsten, im Hafen festhält und die Helgoländer Bucht vereinsamen läßt!

Es *ist* ein großes Ding: Karkmeß ist da, der Jahrmarkt, der Sonnwendtag der Finkenwärder Fischerei, ein Tag von so großer Bedeutung und so tief eingreifend in das Leben und Treiben des Eilandes, daß es Ehrensache jedes Fischers ist, heimzufahren und dabei zu sein. Knecht und Junge würden schöne Gesichter machen, wenn sie Karkmeß nicht kriegten, und bei den Nachbarn hieße es: »Den geiht dat jo woll bannig lütj: He is jo ne mol Karkmeß bi Hus ween!«

Von Finkenwärder erzählen und Karkmeß vergessen, hieße nach Rom reisen und den Papst nicht sehen, denn Karkmeß ist die große Sonnenwende von Finkenwärder, ist der Nordstrich auf seinem Kompaß und Mittelpunkt der Zeitrechnung der Seefischer. Soundsoviele Reisen vor Karkmeß oder soundsoviele nach Karkmeß, das hört einer am Deich auf Schritt und Tritt und »söben Weeken vör Karkmeß« oder »fief Weeken no Karkmeß« sind genaue Zeitangaben, über die kein Zweifel aufkommen kann. Karkmeß teilt das Jahr: Es ist die Grenze zwischen der Schollenzeit und der Zungenzeit. Vor Karkmeß werden in schnellen Reisen nur Schollen gefangen, die lebend an den Markt gebracht werden. Nach Karkmeß geht es auf die Zungen los, die auf Eis gepackt werden; da sind die Reisen länger und mühseliger, und das Geld hat nicht mehr den hellen Klang der Schollentaler.

Die Sonne steht am höchsten. Wotan will nach Süden reiten, aber ehe er sein weißes Roß, den Sleipner, wendet, hält er einen Augenblick in Gedanken inne, und diesen Augenblick benutzen die Finkenwärder Fischer, um ihr Sonnwendfest zu feiern. Ehe sie den dunkeln Nächten entgegensegeln, wollen sie sich der Sonne und des Lebens freuen, wollen sie einen Tag lachen.

Wer das nicht kann, wer bis Karkmeß nicht seinen guten Schilling verdient hat, der holt den Rest des Sommers auch nichts mehr aus der See und mag denken, die alten Weiber hätten ihn behext.

Die Ewer kommen nicht auf einmal wie die Hühner, wenn Tucktuck gerufen wird, sondern nach und nach. Schon acht Tage vorher füllt sich das Fleet mit Schiffen. Klugheit und Nachbarlichkeit verhindern, daß alle an einem Tag den Hamburg-Altonaer Markt überfallen und die Fische wertlos machen.

Es gibt auch mancherlei zu tun.

Nicht allein am Sonntag zuvor, an dem alle Fischerknechte und Fischerjungen auf Musik sind und sich *en Perd*, ein Mädchen, für das Fest heuern, weshalb diese Musik am Deich auch der Pferdemarkt genannt wird, sondern die ganze Woche hindurch. Da ist keine Zeit, den Knackwurstkerlen beim Aufschlagen der Zelte zu helfen oder die Reitbudenpfähle mit einzurammen, denn erst muß der Ewer sein Karkmeßkleid haben. Teeren und Schmeeren heißt die Losung, den ganzen Tag wird geteert und geschmeert, daß der Deich danach riecht und das Wasser in allen Regenbogenfarben glänzt. Da wird geschrubbt und kalfatert, da wird gemalt und gelabsalt. Wie Schafe, die geschoren werden sollen, liegen die Fahrzeuge auf dem Sand und lassen alles über sich ergehen, denn sie wissen, daß es gut für sie ist.

Kein deutsches Kriegsschiff kann reiner sein als ein Finkenwärder Ewer zu Karkmeß, so viel tut der Schiffer daran. Nicht umsonst hat er holländisches Blut in sich und eine große Lust an Reinlichkeit und Buntheit. So schmückt er seinen Ewer mit bunten Farben und glänzenden Streifen und wird nicht müde, ihn zu verzieren.

Da wird der Bünn gründlich gereinigt, da werden die Eiskisten überholt, schlechte Taue ausgeschoren, neue Kurren eingestellt und zerrissene Segel geflickt. Da wird geloht: Du liebe Zeit, wie wird geloht! Der ganze Rasen des Deiches liegt voll ausgebreiteter Segel: Großsegel an Großsegel, Fock an Fock, Besan an Besan, und alle werden gebräunt und geloht, damit sie haltbarer werden.

Das Lohen haben die Finkenwärder den Blankenesern voraus, die keinen Platz dafür haben (denn in den Sand können sie die Segel nicht legen) und deshalb mit weißen Lappen fischen und segeln müssen.

Überall am Bollwerk brodelt es in den großen Wurstkesseln, und Fischer und Frauen schöpfen die Lohe und dweilen sie auf die Segel.

Ist das Schiff mooi, dann sieht der Fischermann seine Knipptasche an und begleicht die großen Rechnungen, die er beim Zimmerbaas, beim Schmied, beim Segelmacher und beim Reepschläger stehen hat, denn Karkmeß ist allgemeiner Zahltag. Hat er sein Schiff noch nicht freigefahren, also das geliehene Geld noch nicht zurückgezahlt, so bekommt auch der Bauer seine Zinsen.

In der Aueschule aber tagt die Seefischerkasse, die Schiffsversicherungsgemeinschaft der Finkenwärder Seefischer, die 1835 gegründet worden ist, als schwere Stürme die damalige kleine Flotte zu vernichten drohten. Sie läßt sich die Prozente, das Jahresgeld, bringen, das nach den Verlusten berechnet wird. Das ist wahrhaftig kein grüner Tisch, an dem die sechs Alten mit dem Obervorsteher sitzen! Plattdeutsch wird gesprochen, einer nennt den anderen du, jeder weiß, was er will, und niemand braucht nach Worten zu suchen. Das ist der Senat von Finkenwärder, und einen besseren hatte auch Venedig nicht.

Ein fester Bau ist diese Seefischerkasse, ein Denkmal besten Gemeinsinns. Sie ist der mächtige Leuchtturm, der seine Strahlen vom Skagerrak bis zur Themsemündungs wirft. Seen wollten ihn unterwaschen, Stürme wollten sein Licht verlöschen: Er steht und leuchtet!

Mittlerweile sind sie auf der Aue, von der Müggenburg bis zum Tun, auch nicht müßig gewesen, sie haben gebaut und gezimmert, geklopft und gehämmert auf Deubel kumm rut, bis Zelt an Zelt steht. Dann steigt die Sonne blank und schön aus dem Hamburger Daak, und der große Freudentag ist da mit seinen Luftbällen und Reitbuden, seinen Aalzelten und Schießständen, seinen Eiskarren und Lungenprüfern, mit Lukas und Kaspar, mit Herkules und Feuerfressern, mit Seiltänzern und Negern, mit Hün und Perdün, mit Jubel und Trubel! Die Gören sind wie durchgedreht, und Jungkerls und Deerns wissen vor Übermut und Lebensfreude nicht, was sie alles anstellen sollen. Da wird gejagt und geschossen und getanzt, getrunken und gesungen und gelacht: Die ganze Aue wirbelt durcheinander. Die Jungen tragen blaue Brillen und Rinaldinischnurrbärte, sie essen Knackwürste und Eis, bis sie nicht mehr können. Die Mädchen kaufen sich Puppen und Kokosnüsse und lutschen an Zuckerstangen. Es ist einfach unbeschreiblich, was auf Karkmeß alles los ist. Die sich gestritten haben, vertragen sich und trinken wieder einen zusammen, und die gut Freund gewesen waren, erzürnen und prügeln sich: Dat is so bi Karkmeß mit vermokt. Hein Mück haut den Lukas, daß es knallt, und läßt sich für die hervorragenden Leistungen eine goldene Medaille an die Heldenbrust heften. Jan Tiemann läßt sich elektrisieren, Hinnik Külper kauft seiner Braut ein großes Zuckerherz, Peter Gröhn fordert den Neger sogar zu einem Boxkampf heraus. Dazu ein Getute und Geplärre, ein Flöten und Knarren, ein Juchzen und Schreien!

Das beste Teil erwählen sich die alten Fahrensleute. Sie ziehen ein weißes Hemd an, holen den Stuhl aus der Dönß und setzen sich geruhsam auf den Deich. Sie lassen die Karkmeßleute an sich vorüberziehen, necken die beladenen Kinder und führen ein nachbarliches Gespräch.

Das Allerschönste sehen aber auch sie nicht vor Luftbällen und Kinderspielzeug: die blassen roten Rosen am Westerdeich und das wogende Korn im Lande und den weißen Flieder auf den Wurten und die Lindenblüten am Elbdeich: das große Sommerblühen. Das geht allen verloren.

Der große und der kleine Klaus Mewes hätten nicht von hier sein müssen, wenn sie dem Karkmeß ferngeblieben wären. Zumal Störtebeker hatte sich den Tag ehrlich verdient. Bis an den Bauch im Wasser stehend, hatte er geschrubbt; einen ganzen Tag im Maststuhl zwischen Himmel und Erde hängend, hatte er den Topp gelabsalbt, mit krummem Rücken war er in den Bünn gekrochen und hatte die toten Schollen aus den Ecken geholt; er hatte beim Lohen geholfen wie ein Großer, er hatte das Nachthaus grün angestrichen, er hatte das alte Bettstroh mit allen Flöhen und Wanzen auf dem Schlick verbrannt.

Als Klaus Mewes am Sonnabend von der Aueschule zurückkam, wo er seines Amtes gewaltet hatte, denn er saß trotz seiner Jugend schon im Vorstand der Seefischerkasse, da hatten Kap Horn, Hein Mück, Klaus Störtebeker und Gesa gerade die bekannte letzte Feile weggelegt. Wie ein Königsschiff lag der große Ewer auf dem blinkenden Wasser und glänzte wie der Regenbogen. Seine deutsche Flagge wehte im Wind und grüßte den Schiffer.

Dem aber lachte das Herz.

Wennt Karkmeß is, wennt Karkmeß is,
denn goht wie langsen Diek!

Sie gingen zu vieren: Klaus Mewes, Gesa, Kap Horn und Störtebeker. Dieser voran, denn er hatte die Taschen voll Geld. Er nahm alles mit, die Reitbuden und die Schaukeln. Nur Spielzeug kaufte er nicht mehr. »Kann ik up See jo doch ne bruken«, sagte er verächtlich, und als er beim Allemalundjedesmal einen Goldfisch gewonnen hatte, schenkte er ihn dem kleinen Paul Meier. Seiner Mutter aber kaufte er einen bunten Blumentopf, Kap Horn eine Kokosnuß, damit der an Schina erinnert würde, und seinem Vater einen dicken geräucherten Aal. Einen Augenblick guckten sie auch bei Trina Külpers am Auedeich rein, wo Musik war. Klaus und Gesa tanzten durch den Saal wie Bräutigam und Braut. Dann bekam auch der alte Janmaat einen Tanz von der schönen jungen Frau seines Schiffers.

Abends gingen Klaus und Gesa noch mal zum Karkmeß.
Kap Horn und Störtebeker blieben auf dem Neß. In der Dämmerung saßen sie vor der Tür. Der Matrose guckte nach den Lichtern auf der Elbe und erzählte vom Walroßfang bei Grönland.
Über den blühenden Lindenbäumen tanzten die Mücken.
Im Westen aber stand dunkel und drohend eine Wolkenbank.

Sommer heißt der gewaltige Herr, in königlicher Pracht schreitet er einher, weithin über Land und See gleißt und funkelt sein Purpurmantel. Groß und ehern sind seine Schritte. Alles wirft er nieder, alles muß sich vor ihm beugen. Das grüne Korn erbleicht und senkt die Ähren, die Blumen verdorren, die Vögel verstummen, die Tiere verkriechen sich.
Nach dem spielenden Kind, nach dem lachenden Jüngling ist der *Mann* gekommen, der Riese. Stückwerk ist nicht sein Handwerk: Er macht ganze Arbeit. Mit gewaltiger, furchtbarer Kraft drückt er alles Freundliche, Milde, Leichte in Grund und Boden, zermalmt es zu Staub, bis er allein dasteht. Dann zuckt es in seinen Fäusten, dann reckt er die Arme, dann stemmt er die Beine, dann sprüht es aus seinen Augen, dann glüht und dampft sein Atem, und hart lachen seine Zähne. Selbst die großen Meister, die Winde, müssen sich vor ihm ducken, und wollen sie sich erheben, so fegt er sie mit Blitz und Donner von dannen. Er weiß, was er zu tun hat, weiß, daß es um Brot und Leben geht, daß der Winter kommt. Was andere nicht gekonnt haben an all den langen Tagen, in all den milden Monden, das vollbringt er in wenigen Wochen: in unerbittlichem Ernst, in kochendem Eifer, in glühendem Haß, in flammendem Zorn – und all sein Ernst und Zorn ist wilde, gewaltige Liebe.

Schwer liegt des Sommers Hand auf der Fischerei. Auch Klaus Mewes fühlt sie. Lange Tage treibt der Ewer mit schlaffen Segeln in der Windstille, und das Deck ist bratenheiß. Nachts steht der ganze Himmel in Flammen, und das Schiff erzittert. Wie lange ziehen sich die Reisen hin, wie oft müssen sie in Norderney und Cuxhaven binnen laufen, weil ihnen das Eis geschmolzen ist! Sie fahren wieder viel nach der Weser, denn die Zungen, die nicht freihändig verkauft, sondern in der Halle versteigert werden, sind in Geestemünde ebenso teuer wie in St. Pauli und Altona. Zweimal segeln sie bei scharfem Ostwind nach Ijmuiden in Holland, einmal kommen sie nach Esbjerg in Dänemark. Manche Kurre zerreißen sie an den Steinen, so daß ständig einer mit dem Ausheilen zu tun hat. Lange Wachen gibt es. Der Streek dauert drei bis vier Stunden: saure Arbeit, denn die Zungen sitzen mehr im Schlick als im Sand, und die Kurre ist oft nicht zu hieven. Einmal verlieren sie das ganze Geschirr. Die Kurre hakt sich wohl an einem auf dem Meeresgrund liegenden Wrack fest. Der Ewer törnt auf, steht einen Augenblick fast still, dann aber reißt die Kurrleine, und dreihundert Mark sind verloren. Ein andermal treibt eine ostfriesische Jalk gegen sie und macht ihnen eines solche Havarei, daß sie nach der Oste segeln und dort zimmern müssen. Dann wieder liegen sie vor dem Wind hinter Wangerooge.

Aber Klaus Mewes verliert den Mut und verlernt das Lachen nicht. Und es kommen ja auch schöne große Reisen. Einmal, als die Zungen auf zwei Mark zehn stehen und die Steinbutt auf einsachtzig, machen sie gut vierhundert Mark.

Klaus Störtebeker ist noch immer an Bord, und wenn er auch nicht vor dem Hamburgischen Wasserschout angemustert worden ist, so gehört er doch als Viertsmaat zur Besatzung und bekommt seine Heuer ebenso wie Hein Mück. Ihm ist jedes Wetter recht, wenn er nur an Bord und bei seinem Vater bleiben darf.

Sie kommen auch einige Male nach Hamburg hinauf, aber sie halten sich auf Finkenwärder nicht lange auf. Klaus Mewes vertröstet Gesa auf den Winter, wenn sie ihn bittet, doch einige Tage zu Hause zu bleiben: Er muß fischen. Und den Jungen soll sie vor dem Herbst nicht wiederbekommen. So lange bleibt er an Bord! Schon mit der Nachttide wird gefahren, damit sie wieder in die Fischerei kommen und ihnen das Eis nicht wegschmilzt.

All ihr Bitten und Flehen nützt nichts. Der Wind bläst in die Segel, und der Ewer zieht westwärts. Zwar winken die beiden Seefischer vom Achterdeck, aber sie lachen doch dabei und freuen sich, daß sie wieder einmal glücklich der Gefahr entronnen sind, getrennt zu werden.

Mit der Kürze eines Seeamtspruchs könnte ich nun auch berichten, daß sie einmal im Sturm mit knapper Not über das Watt gesegelt sind. Es ließe sich aber auch anders beschreiben, obzwar es unfinkenwärderisch wäre, denn kein Fischermann macht viele Worte um etwas, das alle Tage vorkommen kann.

Der alte Regenwind, der Südwest, war Baas auf der See. Graue Wolken, eine noch grauer als die andere, trieb er über den Himmel. Klaus Mewes und sein Junge, die Wache hatten, steckten unter den Südwestern tief im Ölzeug und ließen den Regen auf sich niederströmen. Sie fischten beim Weserfeuerschiff auf 22 Faden. Der Ewer arbeitete stark in der schweren Dünung und schlug trotzig und gereizt mit den leckenden Segeln nach den Wolken. Mehr und mehr frischte der Wind auf, die Seen krönten sich mit Schaum, und das Wetterglas fiel tiefer und tiefer.

Klaus beschloß deshalb, diesen Streek den letzten zu taufen und den Ewer dann treiben zu lassen.

»Inthen, inthen!« sang Störtebeker, und Kap Horn und Hein Mück kletterten aus ihren Kojen und kamen an Deck. Sie zogen ein und freuten sich, als sie den Steert an Deck hatten, denn es wurde immer windiger, und der Ewer stampfte und rollte stärker als zuvor, nun ihm der Halt des schweren Netzes fehlte.

Schollen, Zungen und Steinbutt, meist kleines Zeug, klatschten auf das Deck. Störtebeker und Hein Mück zogen die Fock auf und machten sich mit dem Knecht über die Fische her, Klaus aber nahm das Ruder und steuerte. Als keinerlei Aussicht war, daß das Wetter sich bald ändern würde, dachte er hinter Wangerooge zu flüchten. Dann aber besann er sich und hielt nach der Elbe hinüber, um zwischen den Baken bessere Gelegenheiten zu finden.

Gischt und Regen waren die Fahrtgenossen des Ewers, der unter dem mächtigen Druck der Segel durch das hohle Wasser schäumte wie ein Dampfer und manchen Spritzer überkriegte.

Die paar Petermännchen, Knurrhähne, Rotzungen, Rochen, Kleiße, Steinbutte, Taschen und Zungen waren bald verarbeitet. Dann spülten sie das Deck rein. Hein ging in die Kombüse, um Klöße zu braten und Kaffee zu brauen, Kap Horn aber blieb oben, sah Luken und Boot genau nach und packte alles in den Raum und die Plicht, was auf Drift gehen konnte, denn es wollte schon dämmern und niemand konnte wissen, was die Nacht noch brachte.

Die Elbe war weit weg.

Sie konnten keine halbe Meile weit sehen, so diesig und unsichtig war die Luft. Der Wind wehte flagiger und stoßweiser als vorher und lief raumer. Sie segelten schon platt vor dem Laken, und die hohen Wogen liefen ihnen nach wie geifernde, hungrige Wölfe: eine große Gefahr für Boot und Segel. Aber der Laertes, der kühne Schwimmer, hielt kraftvoll den Kopf oben und ließ sich weder begraben noch aus dem Kurs werfen. Störtebeker stand geruhig bei seinem Vater, ohne Bangigkeit, und half das Neuwerker Feuer suchen. Wenn die Luft nicht so dick gewesen wäre, hätten sie es längst in Sicht haben müssen.

Da zeigt Klaus Mewes nach Norden, wo plötzlich eine blauschwarze Wolkenwand wie ein gewaltiges Gebirge aus der See steigt. Mit unheimlicher Schnelligkeit wächst sie in die Höhe und verbreitet sich mit unfaßlicher Macht über den grauen Himmel. Wetterleuchten, grelle Blitze und dumpfe Donnerschläge sind das nächste.

»Nu gifft wat!« ruft Kap Horn.

»Gläuf ik ok«, antwortete Klaus Mewes. »Goh no binnen, Störtebeker.«

»Worüm, Vadder? Ik bün ne bang, lot mi man hier blieben.«

»Ne, du müßt dol, Klaus, du speulst uns ober Burd. Goh gau no nerden un lot Hein de Kapp toschuben un blieft beid inne Koi, bit wi jo wedder ropt!«

Störtebeker sieht seinen Vater an, dann sagt er: »Jo, Vadder«, und geht nach unten, denn er weiß, daß man dem Schiffer gehorchen muß und wenn man's auch zehnmal besser wüßte.

»Bang bün ik ober keen betjen, Vadder«, ruft er noch vom Großmast, dann verschwindet er und verklart Hein Mück die Sache, der aber ruhig weiter brät und meint, es würde ja wohl nicht so schlimm werden.

Die beiden Fahrensleute oben erwarten den Sturm. Zu sprechen brauchen sie darüber nicht, denn sie fahren lange genug zur See, um zu wissen, was die große Wolke zu bedeuten hat. Kap Horns Züge sind wie aus Holz geschnitten, des Schiffers Gesicht aber ist wie aus Erz gegossen; niemand sähe es jetzt den beiden an, daß sie so fröhliche Menschen sind und so gern lachen.

Sie wissen, was geschehen wird. Dennoch haben sie ein so blitzschnelles Umspringen des Windes noch nicht erlebt und einen so furchtbaren Wirrwarr des Wassers auch nicht. Der Südwest hat ausgeweht; mit einer schweren Hagelflage in den Armen fegt ein eisiger Nordwest heran, trommelt und pfeift auf der See und wirft sich mit Ungestüm über den Ewer. Unmittelbar darauf springt der Wind wieder um: Nord! Und noch kein Besinnen. Abermals dreht er: Nordost, Nordoststurm. Nun wehr dich, Ewer, nun wehr dich, Klaus Mewes!

Die See, die See!

Wie gischt und schäumt sie! Sie *kocht*!

Wie ein Amokläufer geht der Nordost die Sache an. Er faßt die schweren, langsamen Seen des Südwest beim Schopf und dreht sie geradezu um. Furchtbar bearbeitet er sie mit seinen Fäusten, daß sie wild durcheinander laufen.

Dat ward een beuse Nacht for mannich lütj Schipp, dat noch buten ist, will Kap Horn noch sagen, aber er kommt nicht mehr dazu. Der Ewer ist mitten in diesen Sturm und Aufruhr hineingeraten. Erst springt der Sturm ihn an wie der Löwe ein Schaf, als wolle er ihn gleich beim ersten Anlauf kopfheister werfen. Als ihm das nicht gelingt, legt er sich so hart auf die Segel, daß sie den Ewer platt aufs Wasser drücken, wobei er zittert und bebt, als könne er sich nicht wieder aufrichten. In der Kajüte purzelt Hein gegen den Ofen und Störtebeker gegen die Dielentür, an Deck aber klammern Schiffer und Knecht sich an die Wanten, um nicht über Bord gespült zu werden. Dann geht Klaus dem Raubtier zu Leibe, das ihn überfallen hat. »Fock dol!« gellt seine Stimme durch den Lärm. Kap Horn turnt nach vorn und reißt sie herunter. »Seil dol!« schrillt es. Der Schiffer kettet das Ruder an und stürzt zu den Fallen.

Rumms! Rumms! Dröhnend wirft der Sturm den Giekbaum gegen das Boot und zerschlägt diesem Duchten und Dollbaum; er hebt ihn wieder an und rammt ihn fürchterlich auf das Deck. Kap Horn wäre getroffen und getötet worden, wenn Klaus ihn nicht beiseitegerissen hätte. Wieder ein harter Windstoß – da, ein scharfer Knall: Über dem zweiten Reff ist ein großes Loch ins Großsegel gerissen. Gau, gau, Klaus Mewes, oder dat ganze Seil geiht innen Dutt!

Schon meinen sie, es geborgen zu haben, da greift das wilde Tier noch einmal danach, zwängt sich mit aller Gewalt hinein und schwenkt es als seine Fahne. Dann aber gelingt es ihnen, das Segel niederzuholen. Wütend heult der geprellte Sturm durch die Wanten, an denen es nichts zu beißen gibt, dann aber gewahrt er das Besansegel, das noch steht. Er macht einen krummen Buckel – und in Fetzen zerrissen fliegt das dunkle Tuch davon. Zwar ist der Ewer wieder aufgestanden, aber er ist jetzt ohne Segel und gehorcht nicht mehr dem Ruder: ein Spielball der brüllenden Seen.

Vor Topp und Takel lenzend, dümpelt und scheistert er in der wilden Dünung, und die hohen Seen rollen über ihn hinweg.

»Dor is en Licht!« ruft Kap Horn und weist über den Steven. Klaus blickt in die bezeichnete Richtung und sieht ein Licht auf der See, hell und tröstend. Ein unerschrockener, unauslöschlicher Wegweiser, reißt dort das Elbfeuerschiff an seinen Ketten. Aber was sagt der Kompaß? Klaus peilt, und als er »Nordost« ruft, da schüttelt der alte Matrose ernst den Kopf und sieht ihn an, denn ein Ankreuzen gegen den schweren Sturm ist mit dem Loch im Großsegel und ohne Besan ein Ding der Unmöglichkeit. Die Elbe ist nicht mehr zu erreichen.

Den Ewer treiben lassen, geht aber auch nicht, denn sie haben keinen Platz: Die gefährlichen Sandbänke der Westertill sind in bedrohlicher Nähe, und der Sturm muß sie gerade dahin werfen, wenn sie noch lange zögern.

Es hilft nichts: Sie dürfen es nicht mehr mit ansehen, sie müssen handeln. Zurück müssen sie, zurück nach der Weser!

Wo ist dein Lachen geblieben, Klaus Mewes? Warum singst du nicht, der du doch sonst im Sturm gesungen hast? Denkst du an deinen Jungen? Der sitzt warm im Bauch des Ewers und lacht aus der Koje: So geiht he god! Und obgleich Hein Mück ihn stören will und sagt, es sei ihm nicht geheuer, bleibt er fröhlich und lacht sorglos: »Vadder is jo boben!«

An Deck ist das Halsen glücklich gelungen. Gezogen von der halb aufgeholten, angebundenen Fock und dem als Sturmsegel gesetzten kleinen Klüver am Großmast, geschoben von den immer gröber werdenden Seen, wühlt der Ewer sich durch das kabbelige Wasser. Südwest liegt an.

Es ist eine böse Sache, denn Hagelschauer und Regenflagen nehmen ihnen alle Sicht. So weit sie sehen können, ist kein Licht zu erblicken:

Sie sind allein auf der See. Ihr Zeug ist durchnäßt, denn die Seen laufen über das Setzbord, wie sie wollen.

Die Frau am Deich! In Klaus Mewes ist alles wach, nichts schläft oder träumt in ihm. Wie der Deich bei der Sturmflut schwarz ist von Menschen, so hat er all seine Gedanken auf einem Haufen; taghell sind alle Stuben und Kammern beleuchtet, und über die Treppen eilen die aufgejagten Diener.

Die Seen werden hohler und hohler, und donnernder klingt ihr Lärm, wie aus der Tiefe gequollen. Klaus will ihm erst nicht glauben, bis er sich dermaßen verstärkt, daß er muß.

»Lot ut!« ruft er dann jäh und reißt das Blei aus dem Nachthaus. Der Knecht lotet die Tiefe.

»Fief Fohm!«

»Denn sünd wi uppe Grünnen!«

Fünf Faden Wasser nur! Wie weit sind sie abgetrieben! Sie sind in leeger Wall. Bis jetzt ist alles Spiel gewesen, verglichen mit dem Ernst, der nun kommt.

Klaus Mewes fühlt sich von kalten, eisernen Fäusten gepackt, die ihn erdrosseln wollen. Gefahr! gurgelt das Wasser, Gefahr! braust der Sturm, Gefahr! schreit der Ewer. »Nu geiht op Leben und Dot«, ruft der Knecht.

Klaus aber kettet das Ruder an und brüllt: »Seil upsetten!« Denn er will sich nicht drein schicken. Mit großer Mühe setzen sie das Sturmsegel am Besanmast, binden das dritte Reff ein, ziehen das Großsegel halb auf und geben der Fock etwas mehr Luft. Der ringende Ewer luvt an und legt sich dwars in die schweren Seen. Gewaltig wird nun der Kampf mit Wind und Wasser, verzweifelt wehrt der kleine Menschenewer sich gegen die beiden Großen, die ihn totmachen wollen. Mit unbeschreiblicher Wildheit und Wut branden die Seen ununterbrochen über das Setzbord, daß das Deck ein Wasser ist, die Segel wie Dachrinnen lecken und die Spritzer bis zum Flögel fliegen. Wenn eines der großen Ungeheuer von Sturzseen gigantisch und eisern heranwuchtet, duckt der Ewer sich wie ein Bulle und nimmt sie von Steuerbord über, richtet sich hoch und steil auf und schüttelt sie nach Backbord ab. Dann duckt er sich wieder, ein Wal im Kampf mit Schwertfischen, die von allen Seiten auf ihn eindringen. Wehr dich, Ewer!

Kap Horn, halt aus! Denk an die Stürme im südlichen Atlantik, an den düsteren Felsen, nach dem du benannt bist, und laß die Kette nicht los. Steh fest auf dem glatten Deck, laß dich nicht über Bord spülen. Denk an die vielen Hochzeiten, zu denen du noch mit deiner Harmonika aufspielen sollst.

Klaus Mewes, du Leu von Finkenwärder, der du immer in der ersten Reihe gestanden hast, muß ich dich aufrufen? Nein – das braucht es nicht: Da steht er am Ruder im zerrissenen Ölrock, naß wie ein Kater, knietief im Wasser, und wankt und weicht nicht. Er hält den Ewer, er hält ihn! Damit er nicht über Bord geht, hat er sich mit einem Tauende festgebunden. So steht er da, ein ganzer Seemann, ernst und wachsam, und späht durch Nacht und Regen nach Land und Feuern aus.

Zeit gibt es nicht mehr, es gibt nur noch Sturm. Wer will wissen, ob es Minuten oder Stunden sind, die sie durchleben, bis an Steuerbord ein Licht erscheint? »Rodensand!« ruft der Knecht, aber der Schiffer schüttelt ungläubig den Kopf. Da taucht neben dem hellen Licht ein schwächeres auf, und er muß glauben, was er erst nicht glauben wollte: daß sie so weit abgetrieben sind. Das Licht voraus ist das Feuerschiff Bremen! Sie müssen hoch auf dem Trockenen sein!

Hastig knotet er sich los und wirft das Lot. Er wirft es zum zweiten Mal, denn es kann nicht sein, die Leine muß gehakt haben. Aber es bleiben drei Faden.

»Dree Fohm! Dree Fohm! Dree Fohm!« ruft er durch den Sturm. »Hest hört, Kap Horn?« brüllt er, als keine Antwort kommt.

In diesem Augenblick schiebt Störtebeker, dem die Zeit zu lang wird, die Kapp auf, um hinauszugucken. Da schlägt ihm die See dermaßen ins Gesicht, daß er das Gleichgewicht verliert und holterdipolter die Treppe hinuntersaust. Er rappelt sich aber gleich wieder auf, schiebt die Kapp zu und sagt zu Hein, der ihn ungeachtet seiner Bangigkeit auslacht: »Junge, dat do ik ne wedder, Hein! Wat hebb ik een kregen! Meist, as wenn Vadder mi en fixen Backs geef!«

Kap Horn schweigt noch immer.

Er denkt nach. Soll so seine letzte Reise aussehen? Soll das die letzte Fahrt sein? Soll der Tod, der ihn auf den Weltmeeren nicht fassen konnte, ihn nun hier im Wattenwinkel, im seichten Priel erwischen? Kann sein, und wenn es so sein soll, dann ist es auch gut, denn es bleibt ja immer ein Seemannstod. Die heilige, unerschütterliche Ruhe des

Todgeweihten kommt in sein Herz. Der alte Janmaat will und kann sich nicht kleinmachen. Er kann sterben – ob Klaus es auch kann? Er sieht ihn an.

»Dree Fohm bloß noch!«

Klaus Mewes sieht die Kirche von Finkenwärder vor sich, er sieht, wie die Köpfe sich tiefer auf die gefalteten Hände senken, er hört, wie Bodemann sagt, daß Fürbitte zu tun sei für drei Brüder, die seit zwei Wochen vermißt würden. Und sein schönes Haus sieht er, die bunte Haustür und die Bank unter den Linden. Die Bank aber ist leer, und die blanken Fenster, in denen sich sonst die Elbe von Nienstedten bis Schulau spiegelte, sind dicht verhängt. Und die Tür ist zu. Der Hahn und die Hühner stehen unruhig davor und warten vergeblich auf ihr Futter.

Das ist nur ein Augenblick, dann verweht der Sturm das Bild. Schiffsrat! Aber was ist da zu sagen? Nichts, denn was mit ihnen los ist, weiß der eine wie der andere: Vor ihnen ist der gefährliche Brand der Tegeler Plate, sind die Brecher, die Sturzseen. Da hinein und da hindurch müssen sie, sonst bleibt ihnen nichts zu tun als beizudrehen und zu versuchen, den Ewer so hoch wie möglich auf das Watt zu setzen. Kommen sie unbeschädigt durch die Brandung, so ist Schiff und Mannschaft geborgen, laufen sie auf Grund, ist alles verloren. Flüchten sie wattenauf, so geht der Ewer in Stücke, aber sie können sich wahrscheinlich im Boot retten. Wahrscheinlich, denn eins ist so gefährlich wie das andere.

Kap Horn starrt nach Lee, wo die Feuer des Ewersandes auf den Watten stehen müssen, als wolle er damit sagen: stranden und landen! Klaus Mewes aber will seinen Ewer nicht verlassen. Er fühlt das Zittern und Beben des treuen Fahrzeugs und ist entschlossen, sich durchzuschlagen. »Nu hol di fast, Kap Horn!« gellt er.

Hinein in die Brecher geht es. Händereibend steht der Tod neben ihm auf dem Achterdeck und jauchzt: »Nu krieg ik di, Klaus Mewes, nu krieg ik di!« Aber der Schiffer hält das Ruder fest und läßt sich nicht erschüttern. Vor ihm tobt der Hexenkessel der Tegeler Plate: Er hält darauf zu. Grauenhaft schallt ihm das Donnern und Zischen der Grundseen entgegen, die sich wild überschlagen: Er verzieht keine Miene.

Gott im Himmel – da stürzt die erste große See wie ein wildes Tier auf das Deck und rollt über den Ewer weg, zertrümmert das Backbordschwert, reißt das Boot los und wirft es quer gegen die Winsch, wo es in der Klemme sitzen bleibt. Kap Horn stürzt auf die Luken. Das Nachthaus ist weg, sie sind ohne Kompaß. Ein Glück, daß sie Seemann vorher in die Kapp gestopft haben.

Klaus Mewes steht noch. Der Knecht springt auf, und der Ewer klüst weiter. »Fastholen!«

Das ist eine menschliche Stimme, so schrill sie auch klingt. Die zweite Riesensee stößt wie ein Fels gegen den Ewer und ergießt sich über das Deck, sie schlägt in die Segel, daß das Fahrzeug sich auf die Seite legt und umkippen will. Die Fahrensleute bringt sie zum Schwimmen. Aber sie lassen ihren Halt nicht los, und weil nicht gleich eine See hinterherkommt und ihm den Rest gibt, vermag der Ewer sich noch einmal aufzurichten.

Abermals fegt es heran, steigt plötzlich steil auf und schlägt furchtbar auf das Deck nieder, daß die Luken verlorengehen und der Ewer sich halb mit Wasser füllt. Da beginnen die Bohlen auf der Diele zu treiben, und Störtebeker und Hein Mück waten aus der Kajüte und klettern oben auf die Treppe, um sofort hinaus zu können, wenn etwas passieren sollte. Fest klammern sie sich an, damit sie nicht hinunterfliegen. »Junge, wat snuft das langs!« ruft Störtebeker. »Ober bang bün ik dorbi doch keen betjen!«

An Pumpen ist nicht zu denken; sie müssen sich festhalten. Sie müssen durch! Durch müssen sie! Sie sind mitten in der Brandung, schlimmer kann es nicht werden. Wenn nur die Segel nicht bersten, wenn nur das Ruder hält!

Wieder ein Brecher...

Auf der Reede von Blexen, dem oldenburgischen Weserdorf, das dwars von Bremerhaven liegt, ließen sie gegen Morgen den Anker fallen, pumpten das Gröbste heraus und krochen dann todmüde in ihre Kojen.

Es war an einem Sonntag. Die Glocken von Blexen, von Nordenham, von Geestendorf und von Bremerhaven klangen über die Weser, aber auf dem Fischerewer rührte sich nichts. Alles an Bord schlief.

Erst am Nachmittag zeigte sich wieder Leben an Deck. Die Seefischer erschienen einer nach dem andern und überholten das havarierte

Schiff, das schwer gelitten hatte. Sie pumpten es leer und freuten sich, als sie feststellten, daß es kein Wasser machte. Seemann beschnupperte den kahlen Besanmast und suchte das Nachthaus und sein Handschuhlager. Klaus und Kap Horn gingen gleich daran, das Großsegel zu nähen und einen Flicken darauf zu setzen, damit sie ohne Schlepper in die Geeste gelangen konnten.

Von Bremerhaven ließ Klaus drahten, und am nächsten Tag erschien der Obervorsteher Peter Fick von Finkenwärder und schätzte den Schaden ab. Dann kamen Zimmerbaas und Segelmacher, Reepschläger und Optiker zu gutem Verdienst – der Ewer aber mußte ganze acht Tage untätig am Kai liegen.

Endlich waren sie so weit, daß sie wieder in See gehen konnten.

»Sall he wedder mit?« fragte Kap Horn und meinte Störtebeker, der mit Seemann zwischen den weißen Eisschuppen tollte.

Klaus Mewes sah seinen Knecht verwundert an. »Worüm denn ne?« fragte er.

»Och nix, ik meen man bloß«, lenkte der Janmaat ab; der Schiffer aber sah ihn schief an und sagte: »Up wat för Gedanken du ok doch kommen kannst! Hett mol en betjen weiht, denn schall woll glik allens kodimmt warrn, wat?«

»Ik heff jo doch gornix seggt«, beschwichtigte der alte Jantje ihn sanftmütig und verschwand in der Kajüte.

Klaus stand still und sah ihm nach. Ein Wind ging durch seine Seele und wie ein Notfeuer zuckte es vor ihm auf: Hatte das Schicksal ihn warnen wollen, als es ihn über das Watt jagte? Sollte er den Jungen abmustern und seiner Mutter zurückschicken, die so sehnlich nach ihm verlangte?

Ach was – Weibergedanken! Der Junge blieb an Bord und damit gut.

»Störtebeker?«

»Wat schall ik, Vadder? Seemann, nu stopp, rittst mi jo de ganze Büx twei.«

»Wullt noch wedder mit no See?«

»Gewiß, Vadder!«

Das klang so selbstverständlich, daß Klaus Mewes nicht weiter fragte. Er nahm ihn mit zum Fischerhaus, um noch etwas Proviant zu kaufen. Im Fischerhaus zu Geestemünde hing ein schlichter Briefkasten an der Wand, unter dem Bild eines Lloyddampfers und neben dem Sammelschifflein der Deutschen Gesellschaft zur Rettung

Schiffbrüchiger. Es war nichts Besonderes daran, und doch konnte ich ihn nicht ohne die sonderbarsten Gedanken putzen, denn in ihm steckten die Briefe für die Fahrensleute, für die Schiffer, für die Matrosen. Nach schweren Stürmen, wie füllte er sich dann mit Briefen der Frauen, der Mütter, der Bräute! Wie mancher Seemann trat an den Kasten, schloß ihn auf und blätterte den Haufen durch, blätterte auch wohl ein zweites Mal. Fand er einen Brief, wie glänzten dann seine Augen! Mit verhaltener Stimme, der die Freude anzuhören war, bestellte er einen Bittern und setzte sich mit seinem Schatz in den Winkel, um zu lesen. Oder er lief spornstreichs zur Geeste hinunter. Fand einer nichts, so schloß er leise den Briefkasten. Ein anderer schlug ihn knallend zu.

Nun stand Klaus Mewes mit seinem Jungen davor und blätterte die Briefe durch.

»Peter Jonas? De fohrt ne no de Wesser!... Richard Grube? De Knecht is all lang afmunstert!... Hein Fock? Hest all Heimweh no dien vergneugten Hein, Geeschen?... Willem Mees?« Er machte eine lange Pause, denn Willem Mewes war geblieben... »Paul Külper? De liggt jo blangen uns. Den Breef bring ein eben gau dol, Störtebeker!«

Der Junge war bereit, Briefträger zu spielen, und lief eilends zur Geeste hinunter

»Jan Saß? De is no de Ilw, den Breef harrst di sporn kunnt, Trino!... Hinnik Loop? De kummt woll noch!... Kassen Husteen, Hinnik Wrie, Hein Külln, Haanrich Kinau... Seefischer Klaus Mewes, H. F. 125: Dat bün ik sülben! August, geef mi mol en lütjen Angostura!«

Er verschloß den Kasten und setzte sich mit seinem Brief an den Tisch. Die Zeilen waren stellenweise verkleckst, ein Zeichen, daß Gesa beim Schreiben geweint hatte.

Sie schrieb: Warum sie denn immer nach der Weser segelten und nicht einmal nach Hause kämen? Sie komme sich vor wie eine Witfrau, so einsam und verlassen sei sie, und habe Tag und Nacht keine Ruhe...

Klaus Mewes fühlte, wie es ihm im Halse aufstieg, und er bekam den Husten. »Dor is obern barg baschen Peper twüschen, August! Den mokst du woll sülben, wat?« sagte er laut und hielt das Glas mißtrauisch gegen das Licht. Dann las er weiter. Ob sie noch gesund wären, ob es den Jungen gar nicht nach Hause verlange? Er möchte doch sofort antworten! Am Deich erzählten sie so viel von ihnen. Was es mit der Havarei gewesen wäre?

Sie sagten, daß sie schon in London gewesen wären und immer mitten unter den Englischen fischten. Das möchte er doch ja lassen, denn das wären böse Briten, die könnten einen totschlagen, hätte der alte Gerd Eitzen gesagt... Hein Mücks Mutter sei bei ihr gewesen und habe gejammert, daß der Junge gar nichts von sich hören lasse. Wenn er nur nicht über Bord gegangen sei, habe sie gemeint.

Dann kamen wieder Klagen über ihr langes Ausbleiben. Klaus Mewes wurde es weich ums Herz. Er holte sich Black und Posensteel, das heißt Tinte und Feder, um Gesa einen langen Trostbrief zu schreiben. Als er aber die Feder eintunkte, wußte er nicht die Worte zu finden, und es wurde wieder einer der berühmten kurzen Briefe, in denen eigentlich nur stand: »Liebe Frau, es grüßt dich dein Mann!«

Als er den Brief zugeklebt und durch einen Schlag mit der Faust geglättet hatte, ging er aber doch im Bewußtsein einer guten Tat zum Ewer zurück, mit den Mehltüten unter dem Arm, rief Störtebeker, der auf einem Eiswagen saß und an einem getrockneten Petermantje kaute, und setzte die Segel.

Hein Mück bekam zwischen Großsegel und Besan seinen Segen.

»Segg mol, Hein, schriffst du denn keeneenmol no Hus? Dien gode Moder weet gornix van di af: Wat is dat egentlich?«

»Och, dat ole Schrieben, keen hett dor Lust to«, sagte der Koch leichthin, aber damit bekam er den ganzen Ewer gegen sich, sogar Seemann bellte ihn an, und sie ruhten nicht eher, bis er in die Kapp stieg und schnell einige Zeilen schrieb, die Störtebeker dann noch zwischen dem Losmachen der Stroppen ins Fischerhaus trug.

Die Weserfahrerei war aber noch nicht beendet, denn Klaus Mewes mochte sich kein Geld von Gesa schicken lassen, um sie nicht unruhig zu machen. Deshalb hatte er die große Havarei noch nicht ganz bezahlen können. Und weil es ihm ein Greuel war, Schulden zu haben, wie es ihm ein Greuel war, geflickte Segel am Mast oder geflickte Hosen am Leib zu tragen, so segelte er weiter nach der Weser und trug die Rechnungen ab. Auch war ihm bange, daß Gesa den Jungen zurückverlangte.

Einmal lagen sie im Alten Hafen zu Bremerhaven vor der Fischauktionshalle, da machten Kap Horn und Störtebeker eine schöne Reise: Sie gingen zu Fuß zum Neuen Hafen. Dort lag hinter den weißen Lloyddampfern und den englischen Baumwollkästen ein großes

Segelschiff, und das war Kap Horns alte Bark Elisabeth, auf der er lange Jahre gefahren war.

Piekfein hatte der alte Jantje sich gemacht, als er mit dem Jungen an Bord ging, um seinen alten Käppen zu begrüßen. Unter dem Arm trug er einen Beutel voll Fische, mit denen er ihn erfreuen wollte, denn er hing noch immer an dem Ollen, an sien Vadder.

Als sie am Fallreep standen, staunte Störtebeker sehr über die himmelhohen Masten und über die mächtigen Rahen, denn so nahe hatte er ein großes Schiff noch nicht gesehen. Am meisten aber mußte er sich über die vielen Taue wundern, aus denen er gar nicht klug werden konnte. Dann betraten sie den hohen grauen Windjammer. Der Alte war an Bord und freute sich über seinen alten Vollmatrosen. Obgleich der eigentlich vor den Mast gehörte, nahm er ihn doch sogleich mit ins geheiligte Achterdeck. Und sie spannen ein langes Schimannsgarn von alten und neuen Zeiten, von alten und neuen Schiffen, von alten und jungen Seeleuten.

Störtebeker lehnte erst, etwas benommen von dem ungeheuer langen Deck, an der Reling und hörte mit fremden Augen zu, dann aber untersuchte er das Schiff genauer, maß und klopfte, befühlte und besah. Er ließ sich von dem Koch, einem vergnügten Dicken, ins Verhör nehmen und bekam einen Löffel Labskaus ab, dann aber getraute er sich aufs Vorderdeck und peilte das Logis. Auf der Back saßen die Matrosen, die keine Landwache genommen hatten, und klönten. Einer spielte leise auf einer Mundharmonika und machte große Augen. Über dem Vortopp aber stand der gelbe Mond und spiegelte sich auf dem blanken Wasser des Hafens, und jenseits des Weserdeichs blinkten die Leuchtfeuer. Schweigend lagen die Dampfer in langen Reihen. Alle Arbeit schwieg. Einzelne Matrosen gingen auf dem Kai vorbei, um die Stadt und ihre Freuden aufzusuchen.

Störtebeker sah alles mit an und machte sich mancherlei Gedanken darüber, wenn auch das meiste noch durch seinen Kopf ging wie ein Traum. So blicken wir, wenn wir Menschen durch unseren Garten kommen sehen, die wir noch nicht kennen: Wer sind sie und was wollen sie von uns, bringen sie Gutes oder Schlechtes oder haben sie sich vielleicht nur in der Hausnummer versehen?

Erst blickten die Janmaaten nur wenig auf, als der Junge unter der Fockrah stand, als sie aber hörten, daß er Klaus Störtebeker hieß und ein kleiner Fischermann, ein Schollengreifer war, wurden sie lebendig, nahmen ihn in ihre Mitte und fragten ihn aus. Sie lachten über sein Finkenwärder Fischerplatt und versuchten, es nachzuahmen, sie zogen seine Seefestigkeit in Zweifel und verglichen den Fischerewer spottend mit einem Backtrog, der einen alten Kartoffelsack als Segel und einen Besenstiel als Mast hätte. Aber Störtebeker ließ sich nicht verblüffen; mit leuchtenden Augen verteidigte er den großen Ewer und die Seefischerei und sprach so klug und seemännisch von Fahrt und Wind, daß sie sich wunderten und mehrmals vor Erstaunen die Hände zusammenschlugen. Er zeigte auch, daß er von großen Schiffen etwas wußte, und nannte Rahen und Masten beim richtigen Namen, er kannte Nocken und Pferde, Back und Poop, nur mit den Tauen konnte er noch nicht fertig werden, da war er eigentlich nur der Wanten und Pardunen und Brassen ganz sicher.

»Un wo is Backbord?« fragte der Zimmermann, ein Däne.

»Dor frog dien Großmudder man no«, antwortete Störtebeker, »mi kannst ne förn Buern hebben.«

Er blieb aber bei den Matrosen, bis Kap Horn ihn von achtern aussang. Der Segelmacher, der großen Gefallen an ihm gefunden hatte – alle alten Seeleute sind wunderlich große Kinderfreunde –, schenkte ihm einen ausgestopften fliegenden Fisch, und sie entließen den kleinen Seemann mit Adjüst und Good bye.

Der Kapitän nahm ihn mit in seine Kajüte und zeigte ihm seine kleinen Schiffe, das große Haifischmaul und den aus Holz geschnitzten, wunderlichen Götzen, der mit dem Kopf nickte, wenn man ihn ansah. Auch der Kapitän freute sich über Störtebeker, und als der eine kleine nautische Prüfung mit Auszeichnung bestanden hatte, bekam er die Reichsprämie von dem Alten: ein weißseidenes Halstuch, das in Tschifu gekauft war.

»Nu gröt dien Vadder, du lütte Seeräuber.« Damit wurde Störtebeker schließlich entlassen, und als er mit Kap Horn auf dem Kai ging, standen die Matrosen auf der Back und sahen ihm nach, wie er hinter Eisenbahnwagen und Baumwollballen im Dunkel der Nacht verschwand. Und sie sprachen noch lange von ihm.

Klaus Mewes aber bewunderte das Halstuch und den fliegenden Fisch und ließ sich das große Erlebnis erzählen, während der Knecht mit blanken Augen auf der Bank saß und noch ganz von seinem alten Schiff erfüllt war.

Als der Kapitän der Elisabeth am anderen Tag etwas in der Bürgermeister-Smidt-Straße zu besorgen hatte, machte er einen Umweg und ging über den Alten Hafen, um die beiden Seefischer wiederzusehen und dem großen Klaus Mewes, von dem sein alter Matrose so viel erzählt hatte, einen Godendag zu entbieten. Aber der Ewer war schon in der Morgenfrühe nach See gesegelt, so daß Käppen Vinnen kein Glück hatte.

Einmal hatten sie dicht beim ersten Feuerschiff eingezogen und waren dabei, den Fang zu sichten und die Fische zu kehlen.
Störtebeker nahm die Knurrhähne aus, die er besser halten konnte als die glatten Schollen und die schleimigen Zungen. Da sah er unter dem Tang und den Seesternen einen besonders großen dicken Steinbutt zappeln. Er zog ihn heraus und wies ihn herum: »Kiek mol, Vadder, wat förn scheunen Steenbutt, rein en Stoot!«
Er stand dicht am Setzbord – und der Ewer holte in diesem Augenblick plötzlich weit über –, da sackte er langsam nach hinten und fiel in die See.
Mann über Bord!
Klaus Mewes, der wohlgefällig den Steinbutt betrachtet hatte, erhob sich jäh von dem Hummerkasten, auf dem er saß, warf Fisch und Messer hin, stürzte aufs Achterdeck und sprang dem Jungen nach, den er unter Wasser zappeln sah, denn die See war sehr klar und man konnte beinahe Grund sehen. Zu spät dachte er daran, daß er die schweren Stiefel hätte ausziehen sollen. Sie waren ihm sehr hinderlich. Er faßte den Jungen nicht und hatte Mühe, wieder an die Oberfläche zu kommen. Wie Blei hing es an ihm.
Da schwamm der Junge. »Hol di, Klaus, fix roonen!«
»Jo, Vadder!«
Bevor er zum zweiten Mal untertauchte, war sein Vater bei ihm und griff ihm unter die Arme. »Lot den Butt doch los, Junge!«
»Ne, Vadder!«
Zum Glück sah Klaus Mewes den Rettungsring treiben, den Kap Horn über Bord geworfen hatte, und es gelang ihm, ihn zu packen, ehe seine Kräfte erlahmt waren.
Mittlerweile hatten der Knecht und der Junge das Fahrzeug herumgekriegt und kamen auf sie zu. Klaus Mewes faßte die Leine, die

ihm zugeworfen wurde, und nun war Holland nicht mehr in Not. Sie wurden an Bord gezogen und konnten sich verpusten.

Störtebeker hatte den Steinbutt noch in der Hand. »Son scheunen Butt schull ik wedder swümmen loten?« sagte er vorwurfsvoll zu seinem Vater. Dann zog er das nasse Zeug aus und hängte es an den Wanten auf, damit Sonne und Wind es trockneten.

»Up See mütten Kummer gewinnt warrn«, sagte er lachend zu Kap Horn, der ihn kopfschüttelnd betrachtete, ging in die Koje, suchte sich trockenes Zeug aus dem Beutel und setzte sich ruhig wieder bei den Knurrhähnen hin, als wenn nichts geschehen wäre. Was war's denn auch weiter? Er hatte bloß einmal über Bord gelegen.

Dreizehnter Stremel

Is de Sommer all her? fragen die Frauen, die einander begegnen, denn ein grieser, nebeliger Tag liegt auf der Niederelbe, die bei tauber Tide schwerfällig ebbt. Nach starken nächtlichen Regengüssen ist die Luft dick geworden. So diesig ist es, daß die Sonne kaum einen Schatten werfen kann. Wie der Mond steht sie am Himmel, eine weiße Scheibe ohne Strahlen. Den Dunst vermag sie nicht zu vertreiben.

Im Fahrwasser besinnt alle Schiffahrt sich auf die kaiserliche Verordnung und erhebt ihre warnende Stimme, um Zusammenstöße zu vermeiden. Die vor Anker liegenden Bagger läuten die Glocke, die kreuzenden Segler blasen auf dem Ochsenhorn und die Dampfer tuten und brummen ununterbrochen auf der ganzen Strecke von Neumühlen bis Blankenese, daß man meinen könnte, mitten im Hamburger Hafen zu sein. Der Rauch, der den Schornsteinen entquillt, hat nicht die Kraft, sich zu erheben. Müde sackt er aufs Wasser. Alle Segel und Schiffe haben etwas Formloses, Gespenstisches.

Wie Herbst ist der Tag.

»Stuten! Weu ok Stuten?«

Metta Greuns, die Stutenfrau, die von dem schriftgelehrten Jan Stihr, der ein bißchen heilig ist, nicht mit Unrecht die Finkenwärder Morgenpost genannt wird, kommt mit ihren mächtigen Kiepen, die fast größer sind als sie, den Deich entlang und singt vor allen Türen.

»Wullt ok Stuten, Greta?« Oder Meetj oder Ilsbeeken oder Trina oder wie die Frau gerade heißt. Zu verwundern ist es, daß sie bei den vierhundert Häusern, die den Elbdeich krönen und die sie abzuklopfen hat, niemals Gesinen, Geeschen, Sillen, Oleitjen, Trinken, Angken, Wieschen und Ginen miteinander verwechselt.

Nun hat sie den Neß erreicht, setzt die Kiepen hin und atmet auf.

»Gesa, wullt ok Stuten hebben?« ruft sie ins Haus hinein. Die Seefischerfrau kommt heraus, bietet ihr Guten Morgen und macht sich über die gelichteten Kiepen her, um sich ihre Rundstücke und Überschnitte auszusuchen, wobei sie deren Frische nach Frauenart durch Bekneifen ermittelt.

Was für schöne Blumen die Gesa doch vor den Fenstern hat, denkt die Stutenfrau, die sich zum Ausruhen auf die Bank unter den Lindenbäumen gesetzt hat. Sie will sehen, daß sie von den dunklen Blutstropfen einmal einen Ableger bekommt. Diesmal aber noch nicht, denn sie hat etwas anderes auf dem Herzen. Als sie mit dem lokalen Teil und den Nachbargebieten fertig ist, fragt sie teilnehmend: »Diern, is dat wohr mit dien Jungen?«

Gesa schrickt zusammen, von böser Ahnung befallen. »Wat schall wohr ween?« fragt sie hastig und wird weiß im Gesicht.

»Weest du dor noch nix af?«

»Ne, wat schall ik weeten?« stößt Gesa heraus. »Ik weet bloß, wat he gesund un munter an Burd is!«

»Non, non, non, denn ist jo man god, mien Diern! Wenn dut ne weest, denn ist woll Snackeree vanne Lüd; de snackt sik jo eendeel trecht! Non, denn ist jo man god!«

»Wat hebbt se denn doch woll bloß seggt, Metta?«

»Och, denn lot dat man. Harr ik dat weeten, denn harr ik di gorne so verjogt, mien Diern! Föftein Penn giffst du ut, denn kriegst du jo noch wat wedder! Wat is dat ok doch dick van Dook vanmorgen!«

Aber Gesa läßt sich nicht ablenken, sie will wissen, was erzählt worden ist, und läßt der Witfrau keine Ruhe, bis sie es ihr sagt. Am Deich ist erzählt worden, daß der kleine Klaus Störtebeker über Bord gegangen und in der See ertrunken sei. Klaus Mewes sei ihm noch nachgesprungen, aber er habe ihn nicht wiederkriegen können. Wann es gewesen sein soll, weiß sie nicht, sie kann auch nicht sagen, welcher Seefischer es mitgebracht hat, sie weiß nur, daß es erzählt worden ist.

»Schree man ne gliek, mien Diern«, tröstet sie, »is ja bloß Snackeree.«

Aber Gesa hört nicht mehr. Weinend wankt sie in ihr Haus und bricht mit einem lauten Aufschrei vor dem Herd zusammen. Ein starkes Schluchzen erschüttert sie, und es dauert lange, bis sie sich wieder erheben kann. Dann sitzt sie mit tränenüberströmtem Gesicht am Tisch.

Es ist gewiß, es ist gewiß! ruft es in ihr, Klaus ist weg! Das ist mehr als bloßes Gespräch, es ist wahr! Sie hat keinen Jungen mehr, genau wie sie es geträumt hat! Heftiger fließen ihre Tränen. Nun weiß sie auch mit einem Mal, warum ihr Mann nicht mehr zur Elbe finden kann. Dieser grelle Blitz, der in ihre Seele gefallen ist, hat das Dunkel erhellt, das um seine Fahrt lag: Er kann ihr ohne Jungen nicht unter die Augen treten, er mag nicht sagen, daß er ihm über Bord gespült worden ist! Ob er nun auch noch lacht, der lachende Seefischer, der so sehr an seinem Jungen gehangen hat? Oder ob er ernst und still geworden ist, weil er seinen Störtebeker verloren hat?

Gesa schluchzt wild auf. Warum hat sie zugelassen, daß er mit zur See kam? Warum hat sie eingewilligt? Er war doch noch so klein, und alles in ihr schrie: Es geht nicht gut. Die Mutter, die ihr Kind aufgibt, gibt sich selbst auf: Das hast du getan, Gesa, klagt ihre Seele sie an. Nun hat der kleine Junge im bitteren Salzwasser ertrinken müssen und treibt ruhelos auf dem Meeresgrund zwischen Muscheln und Steinen umher! So lange Zeit, neun Wochen fast, hat sie ihn nicht mehr gesehen, und nun soll sie ihn gar nicht mehr zu sehen bekommen! Sie konnte ihm nicht einmal die Augen zudrücken, kann ihm keine Blumen auf sein Grab pflanzen!

Riesengroß liegt die Angst auf ihr, sie vermag sich ihrer nicht zu erwehren. Stiller geworden, ruhiger, sagt sie sich hundertmal: Nein, nein, es ist nicht wahr, es kann nicht wahr sein, es ist Gerede des Deiches, Schnackerei der Leute! Der Junge fällt nicht über Bord, und Klaus läßt ihn nicht ertrinken, eher ertrinkt er selbst mit! Nein, nein: Ihr kleiner Klaus lebt und lacht, wie sein großer Vater lebt und lacht, und bei Wind und Sonnenschein fischen und segeln sie auf See, die beiden Fahrensleute!

Aber die Angst weicht nicht aus ihrer Seele. Keine Hoffnung kann sie verjagen. Sie öffnet die Kommodenschieblade und sucht die letzten Briefe von Bremerhaven und Geestemünde heraus. In jedem steht, daß der Junge gesund und munter ist – und das sollte nicht wahr sein? Ein Mann wie Klaus Mewes sollte lügen können? Gesa kann es nicht glauben und richtet sich an diesen Briefen wieder auf. Aber wie eine Schlafwandlerin geht sie in diesen Tagen über Deich und Wurt, wartet auf den Briefträger und blickt über die Elbe. Sie findet keinen Schlaf und keine Ruhe mehr, bis sie gewiß weiß, daß ihr Junge lebt. Sie hat so viel an ihm gutzumachen, die arme Mutter – wenn er nur wiederkäme! Den Nachbarinnen weicht sie beharrlich aus. Sie kann deren fragende Augen nicht ertragen und will nichts hören und nichts sehen. Morgens, wenn die Sonne aufgeht, ist sie voll Hoffnung, aber nachts gibt sie wieder alles verloren. Ihre Augen sind von dem vielen Weinen geschwollen, und um ihren Mund hat sich eine Falte gegraben. Wäre nicht das Viehzeug, das sein Futter und seine Wartung verlangte, so hätte sie sich wohl eingeschlossen und wäre tiefdenkern geworden.

Am fünften Tag hielt sie einen Brief mit dem Geestemünder Stempel in der Hand und riß ihn so jäh auf, daß Jan sie verwundert anguckte. Sie las, daß Störtebeker gesund und munter wäre, dann aber kamen die Zweifel wieder über sie, sie stöhnte auf und zerknüllte den Brief. »Dat lügst du, Klaus Mees, he is verdrunken!« schrie ihre gemarterte Seele. In der Nacht umbrauste der Wind das Haus, so daß sie wenig Schlaf finden konnte und keine klaren Gedanken zu fassen vermochte. Ihre Seele war krank und wund, und aus dem Rauschen der Linden und Eschen klang ihr die klagende Stimme des Jungen.
Als der Morgen dämmerte, war sie entschlossen, mit der Eisenbahn zur Weser zu fahren und sich Gewißheit zu verschaffen. Sie mußte Ruhe haben. Sie konnte es nicht mehr aushalten. Da zog sie ihr schwarzseidenes Kleid an und machte sich reisefertig. Als sie alles bereit hatte – es gehörte sehr viel dazu, denn sie war erst wenig mit der Eisenbahn gefahren –, vertraute sie Haus und Hof dem alten Jäger an, der gar nicht wußte, was los war, und es auch nicht herausbekommen konnte, denn sie sagte nur, daß sie etwas in der Stadt zu besorgen habe und erst am nächsten Abend zurückkomme.
Die Frauen, die vor den Türen oder auf dem Deich standen, erwiderten ihren Gruß in etwas langgezogenem Ton, der besagt: Na, was hast du denn vor, willst es uns nicht erzählen? Aber sie ging nicht darauf ein, sondern machte, daß sie weiterkam, denn das, was Klaus Mewes ein Quell der Freude und Erquickung war, den Deich entlang zu gehen, jeden anzusprechen und vor allen Türen stehen zu bleiben, erschien ihr, der Ortsfremden, wie ein Spießrutenlaufen mit Hindernissen.

Wenn sie vorbei war, steckten die Frauen die Köpfe zusammen und sahen ihr nach.

»Se hett jo man bloß den eenen Jungen«, hieß es dann.

Bei der Post dachte sie daran, ob es nicht besser wäre, nach Geestemünde drahten zu lassen und ihre Ankunft zu melden. Sie tat es aber nicht, damit Klaus nicht nach See ging, bevor sie da war. Er sollte nicht wissen, daß sie unterwegs war. Wenn sie ihn nicht mehr antraf, konnte sie gewiß bei den anderen Ewern die Wahrheit erfahren.

Der Klapperkasten Courier paddelte langsam, aber sicher aus dem Fleet und setzte sie in St. Pauli ab. Dort stieg sie in die Pferdebahn und fuhr zum Hannoverschen Bahnhof, den die Hamburger so gern den Pariser nannten.

Der Bahnfahrt ungewohnt, kam sie am späten Nachmittag müde und angegriffen in Geestendorf an und fragte sich nach der Geeste durch. Sie erreichte auch den Deich, sah im Westen und Norden die breite Außenweser und ging zum Kai hinunter, zum Kai, wo die Fischewer in langer, doppelter und dreifacher Reihe lagen, denn der Wind hatte viele von ihnen hergeweht. Obgleich sie an weiter nichts dachte als an ihren Jungen und weiter nichts suchte als H. F. 125, sah sie doch, daß hier an der Geeste eigentlich gar nichts Besonderes los war; da standen Eisschuppen und da Werften, hüben waren Holzstapel und drüben schmutzige graue Maschinenhäuser und weiter nichts als höchstens noch Kohlenhaufen. Was Klaus wohl hatte, daß er immer so gern nach der Weser segelte, wenn es weiter nichts war als diese graue Ecke, die sich mit dem grünen Deich doch nie vergleichen konnte?

Sie las die Nummern der Ewer und suchte den Laertes. Fragen mochte sie nicht, obgleich einige Jungen an Deck standen. Da rief Jannis Sloo sie an, der mit einem Norderneyer Schaluppenfischer sprach: »Süh, Gesa, ok mol oberreist?«

Sie gab keine Antwort, sondern ging weiter. »Klaus liggt dor wieder rup« rief er ihr noch nach. »Dor eben vörre Brügg, de Flagg dor, dat is he!«

Die Flagge – sie mußte bitter und schmerzlich lächeln: so wenig Seefischerfrau war sie, daß sie nicht einmal an das allgemein bekannte Zeichen des Ewers gedacht hatte. Ja, da wehte die deutsche Flagge auf der Besan, lustig und fröhlich wie immer. Aber ihr tat sie diesmal weh, weil Klaus sie nicht einmal halbstock gesetzt hatte.

Es wollte schon schummerig werden, als sie vor dem Ewer stand. Tief aufatmend hielt sie sich einen Augenblick am Pfahl fest. In ihren Ohren sauste es, und ihr Herz klopfte schmerzhaft: Sollte sie nicht doch noch umkehren?

In der Kajüte brannte schon Licht; weil die Schienkapp aber halb von der Fock bedeckt war, konnte man vom Kai aus niemanden erkennen. Wie willenlos schlich Gesa sich auf den Ewer und stieg die Treppe hinunter. Dann stand sie auf der dunkeln Diele und blickte durch das rautenförmige Türfenster in die helle Kajüte hinein.

Da war der Tisch aufgeklappt, die dampfende Klütjenpfanne stand auf einem Tauring, und die Seefischer saßen im Kreis herum, hatten die Gabeln in Händen und langten tüchtig zu. Obenan saß Klaus Mewes, groß und breit; da saß Kap Horn mit seinem Gelehrtengesicht und erzählte von der großen Hitze im Roten Meer; da saß Hein Mück mit einem Gesicht, das besagte: Un wenn du teinmol Kap Horn heest un vant Rode Meer snacken kannst, dorüm büst un blifft du doch en Butenlanner vör mi; da saß der griese Seemann und liebäugelte mit den gebratenen Klößen. Zwischen Seemann und Klaus Mewes aber saß mit lachendem Gesicht der kleine Klaus Störtebeker und fragte in einem fort dazwischen.

Gesa stand reglos im Dunkeln. Es war ihr, als hörte sie eine Stimme hinter sich, die sie lange nicht mehr vernommen hatte, die ihrer Mutter auf der Geest: Das ist ein Traum, Gesa, wenn du dich besinnst und die Augen aufmachst, dann stehst du nicht mehr auf der Ewerdiele und siehst kein Licht mehr. Dann ist alles dunkel, und du findest dich in deinem einsamen Bett am Deich wieder. Sieh deinen Jungen still an und halt ihn fest, den Traum...

Da rief Störtebeker: »Dat is wat to dull mit di, Hein Mück, jedesmol mokst du de Brotklütjen to sult!« Und er stand auf, um aus dem Wasserfaß auf der Diele zu trinken. Als er die Tür aufriß, war es mit Gesas Kraft zu Ende.

»Klaus, mien Klaus!« schrie sie auf und sank um.

Schiffer und Frau waren allein in der Kajüte. Als Klaus Mewes seine Gesa aufgehoben und ins Licht getragen hatte, waren die anderen hinausgeschlichen, um nicht zu stören.

Hein Mück war zum Tingeltangel gegangen, um sich etwas vorsingen zu lassen, Kap Horn und Störtebeker aber standen auf Deck und guckten nach dem englischen Dampfer im Trockendock von Wenke, an dem noch bei Licht eifrig gearbeitet wurde. Der Junge war schweigsam geworden. Er gab kaum noch Antwort, denn er ahnte, daß es unten um ihn ging, daß er von Bord sollte. Der Knecht fühlte es auch und machte sich Gedanken darüber.

Es ging um Störtebeker.

Zäh und leidenschaftlich rang die Mutter um ihr Kind, mit krankhafter Heftigkeit verlangte sie es zurück, sie drohte und warnte, bat und schmeichelte, weinte und schluchzte. Ruhig und gelassen verteidigte Klaus Mewes seinen Jungen und lachte ihrer Angriffe. Er gab nicht so leicht etwas auf, was er hatte, und hielt es meistens mit dem lübischen Recht: wat wi hebbt, dat hebbt wi! Und hier stand er auf gutem Grund und Boden, denn das Recht der Gesunden schien ihm höher zu stehen als das der Kranken. Aber Gesa ließ nicht nach. Die lang unterdrückte und gehemmte Mutterliebe gab ihr Worte und Gedanken ein, die ihn schließlich doch aus seiner Ruhe brachten. Und als er sich hinreißen ließ, heftig zu werden, da hatte er verspielt. Er mußte einwilligen, daß der Junge mit nach Hause reiste. Als er sein Wort gegeben hatte, stand er auf und ging unruhig auf und ab. Er war uneins mit sich geworden, und es rief ständig in ihm: Du steuerst verkehrt, Klaus Mewes, du steuerst verkehrt! Gib den Jungen nicht hin, laß ihn nicht von Bord. Der gehört zu dir und zu niemand anderem! Aber er hatte sein Wort gegeben, ihn vor dem Herbst abzumustern, nicht einmal, siebenmal hatte er es versprochen, und mußte es endlich halten, denn Gesa war gekommen und hatte die Unruhe und den Herbst in sein Herz gebracht. Sie wollte nicht ohne den Jungen von Bord gehen und ging auch nicht ohne ihn von Bord.

Ein schiefes, verkehrtes Ende der schönen Sommerfahrt war dieser Beschluß, darüber kam er nicht hinweg. Er hätte den Jungen selbst zum Neß bringen müssen, mit seinem Ewer: darein hätte er sich vielleicht gefügt. Noch einmal machte er den Versuch, Gesa zu bewegen, an Bord zu bleiben und die eine Reise, die gewiß nach der Elbe gehen sollte, mitzumachen. Aber sie ging nicht darauf ein. Er mußte Wort halten.

Der schwerste Streek kam: Er mußte es seinem Jungen sagen.

Als er rief, sagte Störtebeker hastig zu Kap Horn: »Un ik goh ne mit un goh ne mit!« Dann trat er in den Lichtkreis.

Klaus Mewes studierte das Wetterglas, als er es ihm sagte.

Störtebeker erwiderte kein Wort. Er hatte das Gefühl, als ob sein Vater ihn schlüge, und bei Schlägen sagte er nichts. Seemann richtete sich an seinem Bein auf, als wolle er ihn trösten, aber er wurde es gar nicht gewahr. Hätte seine Mutter ihn in diesem Augenblick umarmt, er hätte etwas Häßliches getan, aber sie war klug genug, es zu lassen.

Erst als er nachher draußen auf der Diele in der Segelkoje lag (denn in seines Vaters Koje war kein Platz mehr für ihn, und bei Kap Horn wollte er nicht schlafen), löste sich der Bann, und er wimmerte die ganze Nacht wie ein wundes Tier, weil sein Vater ihn nicht wieder mit nach See nehmen wollte. Er glaubte, sie hörten ihn nicht, aber sein Vater, der auch nicht schlafen konnte, hörte ihn wohl, und wenn er nicht gefürchtet hätte, Gesa oder die Leute könnten es merken, wäre er aufgestanden und zu seinem Jungen in die Koje gekrochen.

In den Wanten brauste der Wind, und schwerer Regen klatschte auf das Deck.

Am anderen Morgen half Störtebeker noch getreulich beim Pumpen, während seine Mutter schon seine Sachen einpackte. Sie hatte gelernt, wie die beiden genommen werden mußten, und handelte danach.

Klaus Mewes ging auf dem Achterdeck auf und ab und guckte den Himmel an, aber ohne Teilnahme. Er hätte lieber einen schweren Sturm auf der großen Fischerbank ausgestanden, als daß er nun seinen Jungen von Bord jagen mußte wie einen unbrauchbaren, seekranken Koch. Im Traum hatte er gesehen, wie Störtebeker sich im letzten Augenblick an die Wanten geklammert hatte: mit Gewalt hatte er ihm die Hände lösen müssen. Dann war er unter die Winsch gekrochen, zuletzt war er sogar in den achtersten Mast geklettert und hatte gerufen: Holst du mi dol, Vadder, denn riet ik dien Flagg twei! Da hatte der Wind aufgeheult und ihn geweckt.

Störtebeker half beim Deckschrubben und sprach mit dem Knecht und dem Jungen, aber mit seinem Vater sprach er nicht; als sähe er ihn nicht, so tat er.

Da guckte Gesa aus der Kapp und rief: »Kumm, Klaus, du müß di klor moken!« Sie war schon ganz angezogen, dunkel wie das Schicksal selbst.

Störtebeker tat, als wenn er nichts gehört hätte. »Dien Mudder hett di ropen, Klaus, goh dol«, sagte Klaus Mewes ernst.

Da setzte der Junge die Pütz hin und sah ihn zum erstenmal wieder an. »Schall ik würklich van Burd, Vadder?« fragte er mit heiserer Stimme.

165

Klaus Mewes nickte ernst.

Da ging der Junge schweigend in die Kajüte und ließ die Mutter mit ihm machen, was sie wollte. Was sie ihm dabei erzählte, vom Deich und seinen Spielkameraden, das war ihm zuwider, und er hörte kaum darauf.

Schließlich nahm er an Deck Abschied von dem Ewer und von Hein und Kap Horn. »Hol di man fuchtig«, sagte Hein, ohne sich viel dabei zu denken. Kap Horn aber, der tiefer sah und den Jammer des Jungen fühlte, gab ihm die Hand und tröstete: »Nich bang wesen, Klaus Störtebeker, nicht bang wesen! Wi kriegt all nich unsern Willen! Annern Sommer kummst du wedder mit no See!«

Störtebecker wandte sich ab, als wenn er sagen wollte: Das glaubst du ja selbst nicht!

»Adjüs, mien Seemann«, sagte er und streichelte dem Hund das struppige Fell.

»De bringt di noch langs«, rief Klaus Mewes, der sich auch fertig gemacht hatte, um sie zum Bahnhof zu begleiten.

Als sie den Deich erreicht hatten, sah Störtebeker noch einmal verloren nach der Geeste und suchte die Flagge, aber er konnte sie nicht mehr sehen, denn die Eisschuppen hatten sich dazwischengedrängt. Nur von der meeresbreiten, grauen Weser konnte er noch einen Streifen sehen. Er sagte aber nichts.

Auf dem Bahnhof drängte Gesa zum Einsteigen, obwohl noch Zeit genug vorhanden war. Sie suchte einen guten Fensterplatz in der Mitte des Zuges aus und blickte mit ihrem Jungen hinaus. Die Lokomotive pfiff, und die Wagen setzten sich langsam in Bewegung.

»Adjüst, mien Jung!«

»Adjüst, Vadder, jüst Seemann!«

Störtebeker blickte noch lange Zeit starr aus dem Fenster und winkte, bis Gesa ihn wortlos an sich zog. Da löste es sich in ihm, und er legte den Kopf auf ihren Schoß und weinte bitterlich. Weil beide allein in dem Abteil waren, sagte sie nichts dagegen, sondern strich ihm nur leise und weich über das sonnenhelle Haar.

Klaus Mewes aber ging langsam und in Gedanken zu seinem Ewer zurück. Seemann blieb manchmal fragend stehen, denn es war nicht der richtige Weg. Erst als sie beim Petroleumhafen inmitten der hohen weißen Erdöltanks waren, merkte der Seefischer, daß er sich verlaufen hatte, und ging über die Geleise zurück. Wie in eine Totenkammer trat er in seine Kajüte und ließ sich müde auf die Kojenbank fallen, denn er hatte einen schweren Streek hinter sich.

Was für einen sonderbaren Traum hast du gehabt, Klaus Mewes, sprach eine Stimme in ihm. Dir träumte, daß Gesa gekommen sei und den Jungen mitgenommen hätte, und du weißt doch ganz gut, daß der kleine Klaus Störtebeker vor der Weser über Bord gegangen und ertrunken ist. Sie haben es ja sogar schon am Deich laut erzählt.

An dem Tag schmeckten ihm keine Arbeit und kein Essen, denn der Junge fehlte ihm dabei. Überall guckten ihn die klaren, lachenden, blauen Augen an. Ruhelos ging er vom Deck in die Kajüte und wieder nach oben, als ob er etwas verloren hätte, das er nicht wiederfinden könne. Er war gänzlich aus dem Kurs gekommen und hatte einen heißen Zorn auf sich, daß er sich so hatte überteufeln und unterkriegen lassen.

Dem alten getreuen Knecht erging es wenig besser. Auch er hatte die halben Segel back gebraßt und konnte keine Fahrt machen. Störtebeker fehlte vorn und achtern. Wieviel er von dem Jungen hielt, fühlte er erst jetzt so recht.

Mitunter sahen Schiffer und Knecht einander scheu an wie Leute, die kein gutes Gewissen haben, denn sie hatten ihren fröhlichen Maat verraten und verkauft wie die Kinder Israel ihren Bruder Josef, und fühlten, daß sie das nicht wieder gutmachen konnten, daß der Junge es weder verwinden noch vergessen würde.

Als das Wetter gegen Abend aufklärte, setzten sie Segel und gingen hinaus, um auf See Trost zu suchen.

Vierzehnter Stremel

Der Deich war noch nicht eingesunken, und die Elbe war noch nicht zugeschüttet, kein Graben war ausgetrocknet, und keine Esche war umgeweht. Kluß saß noch struppig und vergnügt in seinem Hummerkasten, und die Kaninchen muffelten noch in ihrem Stroh herum: Das ganze bunte Reich auf dem Neß war noch so wie vorher, aber der mit der Eisenbahn von der Weser zurückgekommen war, der war anders geworden. Der ging wie ein Fremder den Deich entlang und stand wie im Traum unter den Linden. Er fand sich nicht mehr in seinem kleinen Herzogtum zurecht, weil er es nicht wollte.

Zuviel hatte er von der See und von der Schiffahrt gekostet! Was galten ihm noch die schmalen seichten Gräben, seit er die ungeheure, tiefe See gesehen hatte! Was galten ihm noch Blankenese und das Alte Land, der auf Helgoland und in Bremen gewesen war! Was sollte er noch mit den Gören spielen, wo er doch einen ganzen Sommer lang Seefischer gewesen war und einen großen Fischerewer allein gesteuert hatte. Was sollte er mit ihnen durch den Schlick waten oder am Bollwerk spaddeln, wo er doch vom Steven hinabgesprungen war und mit seinem Vater in der See geschwommen hatte!

Wohl fütterte er sein Vieh wieder, er fischte in den Gräben und streifte in den Pütten umher, aber er tat es nur, um sich die Zeit zu vertreiben, und nicht, weil es ihm Spaß machte. Wenn er wenigstens seine Siebenmeilenstiefel gehabt hätte, die er an Bord zurückgelassen hatte, und seinen grünen nordischen Kahn, der noch unter den Luken stand!

Wie in einem Gefängnis verbrachte er die Tage, ging seiner Mutter weit aus dem Weg und spähte viel nach dem Ewer aus, denn wenn er seinem Vater auch gram war, so verlangte ihn doch schon wieder sehr nach ihm. Das Leben ohne seinen Vater war überhaupt kein Leben mehr für ihn.

Mit den anderen Jungen konnte er sich nicht mehr anfreunden. Nach und nach zerstritt er sich mit allen, daß zuletzt kaum noch einer mit ihm sprach und keiner mehr zum Neß kam, um mit ihm loszugehen. Denn er sprach wie ein Großer mit ihnen, befahl noch mehr als früher, konnte keinen Widerspruch vertragen, namentlich nicht in Fischer- und Wetterdingen (»dat mütt ik as Fohrnsmann doch woll beter weten as du Kiekinnewilt«, hieß es herrisch) – und das ließen sie sich bald nicht mehr von ihm gefallen. So war er die meiste Zeit allein.

Gesa ließ ihn in Ruhe. Wenn sie sich auch innerlich quälte, weil er ihr selten ein gutes Wort gönnte und einen Bogen um sie machte, so ließ sie sich äußerlich doch nichts anmerken, sondern wartete geduldig, daß die Zeit die große Wunde heile. Sie vertraute fest darauf, daß der Junge die See vergessen würde. So wenig kannte sie ihn.

Nach zwölf Tagen schwenkte Störtebeker den Kieker vor Freude und rief ins Haus: »Vadder kummt up!« Gesa lächelte und dachte: Ei, Klaus Mewes, ist dir die Elbe nun mit einem Mal nicht mehr zu abgelegen? Dann ging sie hinaus und fragte, wo der Ewer sei. Störtebeker ließ sie durch das Glas gucken und zeigte ihr einen dunkeln Punkt weit hinten, zwischen Hahnöfer und Schweinesand. Sie konnte kaum erkennen, daß es ein Fischerewer war, aber er blieb dabei, es wäre sein Vater, er kenne ihn ganz genau an den Segeln; sie könne getrost Essen machen.

Und Störtebeker behielt recht: Es war sein Vater, der mit der Flut und dem Westwind herankam und größer und größer wurde. Die braunen Lappen wuchsen, und der grüne Steven hob sich höher aus dem Wasser. Nun war auch die Nummer schon zu lesen: H. F. 125.

Störtebeker blieb am Bollwerk stehen und sah ihm unverwandt entgegen. Hätte er seinen Kahn schon gehabt, er wäre wieder hinausgewriggt und hätte das Fahrzeug jubelnd umkreist.

Da stand sein Vater am Ruder, und Seemann lief eifrig hin und her, sprang über Schoten und Blöcke und tat, als ob er der wichtigste Mann an Bord wäre. Da stand Kap Horn am Steven hinter dem Spill, um auf den ersten Ruf des Schiffers den Anker in die Tiefe donnern zu lassen, und Hein Mück hatte schon Hand an das Fockfall gelegt.

»Höh, Vadder!« So rief er über das Wasser, immer wieder: »Höh, Vadder! Höh, Kap Horn! Höh, Hein Mück!«

Da guckten die Fahrensleute rasch auf, und als sie den Jungen zwischen den Wicheln erkannt hatten, freuten sie sich über die Maßen und winkten und riefen. Klaus Mewes hatte schon damit gerechnet, daß der trotzige Junge wegliefe, wenn er wieder nach Hause käme – und er hätte es ihm gar nicht einmal so sehr verdacht. Wie freute er sich nun, daß Störtebeker gesund und fröhlich am Wasser stand und Ausguck hielt!

»Gohn den Draggen! Fock dol!« scholl es dann über Deck, und das Echo am Bollwerk wiederholte es laut und übermütig, denn das Herz war ihm warm geworden: »Gohn den Draggen! Fock dol!« Da gewahrte auch Seemann seinen Kameraden, den er auf See so manches Mal vergeblich gesucht hatte, wenn sein Herr fragte: Neem is Störtebeker, Seemann? Und er stellte sich mit den Vorderpfoten auf den Schwertkopf und bellte grüßend, während die Kette durch die Klüse rollte und der Ewer schwoite.

Killend fiel die Fock, dann bargen sie den großen Klüver, nahmen das Toppsegel weg, warfen das Großsegel und fierten die Besan herunter. Die Freude trieb die Fischer an, aber dem Jungen dauerte es dennoch viel zu lange, er konnte schon gar nicht mehr warten und ging ungeduldig zwischen den Bäumen hin und her. Endlich waren die

Segel zusammengebunden, und das Boot konnte über Bord gesetzt werden. Es wurde aber auch Zeit, denn Störtebeker konnte sich nicht entsinnen, daß es jemals so lange gedauert hätte! War Kap Horn schon zu alt für die Fahrt geworden, oder woran lag es sonst? Das ging ja bannig sinnig!

»Mien Kohn ne vergeten, Vadder!« rief er. Klaus Mewes hob die Hand zum Zeichen, daß er verstanden hatte, und es dauerte nicht lange, da wiegte der kleine grüne Kahn sich neben dem Boot auf der leichten Dünung, die vom Fahrwasser herüberwallte. Dann nahm Hein die getrockneten Scharben von der Leine und warf sie in eine Kiepe, Kap Horn öffnete die Luken und stieg zu den Eiskisten hinunter, um einige Fische für den Deich einzupacken, Klaus Mewes aber kam mit seinem Reisekorb und einigen Beuteln in der rechten Hand und Störtebekers Seestiefeln in der linken aus der Kapp und stieg ins Boot.

Endlich kamen sie an. Hein Mück wriggte, wie es ihm als Jungen zukam, Seemann stand auf der vordersten Ducht als Lotse, Klaus Mewes und Kap Horn saßen im Mittel auf der Mastenducht, und der Kahn schleppte an der Kette nach.

Es wurde aber auch hohe Zeit, denn Störtebeker hatte schon mehrmals seine Hand ins Wasser gesteckt, und wenn es noch länger gedauert hätte, hätte er sich nackt ausgezogen und wäre zum Ewer geschwommen.

»Seemann, Seemann, biet mi doch ne de Nees af«, lachte er nun und wehrte dem Hund, dann griff er nach seinen großen Stiefeln und trug sie im Triumph den Deich hinan, der Herold der langsam nachkommenden Seefischer. Seemann, der auch etwas tragen wollte, hatte sich ein Stückchen Segeltuch aus dem Boot geschnüffelt und schleppte sich damit ab.

Da war große Freude auf dem Neß: Erst tranken sie köstlichen Kaffee in der Küche, und die gelben Birnen und rotbackigen Äpfel, die sich leicht im Wind wiegten, lachten sie von draußen an. Und köstlich war Störtebekers Fragerei nach dem Wetter und nach dem Fang: Er hörte nicht eher auf, bis er die ganze Reise von Streek zu Streek wie ein buntes Bilderbuch vor sich ausgebreitet sah.

Gesa wunderte sich sehr über seine große Munterkeit und sah Klaus mehrmals bedeutsam an; er wußte aber nicht, was sie damit sagen wollte.

Nach dem Kaffee hängte Störtebeker mit Hein Mück die Scharben auf, dann versorgte er die Nachbarschaft mit Schollen vom letzten Hol und half die Fische vorbereiten, die sie selbst braten wollten, denn er konnte schon Flossen und Steerte abschneiden. Alle seine Unlust war verweht und verflogen: Er lebte und lachte wieder. Er schipperte mit seinem Vater, in dessen Augen auch ein Leuchten stand, an Bord und ging wieder auf seinem großen schönen Ewer umher, er pumpte und schrubbte, er bewegte das Ruder, als wenn er steuerte, er drehte die Winsch, um sich an das Einziehen der Kurre erinnern zu lassen, er kletterte in die Wanten, als wolle er den dicken Neuwerker Feuerturm an der Kimm suchen, er sah nach dem Kompaß und nach allem.

Abends hockte er oben im Wipfel der Linde und piepte wie ein Sperling, während sein Vater und seine Mutter, Kap Horn und der Jäger in der Dämmerung auf der Bank saßen, nach den Lichtern auf der Elbe guckten und in geruhsamem Gespräch verweilten. Als der Spatz aber gar nicht ins Nest wollte, ergriff Klaus Mewes ihn zuletzt an den nackten Beinen, zog ihn herunter und steckte ihn in die Koje.

In der Nacht um zwei lief der Wecker ab. Klaus Mewes und Störtebeker standen auf und zogen sich an, dann gingen sie im Dunkeln den Deich entlang nach der Neßkule, wo der Kahn lag. Es war neblig und naßkalt. Die Bäume tropften, und in den Pappeln saß ein Flüstern, wie die Seen es an sich haben, wenn sie um den Steven glucksen. Auf den Feldern lauerte der Fuchs.

Störtebeker trug ein dickes wollenes Halstuch und hatte seine großen Stiefel an. Sie kletterten schweigend ins Fahrzeug und stießen vom Land ab. Der Junge wriggte. Neben ihm rauschte das Reet, und in der Schleuse murmelte das Wasser. Auf der Wisch lagen die schwarzen Kühe reglos im Gras und erwarteten den Morgen. Eine wilde Ente flog auf und verschwand surrend.

Als sie die Elbe erreicht hatten, wurde es noch kälter. Der fliegende Nebel wischte seine feuchten Hände an ihnen ab und ließ sie erschauern. Klaus Mewes saß nachdenklich auf der Ducht und hörte auf das Knarren des Riemens, als wenn es etwas zu bedeuten hätte. Eine Jolle, die kein Licht brennen hatte, zog mit ihrem hohen dunkeln Segel wie ein Gespenst vorbei, dann stieg der Ewer so groß und schwarz vor ihnen auf, daß Klaus Mewes erbebte, denn er meinte, ein fremdes Schiff vor sich zu haben.

Sie kletterten an Bord und weckten die Leute, die in den Kojen schliefen. Die Laterne wurde angesteckt; dann suchten sie Körbe und Hummerkasten und packten die Fische aus dem Eis. Das Boot wurde klargemacht, der Mast aufgesetzt und das Segel gehißt, sie verstauten die Körbe und Kasten zwischen den Duchten, dann versank der Ewer wieder in Nacht und Schweigen. Klaus Mewes und sein Junge aber segelten mit dem Boot zum Fahrwasser hinaus. Es war mittlerweile Flut geworden, so daß sie trotz des schwachen Windes gute Fahrt machen konnten. Sie saßen beide auf der Achterducht, und jeder hatte eine Hand auf dem Helmholz des Ruders liegen. Große, hohe, leere Kohlendampfer, die von oben kamen, mahlten an ihnen vorbei und zwangen das Boot, sich hinter ihnen tief zu verneigen. Die Schrauben hauten halb aus dem Wasser und wirbelten den Schaum hoch auf. Vor und hinter ihnen segelten viele Jalken und Jollen, Boote und Ewer, aber obgleich Klaus Mewes manches Fahrzeug kannte, rief er doch keins an, denn ihm war zum Schweigen zumute.

Machte das der Herbst, der sich ankündigte, dachte er an die Stürme, die ihm bevorstanden, oder kam es von dem Jungen, der neben ihm saß? Er konnte es nicht deuten.

Als der Morgen graute, kamen sie zu St. Pauli an und machten fest, setzten ihre Fische in die Halle und warteten den Beginn der Versteigerung ab. Um sechs scholl die Glocke laut durch das Gewölbe und rief die Fischhändler, die Höker und Weiber zusammen, der Auktionator erhob seine Stimme, und ein Hammerschlag folgte dem anderen, denn bei den Fischen gibt es kein langes Besinnen. Der große und der kleine Klaus warteten, bis die Reihe an sie kam und Gustav Platzmann ihre Fische verklopfte, die großen Zungen, die Mittelzungen, die kleinen, die Kleiße und Steinbutte, die Schollen und Rochen, die Petermännchen und Knurrhähne. Störtebeker mußte sich sehr wundern, denn als er dachte, nun ginge der Handel los, da war schon alles verkauft, und die Händler standen bereits auf anderen Kisten. Aber auch Klaus Mewes machte sich Gedanken darüber, daß alles so schnellgegangen war. Was er in langen, mühseligen Streeken, an stürmischen Tagen und in dunklen Nächten dem Meer abgewonnen hatte, was er Fisch für Fisch in der Hand gehabt und sorgsam auf Eis gebettet hatte, das wurde hier in einer Minute mit drei Hammerschlägen abgetan. »Nu goh man hin un hol man frische Fisch, Klaus Mewes« – und damit basta.

Die Abrechnung konnte er erst später bekommen, sie hatten deshalb noch viel Zeit. Als sie die Fische der anderen Ewer und Kutter gemustert hatten, guckten sie nach Altona hinüber und schauten den Elbjollen in die Bünnen, dann kehrten sie bei Eierkohrs an der Ecke der Schellfischhalle ein und tranken Kaffee. Und weil es schien, als wenn die Zeiger der Uhr festgebunden wären, stiefelten sie sogar noch zur Reeperbahn hinauf. Aber da war noch alles tot, der Kasper schlief noch. Sie guckten denn auch nur eben bei Umlauff und Hagenbeck und beim Panoptikum in die Fenster und gingen dann zurück zum Fischmarkt.

»Non, Klaus, schall de Jung nu wedder mit no See?« fragte Jan Tiemann, der Elbfischer.

»Ne, Jan, he is bloß mol mit to Markt«, sagte Klaus Mewes.

»Jäh, jäh, Klaus, dat magst du woll seggen. Is ok all to winnig buten, is to ruselig, Klaus! Is keen Gelegenheit mihr för son lütje Geutjen, Klaus!«

Klaus Mewes nickte halb, Störtebeker aber sah den Elbfischer feindselig an und dachte: Wat weest du Buttpedder dorvan af?

Als sie später mit der Ebbe hinunterkreuzten, inmitten der vielen Dreuchewer unter Segel, war Klaus Mewes seiner Gedanken ledig und blickte wieder fröhlich über die Elbe. Störtebeker sah ihn von der Seite an und wollte fragen, was er schon gestern am Bollwerk fragen wollte und was ihm seitdem schwer auf dem Herzen lag: ob er wieder mit an Bord solle, wieder mit nach See. Sie hatten eine schöne Reise gemacht, das hatte er in der Halle wohl gehört. Konnte es da nicht sein, daß sein Vater ja sagte? Aber so viele Male er auch ansetzte, er brachte die Worte doch nicht heraus; im letzten Augenblick stotterte er und fragte nach einem nahen Schiff oder nach etwas anderem. Klaus Mewes fühlte wohl die Not seines Jungen, aber er tat, als sei er ganz unbefangen.

So segelten sie die Elbe hinunter.

Nach dem Essen legte der Schiffer die Abrechnung von St. Pauli auf den Tisch, daß sie jeder sehen konnte, und der Knecht bekam dreizehn Prozent, der Junge neun Prozent des Erlöses. Klaus Mewes, der gute Leute hatte und ein glücklicher Seefischer war, konnte ein Prozent mehr geben als die anderen Fischer, und er tat es gern.

Wenn ich ein Fischer wäre, ließe ich meine Segel nicht von Thees to Baben machen. Ich ginge zu Jakob von Cölln am östlichen Norderelbdeich oder zu Kai Kröger auf der Müggenburg, aber zu Thees to Baben ginge ich nicht. Tief im Mittelalter mit seinen Hexen und Teufeln sitzt der Mann noch, der kleine krumme Segelmacher. Wie übernatürlich lodert es in seinen dunkeln Augen, es zuckt um seinen Mund, wenn er spricht, wie wirr ist sein Haar! Überall sieht er es spuken, allerwärts wittert er Unglück, und ewig hat er es mit den Hexen zu tun. Unheimlich ist sein Tun, wenn er Segel näht: Erst legt er die Karten, um den rechten Tag und die rechte Stunde für die Arbeit herauszuklamüstern, und dann rutscht er wie ein Magier auf dem Segeltuch umher, murmelt unverständlich vor sich hin, spricht mit den Reffbändern wie mit Menschen und streicht sonderbar über die Lieken, um die Hexen zu bannen. Er weiß, welche Segel zerreißen und welche Fahrensleute bleiben. Alle Schiffsuntergänge der letzten vierzig Jahre hat er im Kopf. Mir graut vor ihm.

Jan Hinnik und Jan Harm, die beiden redseligen Wattenfischer, saßen auf dem Segelboden und erzählten sich etwas. Thees to Baben hockte auf einem neuen Großsegel wie der Schah von Persien auf seinem Teppich und verklarte ihnen sein Steckenpferd, das Leben von Doktor Faust, der sich dem Teufel verschrieben hatte und dafür alles bekam, was er wollte: Gold und Silber und Edelsteine, schöne Mädchen und das Feinste zu essen und zu trinken.

Da kam Klaus Mewes mit seinem Jungen lachend über die Deichbrücke zur Tür herein, bot den Fahrensleuten die Tageszeit und fragte den Segelmacher, was er für den neuen Klüver zu bezahlen hätte. Thees lächelte eigentümlich und sagte: »Du kummst ok jümmer, wenn ik di ne bruken kann, Klaus Mees. Ik wür hier so scheun mit Doktor Faust inne Gangen, un nu frogst du, wat de Klüber löppt, un ik mütt upstohn un an to reken fangen!«

»Dorüm kannst du doch wieder vertillen, Thees«, lachte Klaus.

»Ne, ne, di vertill ik nix«, antwortete der Segelmacher, der aufgestanden war und sein Buch suchte. »Di vertill ik nix, du lachst jo doch bloß ober sowat; du meenst, dat gifft bloß dat, wat du vör Ogen sühst. Aber ich sage dir: Irre dich nicht, Klaus Mewes! Schall ik di mol de Kortjen leggen?«

»Ne, lot man, Thees«, wehrte der Seefischer heiter ab. »Ik gläuf ne an Hexen.«

»Wat he guchelt, de grote Klaus Mees!« wandte der Alte sich an die beiden Wattenläufer. »Wat he glüst, as wenn he ne blieben kunn!«

»Man keen Bangen«, rief Klaus sicher, »ik blief ok ne!« Und Störtebeker, der auch einmal zu Wort kommen wollte, setzte nachdrücklich hinzu: »Vadder kann ne blieben, he kummt jümmer wedder!«

»Do ik ok, mien Jung!«

Der Segelmacher aber blickte ihn über seine Brille hinweg an und sagte mit veränderter Stimme: »Dat hett dien Vadder ok seggt, Klaus Mees! De kunn ok ne blieben! Thees, sä he troß to mi: van tein blifft jümmer bloß een: ik hür ober to de negen, de glücklich fohrt. Jä, un de See is em doch ober worden, is em doch ober worden, Klaus Mees, und de See, dat gläuf man, is noch jümmer hungerig no Ebers un Kutters!«

»Dat vertill man ole Wieber, de keen Tähnen mihr hebbt«, erwiderte Klaus Mewes unerschüttert. »Wi könnt noch fix bieten un lot uns ne oberdübeln! Wat ist mit den Klüber? Kannst dien egen Schrift ne lesen?«

Der Segelmacher schüttelte den Kopf und strich sich mit der Hand über die Augen, dann begann er wieder in seinem Hauptbuch zu suchen und zu blättern, aber er kam zu keinem Ergebnis und sagte zuletzt, er sei wieder behext, die Hexen stünden hinter ihm und hielten ihm die Augen zu, damit er das Konto nicht finden solle. »Betohl anner Reis, Klaus Mees, dat löpt jo ne weg!«

»Och wat, kiek man mol eulich to, Thees«, mahnte der Fischer. »Ik kann ne jeden Dag langsen Diek slarpen üm ienenhalben.«

»Ungläubig wie Thomas und ungeduldig wie Maleachi«, sagte Thees und vertiefte sich von neuem in seine doppelte Buchführung. Das dauerte Klaus zu lange, er trat näher und sah ihm über die Schulter. Plötzlich rief er: »Hier steiht dat jo doch, Thees, kiek hier: Klaus Mewes, ein Klüver 98 Mark.«

Der Segelmacher erschrak und starrte die drei Reihen an. Dann sagte er wie in Gedanken: »Dat is jo all dörstreken, Klaus. Keen hett dat denn don?«

»Dat hest du woll sülben mol innen vullen Galopp don«, lachte Klaus. »Betohlt hebb ik gewiß noch ne.« Und er zählte das Geld auf. »Sühso, Thees, till no, wat dat ok stimmt!«

Der Segelmacher schob es aber von sich und sagte, er könne es nicht annehmen, das Geld gehöre ihm nicht.

»Kumm, Störtebeker!«

Klaus Mewes hatte das Lavieren des Alten satt, er wollte auch noch zu Peter Fick. Deshalb verabschiedete er sich kurz und trat aus der Segel- und Teerluft des Bodens in den frischen Westwind hinaus.

»Dat is jo en bannigen Quarkbüdel, Vadder«, sagte Störtebeker, als sie draußen waren. Klaus Mewes gab nicht gleich Antwort, denn es ging ihm doch etwas durch den Sinn, dann aber sagte er: »Jo, de hett allerhand Grabben.«

Sie gingen westwärts. Mit einem Mal griff Störtebeker nach seines Vaters Hand, was er sonst nur selten tat.

»Vadder...«

»Non?«

»Och, nix... Du bliffst doch gewiß ne, Vadder?«

»Ne, mien Jung, ik blief ne!« rief Klaus Mewes und suchte seinen Ewer auf dem Wasser.

Thees to Baben, der griese Segelmacher, sah ihm nach, und nachher, als die Gäste ihn verlassen hatten, um Abendbrot zu essen, nahm er sein Buch nochmals vor und besah forschend die Striche, die über Klaus Mewes und seinen Klüver gingen. Er konnte nicht begreifen, wie sie dahin gekommen waren, denn er strich die Zeilen nur dann durch, wenn der Fischermann bezahlt hatte – oder wenn er geblieben war.

Kopfschüttelnd klappte er zuletzt das Buch wieder zu und steckte das Geld, das immer noch auf der Fensterbank lag, unter scheuen Seitenblicken ein.

Klaus Mewes konnte jetzt sehr gut die Elbe finden: nach zwei Wochen lag er wieder vor dem Neß. Stürme hatten ihn einige Tage hinter List festgehalten, und er hatte nur wenig gefangen, aber Störtebeker freute sich, ging wieder mit nach Hamburg hinauf und half an Bord, wo er nur konnte. Sie fuhren diesmal mit dem Ewer zu Markt, weil es stark wehte. Die deutsche Flagge war ganz zerrissen. Klaus kaufte deshalb auf dem Pinnasberg eine neue und setzte sie in den Knopf. Als sie gegen mittag die Elbe hinunterkreuzten, hatten sie zu pulen, denn der Wind war aufgefrischt, und die Elbe ging in Hemdsmauen.

Bei Teufelsbrücke, dwars vom Beek, gerieten sie in eine gewaltige Hagelflage hinein, die sich mit wildem Ungestüm auf die Segel warf.

Aber der Ewer, von dem besten Fischermann gesteuert, wehrte sich wie ein Stier und wies dem Wind die Hörner.

Plötzlich rief Kap Horn: »U, kiek«, und sprang nach vorn. Da trieb eine Fischerjolle kieloben. Klaus Mewes setzte hastig das Ruder fest und stürzte nach dem Steven. »Dor drifft een!« schrie Kap Horn und wies leewärts. »Denn fot man gau de Boot mit an«, brüllte Klaus. »Hein, inne Wind den Eber!«

So schnell es ging, warfen sie das Boot vom Deck, die Riemen nach und sprangen über den Setzbord. »Hilpt uns, hilpt uns!« rief es todesängstlich an Backbord, aber der Hagel ließ wenig Sicht zu. Sie konnten niemanden erblicken. »Liek vörut mütt dat ween«, rief Klaus. »Roon wat du kannst, Kap Horn!« Der Südwester war ihm in den Nacken geweht, und die scharfen Körner flogen ihm ins Gesicht, aber er ließ den Riemen nicht los. »Holt jo, wi kommt! Wi kommt!« grölte er, so laut er konnte.

»Hilpt uns!«

»Dor drifft een! Roon an, roon an, he buddelt weg!«

Klaus riß den Riemen ein und sprang über die Duchten zum Steven, beugte sich blitzschnell über den Dollbaum und ergriff den Ertrinkenden bei den Haaren. Und als er ihn hatte, ließ er ihn nicht mehr los. Kap Horn stand neben ihm, so zogen sie den ermatteten Fischer ins Boot. Hans Danker war es, der Lüttfischer.

»Neem is Trino?« fragte Klaus dringend und spähte umher, denn er hatte die Frau in Altona an Bord stehen sehen. »Kiek mol to, Kap Horn, wat se dor drifft!«

Hans Danker aber ächzte dumpf: »De is wegsackt! Harrn ji mi ok doch verdrinken loten!«

»So, un dien Kinner?« fragte Klaus, blieb aber noch eine ganze Zeit auf der Stelle; sie ruderten hin und her und riefen und suchten, fanden die Frau aber nicht mehr.

Hein Mück zeigte sich als umsichtiger Fahrensmann: Als die beiden abstießen, warf er sofort Anker, ließ die Fock fallen und machte das Ruder los, so daß der Ewer mit den klappernden, großen Segeln keinen Schaden nehmen konnte und die Flage gut überstand. Störtebeker stand an den Wanten und starrte zum Boot. Als es sichtiger wurde, kamen von allen Seiten Jollen und Ewer heran, auch vom Deich segelten Boote herbei. Da überließ Klaus Mewes denen das Suchen, nahm den gänzlich gebrochenen Fischer an Bord, richtete die gekenterte Jolle mit der Talje auf und schleppte sie durch Gerd Eitzens Loch zum Bollwerk. Von ihm und Kap Horn gestützt, wankte der Fischermann seinem Haus zu. Der Deich war schwarz von Menschen, und viele Frauen weinten. Die vier Kinder kamen ihnen entgegen. Das älteste Mädchen fing laut an zu weinen, als es seinen Vater so ankommen sah, und jammerte: »Vadder, Vadder, neem hest du uns Mudder loten?« Da stöhnte Hans Danker furchtbar auf und wollte sich losreißen, um wieder ins Wasser zu gehen, aber Klaus Mewes und Kap Horn hielten ihn fest, redeten ihm freundlich zu und brachten ihn mit vieler Mühe ins Haus hinein, wo sie ihn der Obhut der Nachbarn anvertrauten.

Störtebeker stand auf dem Deich und sah alles mit an.

Der nächste Tag war ein Sonntag, ein trüber, grauer Tag, an dem die Sonne nicht durchkommen konnte. Der Wind war still geworden.

Da tat sich alles zusammen, was von Fischern zu Hause war. Sie holten die Totenangeln vom Strandvogt, machten die Leinen klar und segelten mit den Booten ins Fahrwasser hinaus, um die ertrunkene Frau zu fischen. Die ganze Tide trieben sie zwischen Teufelsbrücke und Godefroo auf und ab.

Auch Klaus Mewes, Kap Horn und Störtebeker waren mit ihrem Boot dabei. Sie sprachen wenig.

Als es Flut geworden war und das Fahrwasser sich mit Schiffen füllte, schlichen alle Boote mit müden Segeln zum Deich zurück. Sie hatten die Tote nicht gefunden. Die Elbe hielt sie fest.

Drei Tage später lief der Wind raum, das heißt auf Finkenwärder: nördlich. Da zog Klaus Mewes getrost seine Segel auf und hievte den Anker, um zu fahren. Lustig flatterte die Flagge über der Besansgaffel, und über dem Toppsegel drehte sich der Flögel wie ein bunter Vogel. Gesa stand unter den Linden und winkte mit der Hand.

Störtebeker lag noch mit seinem Kahn längsseits des Ewers, als wenn er der Lotse wäre, der das Schiff aus dem Hafen zu bringen hätte. Als Hein seinen Tamp loswerfen wollte, machte er Lärm und hielt darum an, daß sie ihn ein Stück schleppten. Sein Vater bewilligte es. Sie warfen ihm ein längeres Tau zu, das er im Stevenring befestigen mußte, und zogen dann mit ihm los.

»So geiht he god, Vadder«, rief er vergnügt, als der Ewer recht an den Wind kam und gute Fahrt machte, und freute sich über den Schaum vor seinem Bug und über die großen Segel, die ihn beschatteten.

Bidewind war der Laertes ein besonders schnelles Schiff. Er zog mächtig davon und hatte den Neß bald hinter sich. Störtebeker sollte abschwenken und umkehren, er wollte aber noch nicht, und weil das Wetter gut war, tat sein Vater ihm den Gefallen und nahm ihn noch weiter mit.

Junge, was für eine Fahrt! Der Kahn lag mit dem Achterdollbaum fast mit dem Wasser gleich, und Störtebeker mußte aufmerksam mit dem Riemen steuern, damit er sich trocken hielt.

Im Buxtehuder Loch aber ging die Herrlichkeit zu Ende. Er mußte das Tau losmachen und zurückbleiben.

Die Fahrensleute standen auf dem Achterdeck und winkten.

»Adjüst, Störtebeker!«

»Jüst, Vadder, kumm man bald mit en grote Reis wedder!«... »Adjüst, Störtebeker!«... »Jüst, Kap Horn, lot di de Tid man ne lang duern!«... »Adjüst, Klaus Störtebeker!«... »Jüst, Hein Klütjenbacker, pett di man keenen Nudelkassen innen Foot!«... »Wauwauwauwau!«... »Jüst, Seemann, fall man ne ober Burd!« Dann rannte ihm der Ewer davon.

Er blieb auf der Ducht sitzen und sah ihm nach. Wenn sie winkten, schwenkte er seine griese Wollmütze. Erst als die braunen Segel bei Schulau um die Huk waren, griff er zu den Riemen und guckte sich nach Finkenwärder um.

Warum hatten sie ihn nicht mit nach See genommen?

Fünfzehnter Stremel

Sinne, öffnet eure Tore!
Grabbe

Die Äquinoktien – Herbsttagundnachtgleiche!

Die bösen Tage sind angebrochen: Land und See stehen in großer Angst. Ringsum lauern die grauen Stürme, die die Natur brechen und die Sonnenkraft totmachen sollen. Wie Schwerter an Zwirnsfäden hängen sie in den Wolken, jeden Tag und jede Stunde können sie fallen.

Wie im Bann liegt der Deich an stillen Tagen, wie im Krampf bebt er bei unruhigem Wetter. In vielen Häusern liegt die Bibel jeden Abend aufgeschlagen auf dem Tisch. Mehr als sonst noch achten die Frauen auf Wind und Wetter, und die Finkenwärder Nachrichten mit der Cuxhavener Meldung über die hinter der Alten Liebe liegenden Ewer und Kutter reißt eine der anderen aus den Händen. Jeder Ankömmling aber wird befragt: Weest nix von Jan af, oder hest Hinnik ne sehn, oder hett Paul ne bi jo fischt? Wie beben sie, wenn abends eine schwere Wolkenwand seewärts auf der Elbe steht, oder wenn die Winde im Schornstein sausen!

In dieser Zeit werden keine Hochzeiten gefeiert. Es ist eine stille, bange Zeit.

Glücklich preist sich die Frau, deren Mann seinen Ewer anbinden und auflegen kann. Das können und wollen aber nur wenige, denn die Zeiten sind schon nicht mehr danach, daß man mit dem Sommerfang auskäme; es muß auch winters gefischt und verdient werden.

Ein furchtbarer Ernst umweht die Segel, die den Stürmen entgegenfahren.

Klaus Mewes fischt auf der Doggerbank, hundertfünfzig Seemeilen hinter Helgoland auf der Höhe von Hornsriff. Mit der abnehmenden Sonnenwärme haben die Fische die seichten Küsten verlassen und sind zur Mitte der Nordsee, in die Tiefe geschwommen, wo das Wasser wärmer und der Grund stiller ist. Wer noch einen guten Streek tun will, der muß Helgoland und Neuwerk weit hinter sich lassen und sich schutzlos der weiten See anvertrauen. Die Schollen müssen aus den Stürmen herausgeholt werden.

Es sind nur die größten Kutter und die stärksten Ewer, die diesen Winterfang betreiben können; die anderen liegen scharenweise zu Cuxhaven und warten auf den Hering.

Klaus Mewes fischt auf der Doggerbank.

Sein Ewer ist gut, seine Segel sind stark, seine Leute sind erprobt, und auch für sich selbst kann er einstehen. So kurrt er getrost zwischen den Engländern und Holländern und läßt seine deutsche Flagge wehen. Es verschlägt ihm nichts, wenn die See einmal so grob wird, daß er reffen muß, oder wenn der Wind es so gut meint, daß er das Netz einhieven und treiben lassen muß. Gefischt wird doch wieder, und wer die Wache hat, der singt in jeden Wind hinein, denn die Fröhlichkeit von Klaus

Mewes erfüllt das ganze Schiff. Nichts fehlt ihnen als der kleine Klaus Störtebeker, von dem sie noch jeden Tag sprechen.

Im Süden segeln zwei schwere Finkenwärder Austernkutter, als ob sie binnen wollten. Aber Klaus Mewes meint, sie tun es, weil sie die Reise haben, mustert Himmel und Wetterglas selbst und fischt weiter. Gegen Abend kreuzt nur noch ein holländischer Logger bei ihm, aber er selbst ist noch ohne Mißtrauen und geht geruhig zu Koje.

In der Nacht ruft Kap Horn, der die Wache hat, zum Reffen. Sie verkleinern die Segel durch teilweises Zusammenrollen und Festbinden, denn es ist stur geworden. Dann geht Klaus Mewes aber doch wieder zu Bett, um noch einen Stremel zu schlafen, und Hein Mück tut dasselbe, denn das Wetterglas ist schon öfter gefallen, und auf Kap Horn, den Altbefahrenen, können sie sich verlassen wie auf den Deich bei springender Tide.

Nach einer Stunde ruft der Knecht abermals. Es ist zu hart geworden, und er muß befürchten, daß der jagende Ewer die Kurrleine abreiße. Klaus Mewes guckt in den Wind und ist damit einverstanden, daß sie einziehen. In schwerer Arbeit bergen sie die Kurre und die gefangenen Fische, dann schickt er die Leute zu Koje und übernimmt selbst die Wache. Im Sturm gehört das Ruder ihm, dem Schiffer!

Bis gegen Morgen hielt er den Ewer allein, immer scharf am Wind, so daß die Segel eben zwischen Klappern und Vollfallen standen, und hatte keine Havarei, so viel Wasser auch überkam, und so stark der Ewer auch stampfte und schlingerte. Der Wind war Nordwest zu West und wehte etwa in Stärke acht nach dem alten englischen Admiral Beaufort.

Da mit einem Male legte er sich gänzlich – ganz still wurde die Luft. Mit schlaffen, schlagenden Segeln, furchtbar knarrenden Gaffeln und donnernden Schoten dümpelte der Ewer in der hohen Dünung.

Klaus Mewes rief seine Leute, denn er traute dieser Stille nicht. Sie machten sich klar zum Sturm, der kommen mußte, denn das Wetterglas fiel rasend schnell. Kurrbaum und Kurre wurden unter Deck verstaut, das Boot wurde ausgepackt und mit doppelten Ketten umwunden, damit es nicht über Bord gehe, das Bugspriet wurde eingezogen, und Plichten und Luken wurden geschalkt. Auch sich selbst machten die Seefischer sturmbereit, dann steckten sie das zweite Reff in die Segel – und dann kam der Sturm wieder, diesmal aber von der anderen Seite und furchtbarer an Gewalt. Es trommelte und pfiff im Südwesten, als wenn ein Heer in der Schlacht zum Stürmen lärmte, der weiße Geifer floß aus dem Maul des Untiers, das brüllend auf sie zukam und sich wütend auf sie warf, daß die Masten sich bogen und Hein Mück laut aufschrie. Einen Augenblick schien es, als wenn der Ewer dem ersten gräßlichen Anprall nicht standhielte, als wenn er umkippte, aber es schien nur so, denn Klaus Mewes war auf der Hut und riß ihn hoch. Wie brauste es in den Lüften, wie erhob sich die See, wie tanzte der Ewer! Wenn er mit dem Kopf tauchte, stand er mit dem Achtersteven so hoch, daß es aussah, als überschlüge er sich, und erhob er den Bug hoch aus der See, so zeigte er das tränenüberströmte Gesicht eines Riesen: Das Wasser rann ihm aus den Klüsenaugen und über die Backen. Wenn nur die Masten nicht über Bord gingen, wenn nur die Luken nicht zerschlagen wurden!

Südweststurm...

Noch vor Mittag mußten sie das dritte und letzte Reff einstecken, denn der Ewer konnte die Segel nicht mehr tragen. Sie standen nun allemann an Deck, mit Tauen festgebunden: Klaus Mewes unverzagt am Ruder, das er nicht losließ. Als die Seen immer naseweiser wurden, scherte Kap Horn einige starke Taue kreuz und quer über Deck, von Wanten zu Wanten und von der Winsch nach der Besan, damit sie überall einen Halt fänden, wenn sie stolpern sollten.

Die Flagge war in Fetzen gerissen. Klaus Mewes sah es wohl, aber er tröstete sich, daß es in Hamburg ja noch mehr Flaggen zu kaufen gäbe, und ließ sich nicht unruhig machen, so wenig wie Seemann, der unbekümmert im Nachthaus ruhte. Er hatte schon andere Stürme erlebt und überstanden.

Der Wind wurde aber immer wilder und ochsiger, die schlimmen Regenflagen jagten einander, und die See kochte immer furchtbarer. Der Ewer wollte es auch mit dem gerefften Großsegel nicht mehr tun. Sie mußten es wegnehmen und dafür den kleinen Klüver als Sturmsegel setzen, statt der Besan aber den dreieckigen Nackenhut. Als die Sturzseen über den Ewer brachen und alles zu Wasser machten, wurde Hein in die Koje geschickt, damit es ihn nicht über Bord spüle, und Klaus Mewes blieb mit Kap Horn allein an Deck. Noch war keine Angst in sein Herz gekommen, so toll es zuging, noch stand er fest, so glatt auch das Deck war und so schwer auch die Wogen über den Setzbord schlugen. Noch immer lachte er des Sturmes und wünschte sich seinen Jungen herbei, damit er ihm zeigen könne, was Klüsen heiße. Auch als die Fock knallend aus den Lieken flog, verzog er nicht das Gesicht, denn er hatte noch eine Fock. Ohne sich zu besinnen, sprang er die Treppe hinunter, riß das Segel aus der Dielenkoje und setzte es mit zwei Reffs. So ging es wieder einige Stunden gut, bis es Abend wurde und die Nacht jählings hereinbrach, eine sternenlose, sargdunkle Nacht. Da ritt der Sturm mit elf bis zwölf Windstärken sein schweißbedecktes, mit weitgeöffneten Nüstern und fliegender Mähne einherbrausendes Roß, die Nordsee, und selbst die Sturmsegel, die winzigen Lappen, wollten nicht mehr halten. Wenn sie nicht alles Tuch davonfliegen sehen wollten, mußten die Segel gänzlich abgeschlagen werden.

Dann wendeten sie das letzte Mittel an, das ihnen noch blieb, sie machten die Sturmanker zurecht. Backbords schäkelten sie einen unklaren Anker auf dreißig Faden Kette und steckten sie an siebzig Faden Kurrleine, steuerbords hängten sie zwei von den eisernen Kurrenkugeln an fünfzig Faden Kette. Dieses Notgewicht sollte den Ewer mit dem Kopf am Wind halten und verhüten, daß er dwarsschlug und von den Seen kopfheister geworfen wurde. Es ging auch alles klar: Der Ewer lag gut am Wind. Dicht war er auch noch, wie die Peilung der Pumpen ergab.

So jagte der Sturm sie die ganze Nacht; er wirbelte den Ewer vor sich her wie der Jäger das Wild, das er lahmgeschossen hat. Die ganze Nacht trieben sie auf der wilden, hungrigen See, durchnäßt und ermattet, aber in eiserner Wachsamkeit. Sie waren allein auf der Doggerbank, nirgends war ein Schiff zu sehen und auch kein anderes Licht als die Strahlen des Elmsfeuers, das in Büscheln auf den Toppen der Masten und an den Blöcken der Gaffeln geisterhaft glomm, bis eine Hagelflage es löschte.

Gegen Morgen, als sie etwas gegessen hatten und der Junge wieder mit an Deck stand, weil es schien, als flaute der Sturm ab, bekam der Ewer eine schwere Sturzsee über, die wie ein Felsen gegen den Steven schlug und verheerend über das Deck brandete und schäumte. Die Fischer fühlten sich emporgehoben und verloren den Grund unter den Füßen, sie mußten schwimmen und trieben hin und her, daß sie glaubten, der Ewer sei schon in die Tiefe gedrückt. Es war nichts mehr zu machen!

Klaus Mewes hatte sich gerade wieder aufgerichtet – da schrie er gellend auf, denn eine schwere, kreißende, ungeheure See hing wie ein

Berg, wie ein Eisberg, steil über ihm und senkte sich ehern. »Holt jo fast, holt jo fast!« rief er schrill, aber der Lärm des Wassers und des Windes drängte ihm die Worte in den Mund zurück und erstickte sie. Dann schleuderte die See ihn wie Gerümpel zur Seite und warf ihn gegen das Nachthaus, daß ihm Hören und Sehen verging.

Als der Ewer die Sturzsee überstanden hatte und sich wieder mit den kleineren Dwarsläufern abmühte, hing Kap Horn mit zerrissenem Ölzeug und blutendem Gesicht in Lee an den Wanten. Von Hein Mück aber war nichts mehr zu sehen, und mit ihm war auch das Boot vom Deck verschwunden; zerrissen lagen die Ketten auf den Luken. Sie suchten die See mit den Augen ab und warfen den Rettungsring über Bord, aber obgleich es schon einigermaßen hell war, konnten sie weder Hein Mück noch das Boot entdecken. Nur wilde, graue See war ringsum. Der Junge war weg...

»Dat duert bloß en Ogenblick, denn is ut«, sagte Kap Horn tröstend, der nach achtern gekommen war und sich zu seinem Schiffer gestellt hatte.

Klaus Mewes gab keine Antwort, er blickte immer noch über die See und suchte seinen Speisemeister. Was sollte er sagen, wenn die Mutter weinend angelaufen kam und ihn fragte, wo er ihren Jungen gelassen hätte?

»Goh man dol, Kap Horn, hier up Deck ist nix mihr«, rief Klaus, aber Kap Horn schüttelte den Kopf und blieb bei ihm. Wenn es zum Sterben gehen sollte – und es sah ja so aus –, wollte er nicht in der verschlossenen Kajüte ersticken, sondern frei in der See ertrinken. Bis es aber soweit war, wollte er bei seinem Schiffer ausharren.

Klaus Mewes gab noch nichts verloren, wenn er auch nicht mehr lachte, sondern ein ernstes Gesicht machte. Wie ein Wiking trotzte er der See, wie ein Löwe verteidigte er seinen Posten am Ruder, wie ein Hagen hielt er aus. Er verband seinem Knecht die blutende Stirn und streichelte Seemann das nasse Fell, er sah von Zeit zu Zeit die Pumpen nach, er lotete gewissenhaft und tat alles, was sich noch tun ließ bei solcher Gelegenheit. Er dachte an Hein Mück und dessen arme Mutter, an Störtebeker und an Gesa, aber an Bleiben dachte er nicht.

Ein englischer Trawler kam in Sicht, das erste Schiff seit zwei Tagen. Aber der lag beigedreht und hatte genug mit sich selbst zu tun. Dennoch hätte er vielleicht geholfen, wenn Klaus Mewes die Notflagge gezeigt hätte, aber Klaus Mewes dachte nicht daran. Sich von einem Ingelschmann ins Schlepptau nehmen lassen? Gott schall mi bewohren, dachte er und ließ John Bull stiemen, der dann auch wieder aus den Augen kam.

Sie trieben ja gut, ins Skagerrak hinein. Nördlich genug, um von Jütland freizukommen, hatten sie nur mit der norwegischen Küste zu tun – und die war noch weit weg.

»Ik gläuf, wi kommt dorch«, sagte der Knecht. Etwas verwundert sah der Schiffer ihn an. »Wat schullen wi ne dörkommen!« antwortete er. »Wi weut doch ne blieben!«

Und er ging in die Kajüte, um etwas zu essen und zu trinken. Danach mußte Kap Horn hinunter, damit ihm nicht flau würde.

Am späten Nachmittag aber wurde der Wind, der zeitweilig etwas schwächer gewesen war, zum Orkan. Das Fahrzeug arbeitete gewaltig und steckte mehr unter als über Wasser. Von allen Seiten brauste die wilde Dünung über Deck. Und siehe: eine Grundsee, die der Sturm in der Tiefe aufgerüttelt hatte und die mit Sand geschwängert und mit Muscheln und Steinen beladen war, schoß herauf, richtete sich urgewaltig auf und lief dem Ewer nach, der nicht von der Stelle konnte. Bleischwer stürzte sie sich auf das Vordeck und drückte es nieder, daß das Heck steil aus dem Wasser sprang und die Ketten mitgerissen wurden, dann packte sie den Ewer mit ihren Tigerkrallen an der Seite und warf ihn dermaßen auf das Wasser, daß er nicht wieder aufstehen konnte.

Kap Horn kam nicht wieder an die Oberfläche, er fühlte, daß er den einen Arm nicht bewegen konnte, und sank langsam in die Tiefe. Da gab er den Kampf und das Leben auf, der alte Janmaat, und legte sich in seines Gottes Hände. Er hätte noch mit seinem Schiffer fischen und segeln können, hätte bei Hochzeiten am Deich auf seiner Harmonika spielen und den kleinen Klaus Störtebeker mit zu einem rechten Fischermann machen können, aber wenn es sein mußte, ging es wohl auch ohne ihn. Er hörte nicht mehr das Brausen des Wassers. Eine große, tiefe Stille legte sich über ihn... Ganz in der Weite klangen Glocken...

Klaus Mewes war es gelungen, die schweren Seestiefel loszuwerden, die ihn in die Tiefe ziehen wollten wie seinen Knecht. So tauchte er wieder auf und versuchte zu schwimmen. »Kap Horn, neem büst du?« schrie er in den Sturm hinein und rang schwer mit der Dünung, die ihn furchtbar hin und her warf. Ständig liefen ihm die Seen über den Kopf, so daß er viel bitteres Wasser schlucken mußte.

Er sah, wie der Ewer versank, wie die Masten sich noch einmal aufrichteten und dann untertauchten, daß kein Topp und kein Flögel mehr zu sehen waren. Blasen schossen steil aus dem Wasser, dann aber strich der Sturm mit unwirscher Hand über die Stelle und machte sie wieder so kraus, wie die ganze See war.

Klaus Mewes war allein. Sein Knecht und sein Junge, sein Hund und sein Ewer waren ertrunken, er trieb in der wilden Dünung von Skagen. Nirgends war ein Schiff, nirgends ein Halt. Er dachte, eine Luke oder ein Brett des untergegangenen Ewers zu finden und sich daran festzuhalten, aber er konnte nichts sehen.

»Geef di, geef di, Klaus Mewes!« brüllte die See, aber er ergab sich nicht, mit aller Kraft hielt er sich oben, denn er wollte noch nicht sterben, und er konnte noch nicht sterben. Was sollte aus seinem Jungen werden, den keiner verstand, nur er? Wie die Sturzseen über den Ewer hergefallen waren, so würden sie am Deich über ihn herfallen und alles zerstören wollen, was er in ihm aufgebaut hatte: die schöne Furchtlosigkeit, die Liebe zur Seefischerei, das Vertrauen auf die eigene Kraft, die Freude am Sturm; alles würden sie morden wollen. Ob Störtebeker schon stark genug war, das zu ertragen? Oder ob er wie ein armer Hase den vielen Hunden erlag, ob er den Sommer auf See vergaß und sich zu einem Schneider oder Schuster machen ließ?

»Gesa, Gesa, lot mi den Jungen!« rief er in den Sturm hinein. Er sah seine Frau vor sich, jung und blühend, und dennoch keine Fischerfrau, ewig bange und ewig unruhig. Sie hatte nicht viel von ihm gehabt, weil sie nicht mitkonnte. Der einsame, ringende Schwimmer sah auch seine Schuld, er wußte, daß er oft hart mit ihr gewesen war, als er mondelang nach der Weser fuhr und ihr den Jungen abspenstig machte, als er ihre Angst verlacht hatte – aber Reue fühlte er nicht. Sie würde weinen, aber die Ruhe würde in ihr Herz kommen, und sie würde ihren Mann verstehen lernen. Brot hatte sie. Einen Zeugladen, wie ihn die anderen Witfrauen aufmachen mußten, um sich zu ernähren, brauchte sie nicht.

Klaus Mewes fühlte, daß seine Arme ermatteten, und daß er es nicht mehr lange aushalten konnte. Noch einmal ließ er sich von einer Wogenriesin emporheben und blickte von ihrem Gipfel wie vom Steven seines Ewers über die See, die er so sehr geliebt hatte, dann gab er auf. Es paßte nicht zu seinem Wesen, sich im letzten Augenblick klein zu machen und mit den Seen um die paar Minuten zu handeln. Er konnte doch sterben!

Er schrie weder auf, noch wimmerte er, er warf sein Leben auch nicht dem Schicksal trotzig vor die Füße wie ein Junge. Groß und königlich, wie er gelebt hatte, starb er als ein tapferer Held, der weiß, daß er zu seines Gottes Freude gelebt hat und zu den Helden kommen wird. Mit einem Lachen auf den Lippen versank er, denn er sah einen glänzenden neuen Kutter mit leuchtenden weißen Segeln und bunten Kränzen in den Toppen vor sich, der stolz dahinsegelte, und am Ruder stand ein lachender Junggast, sein Junge, sein Störtebeker... Grüßend winkte er mit der Hand... Fahr glücklich, Junge, fahr glücklich, sieh zu, daß du dein fröhliches Herz behältst, fahr glücklich! Guten Wind und mooi Fang, mien Jung!...

Dann ging die gewaltige Dünung des Skagerraks über ihn hinweg.

Thees, der Segelmacher, hat es nachher oft genug erzählt, wie es am selben Tag unsichtbar an dem Segel gerissen hätte, mit dem er gerade zu tun hatte. Als er genau hinsah, war es Klaus Mewes' Fock, an der unsichtbare Hände wie in höchster Not zerrten. Thees sah eine Weile zu, dann fragte er erschüttert: »Brukst du dat Seil, Klaus? Is de anner Fock di woll tweireten?« Er versuchte, das Tuch glatt zu ziehen; als das aber nicht gehen wollte, legte er die Arbeit hin und ging hinaus. Der Wind blies wie nichts Gutes, und die hochflutende Elbe ging wie eine breite See in Schaum und Gischt. In Seestiefeln und Ölzeug, den Südwester im Nacken, liefen die Seefischer hin und her und wehrten der gemeinsamen Not. Sie zogen die Boote und Jollen auf den Deich, damit sie nicht voll Wasser schlügen, sie kämpften sich zu den Ewern und Kuttern hinaus, auf denen niemand an Bord war, und steckten mehr Kette aus, damit die Fahrzeuge nicht vertrieben, sie schleppten Sandsäcke herbei und verstopften die Löcher im Deich, damit das Land keine Havarei hätte.

»Is Klaus Mees bihus?« fragte der Segelmacher.

»Ne, de is buten«, erwiderte Jan Lanker, der lustige.

»Denn weet ik genog«, sagte Thees nickend und ging langsam auf seinen Boden zurück. Als er das Segel wieder übers Knie legte, lag es ganz still – das Zerren hatte aufgehört. »Brukst du dat Seil nu ne mihr, Klaus?« fragte er leise und wollte weiternähen, aber da brach ihm die Nadel ab. Seine Augen weiteten sich, als wenn er etwas sähe, dann stand er auf, rollte das Segel schweigend zusammen, legte es in die Ecke und ging an Hinnik Külpers Besan.

Gesa stand in der Küche hinter der Waschbalje und rubbelte Störtebekers Kleibüxen, die voll Schlick und Schmeer saßen und gar nicht sauber zu kriegen waren. Ihr Herz war voll Angst und Sorge, und sie horchte bange auf den Sturm, der das Haus vom Deich werfen wollte, denn sie wußte nicht, ob Klaus einen Hafen hatte oder draußen war. Wie wehte es!

Plötzlich fuhr sie zusammen und drehte sich jäh um, denn an der Tür hatte es gescharrt, sie hatte es deutlich gehört. Stand der Hund, der Seemann, draußen und begehrte Einlaß? War er vorausgelaufen, und kam Klaus nach, lag der Ewer schon am Bollwerk? Hastig trocknete sie die Hände ab, um die Tür zu öffnen, da stand ihr das Herz still und ihre Knie bebten, denn die Tür war von selbst aufgegangen, und auf der Schwelle stand ihr Mann, als wäre er dem Wasser entstiegen. Sein Gesicht war totenweiß, sein Haar wirr, und seine Augen waren müde und glanzlos. Niemals hatte Gesa ihn so gesehen. In starrer Angst sah sie ihn an. Sie wollte ihm entgegengehen und ihm die Hand geben, aber sie konnte die Füße nicht voreinander setzen. Sie wollte ihn fragen, ob etwas passiert wäre, ob er Havarei gehabt hätte, aber ihre Zunge war gelähmt, und sie konnte keinen Laut herausbringen.

»Gesa«, sagte die furchtbare Gestalt leise und hob die Hand, da schrie Gesa laut auf und sank zu Boden.

Störtebeker war mit den anderen Jungen am Westerdeich zugange, mit einem großen Knüppel bewaffnet, und schlug die Ratten, Mäuse und Maulwürfe tot, die angeschwommen kamen, als das Wasser den niedrigen Katendeich überflutete und das weite Land des Neßbauern überschwemmte, der auf seiner Wurt wie auf einem Eiland saß und im Kuhstall Fische fangen konnte. Diese Rattenjagd war etwas für Störtebeker, dazu hatte er Lust. Eifrig lief er am Deich auf und ab und befreite ihn von den Plagegeistern. Junge, Junge, dat wür wat!

Gerade stand er auf dem Feekstreek und lauerte auf eine Ratte, die gleich mit dem Stubben, auf den sie sich geflüchtet hatte, zu Wasser mußte, da rief es mit einem Mal hinter ihm: »Höh, Störtebeker!« Und als er sich schnell umdrehte, sah er seinen Vater auf dem Deich stehen und winken. »Hödjihöh, Vadder!« rief er freudig, sah noch einmal nach der Ratte, dann aber warf er den Staken hin, denn das Zeug ging ihn nun nichts mehr an: Sein Vater war gekommen!

Wo war er geblieben? Eben stand er doch noch oben und lachte – nun war er weg? Störtebeker lachte und glaubte, daß er sich versteckt hätte, wie er es immer machte. Er sprang den Deich hinan und suchte ihn im Binnendeich hinter den Eschen und Rosenbüschen, aber er konnte ihn nicht wieder ausfindig machen. »Vadder, neem büst du?« rief er, aber er bekam keine Antwort. Da nahm er an, er wäre schon nach Hause gegangen, und lief in Sprüngen nach dem Neß. Er guckte über das Wasser – der Ewer war nicht da, aber das hatte nichts zu sagen, denn der konnte ja noch in St. Pauli liegen. Sein Vater konnte auch von Cuxhaven oder von der Weser mit der Eisenbahn übergereist sein.

»Mudder, is Vadder ne hier?« rief er schon auf der Diele und stürmte suchend in die Küche, sah hastig in die Schlafkammer und suchte die Dönß ab.

»Och, mien arme Junge, woneem schull dien Vadder woll wesen«, klagte seine Mutter und sah tränenüberströmten Gesichts von ihrem Psalmenbuch auf, in dem sie gelesen hatte.

»Eben wür he annen Westerdiek«, sagte er und stieg auf den Stuhl, um aus dem Fenster in den Hof hinunter zu sehen. »Ik will em woll gewohr warrn, den Versteekspeeler den!«

Da wurde sie aufmerksam. »Keen wür annen Westerdiek?« fragte sie tonlos.

»Vadder!« rief Störtebeker. »He stünn boben uppen Diek und lach un wink. As ik to rupleep, wür he batz weg.«

Da zog sie ihn jäh an sich, daß er sich nicht wehren konnte, und jammerte: »Vadder is bleben, Klaus, du hest keen Vadder mihr, mien Jung!«

Er schüttelte den Kopf. »Dat is ne wohr, Mudder«, sagte er bestimmt, »dat hest du dräumt. Vadder kann ne blieben un blifft ne, dat hett he sülben to mi seggt. Vadder kummt jümmer wedder!«

Sie weinte nur noch heftiger.

»Stopp, ik will em woll finnen«, rief er und lief wieder in den Wind hinaus, um seinen Vater zu suchen, den er doch ganz gewiß auf dem Westerdeich gesehen hatte. Gesa rief ihm nach, aber er hörte nicht darauf.

Auch die Uhr war stehengeblieben. Auf halb fünf stand sie, das war die Todesstunde von Klaus Mewes.

Gesa hat die Uhr niemals wieder aufgezogen, niemals wieder angestoßen. Wie die unsichtbare Hand sie angehalten hat, ist sie geblieben.

Zufall? Gaukelei der Sinne?

Die Seebevölkerung weiß, daß die Fahrensleute in der Stunde, in der sie auf See ertrinken, mächtig sind, an Land, in ihrem Haus zu rufen oder zu schreien, zu klopfen oder zu scharren, auf dem Nebelhorn zu blasen, die Bilder an der Wand zu Boden zu werfen, die Uhr anzuhalten oder in Lebensgestalt zu erscheinen.

H. F. 7, Jan Sloo, kam am nächsten Tag von der Hoof, das heißt von Cuxhaven, herübergereist, wo sein Ewer mit zerrissenen Segeln und gebrochenem Großmast hinter der Alten Liebe lag, und erzählte, daß er ein solches Wetter noch nicht erlebt hätte, auf See wenigstens noch nicht. Es wäre ganz furchtbar hart gewesen. Als Gesa aber in der Dämmerung zu ihm ins Haus kam, mit einem dunkeln Tuch um den Kopf, mit bleichen Backen und verweinten, geröteten Augen, und ihn nach ihrem Mann fragte, sprach er anders; da war es draußen gar nicht so schlimm gewesen, sie hätten nur etwas krauses Wasser gehabt und so. Ihren Klaus hätte er zwar nicht gesehen, und er hätte auch nichts von ihm gehört, aber da wäre alles in der Reihe, der fischte gewiß mit einem Reff im Segel weiter, um erst die Eiskisten zu füllen und dann gleich eine gute Reise zu machen. Da brauche sie sich keine Gedanken zu machen: Der käme wieder, so gewiß wie zwei mal zwei vier waren, wenn nicht heute noch, dann morgen oder übermorgen. Wenn er den Wind ausgehalten hätte, hätte Klaus mit seinem viel größeren Ewer ihn siebenmal ausgehalten. Da könne sie ganz ruhig sein. So tröstete der Seefischer sie in seiner Unbeholfenheit, bis sie kopfschüttelnd hinausging, denn sie merkte, daß er nicht die Wahrheit sagen wollte. Er sah lange Zeit aus dem Fenster auf das Wasser hinaus, dann sagte er langsam zu seiner Frau: »Inne Nurd schallt noch mihr weiht hebben, as neem wi ween sünd – un ik gläuf, Klaus Mees is inne Nurd wesen.«

Als ein schwarzer Tag mit Kreuzen steht dieser Tag im Kalender der Wasserkante, denn er hat viel Unglück und Havarei gebracht.

Die Eiderdeiche waren an drei Stellen gebrochen, weite Strecken der Marsch standen tief unter Wasser, viel Vieh war in den Fluten ertrunken, Häuser waren abgedeckt, Scheunen waren umgeweht, starke Bäume waren entwurzelt. Auf Scharhörn war eine große englische Bark gestrandet und mit Mann und Maus spurlos verschwunden. Beim zweiten Feuerschiff war ein Lotsenschoner umgekippt, und dwars von der Kugelbake guckte der Mast einer gesunkenen Jalk aus dem Wasser. Cuxhaven aber lag bis an den Leuchtturm voll havarierter Schiffe.

Von Finkenwärder wurden noch sieben vermißt, fünf Kutter und zwei Ewer, darunter Klaus Mewes. Tag für Tag lauerten die Menschen am Deich auf sie und sprachen von nichts anderem als von ihnen. Alles mußte zurücktreten, bis sie Gewißheit über das Schicksal der sieben Fahrzeuge, der einundzwanzig Menschen hatten. Um den sie sich am wenigsten sorgten, das war Klaus Mewes, denn ein Mann wie Klaus Mewes, ein Fischermann wie kein zweiter, mit dem großen, seetüchtigen Ewer unter den Füßen und guten, befahrenen Leuten an Bord, der blieb nicht so leicht, der mußte ja wiederkommen; der hatte schon viele schwere Stürme bestanden und sich immer oben gehalten. Mehr bangten sie um den andern Ewer mit den geflickten Segeln und um die Kutter mit ihren blutjungen, dreisten Schiffern und den wenig befahrenen, butenländischen Leuten. Die mochten ihre Last gehabt haben, nicht aber Klaus Mewes.

Es kam aber anders, als sie dachten, denn der alte Ewer und die Kutter kamen nach und nach alle binnen, wenn auch kein Fahrzeug ohne Havarei war. Nur der eine Ewer, Klaus Mewes, wollte sich nicht wieder anfinden, weder auf der Weser noch auf der Elbe.

Tag um Tag verging, und aus Tagen wurde eine Woche, wurden viele Wochen, und Klaus Mewes kam nicht wieder. Drei Sonntage tat Bodemann von der Kanzel herab Fürbitte für ihn und die beiden Leute, er betete stark und ergreifend, daß es wie Weinen durch die Kirche ging, denn der Untergang dieses großen fröhlichen Seefischers ging ihm sehr nahe. Wer mag noch Fischer sein, wenn solche Männer bleiben? dachte er.

Dann mußte die Hoffnung aufgegeben werden: Klaus Mewes war verschollen. Sie mußten es endlich glauben, daß sie seine Flagge nicht mehr flattern sehen würden, daß er nicht mehr lachenden Gesichts den Deich entlangkommen konnte, daß Kap Horn nicht mehr bei den Hochzeiten aufspielte, und daß Hein Mück nicht mehr mit den Mädchen tanzte. Was für ein Mann Klaus Mewes gewesen war, merkten die meisten erst jetzt. Gut und fröhlich war er gewesen, jedem hatte er ein freundliches Wort gegönnt, auf Fische war es ihm nie angekommen, wo er helfen konnte, da hatte er geholfen, mit Rat und Tat, vielen war er in ihrer harten Fischerei ein Trost gewesen, der junge, lustige Fischermann, der lachend gefahren war, singend gefischt hatte und jubelnd heimgekommen war. Bei ihm an Bord hatte die Lebensfreude das Wort gehabt; er war ein Seefischer aus Lust gewesen, nicht aus Gewohnheit, Zwang oder Not, wie so manche es waren.

Auf dem Neß war es nun wirklich so, wie Klaus Mewes es damals auf den Watten gesehen hatte: Alle Fenster waren dicht verhängt, und vor der verschlossenen Tür, auf den Stufen und auf der Bank standen der Hahn und die Hühner und warteten hungrig auf ihr Futter. Im Haus war es halb dunkel, kein Sonnenstrahl kam mehr in die Stuben, die Klaus Mewes mit seinem Lachen erfüllt hatte. Verhängt waren der Spiegel und das große Bild des Ewers. Gesa schlich nur noch wie ein Gespenst durch die totenstillen Räume. Meistens saß sie in der dämmerigen Küche und starrte vor sich hin, oder sie weinte. Ihre Tür schloß sie zu, denn sie wollte keinen Menschen sehen. Die vielen Frauen, die Tag für Tag kamen, nach ihr zu sehen und sie zu trösten (denn nun, da Gesa schwarze Kleider trug und Witfrau geworden war, galt sie als Finkenwärderin), mußten gewöhnlich umkehren, ohne sie gesehen und ihren Kaffee geschmeckt zu haben. Auf dem Deich ließ sie sich selten blicken, denn sie konnte den Anblick des vielen Wassers nicht ertragen, konnte keine Ewer mehr vorbeisegeln sehen, ohne daß ihr die Augen übergingen.

Und Klaus Störtebeker? Der saß wohl bei ihr, in der dunkeln Küche, und weinte mit?

Nein, das tat er nicht! Er weinte nicht, denn er glaubte nicht, daß sein Vater untergegangen war, daß der Ewer nicht wiederkommen konnte, daß er Kap Horn und Hein Mück und Seemann nicht wiedersehen sollte. Sein Vater war nicht weg, er lebte und fischte noch! Der kam wieder, ganz gewiß kam er wieder, die Reise dauerte diesmal nur etwas länger, weil sie so viel vor Wind hinter Wangerooge liegen mußten. Aber wieder kam er ganz gewiß, er hatte es ja selbst gesagt. Felsenfest war das Vertrauen des Jungen auf dieses Wort seines Vaters, und unerschütterlich war sein Glaube.

»Störtebeker, dien Vadder is bleben«, sagten die anderen Jungen zu ihm, aber er schüttelte ruhig den Kopf und antwortete: »Wat weet ji dorvan af?« – »Doch, Vadder hett dat seggt!« – »Denn segg dien Vadder man, dat is ne wohr. Vadder kann ne blieben un is ne bleben, Vadder kummt wedder«, sagte Störtebeker bestimmt und ging davon. Seine Mutter tröstete er jeden Morgen und jeden Abend: »Schre doch ne, Mudder, gläuf doch ne, wat Vadder weg is; de is ne weg, de kummt wedder«, aber er erreichte damit nur, daß sie noch heftiger weinte.

Widerwillig trug er schwarze Strümpfe und ein dunkles Halstuch; sein Vater würde ihn auslachen, wenn er kam, meinte er mißmutig.

Jeden Tag, der grau aus dem Hamburger Dunst stieg und golden in die Elbe versank, lag er mit seinem Kahn auf dem Wasser. Er wriggte weit hinaus, bis hinter Blankenese, und wartete. Immer waren seine Augen im Westen und suchten die Elbe ab, suchten den Ewer, suchten den Vater. Große Dampfer mahlten an ihm vorbei, und die Lotsen drohten ihm mit Fäusten, aber er dachte: Ich habe hier ebensoviel Recht wie ihr, und kümmerte sich nicht darum. Die Dünung warf den Kahn wie eine Nußschale auf und ab; Störtebeker wich nicht vom Fleck. Wenn ein Ewer oder Kutter aufkam, wriggte er hin und fragte nach seinem Vater.

»Hest Vadder ne sehn, Jannis?«

»Höh, Blankneeser, hett H. F. 125 ne bi di fischt?«

Immer bekam er ein Kopfschütteln und ein Nein und den guten Rat, nach Hause zu schippern, den er aber nicht befolgte. Schließlich kannten ihn alle. »Kiek, dor is wedder Klaus Mees sien lütjen Jungen«, sagten die Schiffer zu den Knechten, wenn sie den Kahn in Sicht bekamen. Bei Wind und Wetter, bei Nebel und Sonnenschein, bei Regen und Brise dümpelte und trieb Störtebeker vor Blankenese und wartete auf seinen Vater. Starr blickte er nach Westen, wo immer wieder Segel erschienen, wo immer wieder Schiffe auftauchten. Einmal mußte sein Vater doch gewiß dabeisein, einmal mußte er ihn doch hergucken können! So viele Schiffe!

»Is keen Breef van Vadder kommen?«, fragte er abends, denn sie konnten ja auch nach der Weser gesegelt sein, wenn es gerade so gepaßt hatte.

»Junge, gläufst du noch jümmer, wat Vadder wedderkummt?« fragte Gesa bekümmert.

»Ganz gewiß gläuf ik dat, Mudder! Vadder kummt wedder!«

Als er wieder einmal dwars von Blankenese lauerte, kam hinter Schulau ein grüner Ewer in Sicht, der ganz so aussah wie der seines Vaters. Er dachte, er wäre es, und eine so große Freude kam über ihn, daß ihm die blanken Tränen in die Augen traten. Hastig zog er seinen Draggen auf, den er ausgeworfen hatte, und wriggte dem Ewer entgegen, so schnell er nur konnte. Wenn die Nummer zu lesen oder der Ewer sonst zu erkennen war, wollte er sich barfuß ausziehen, damit sein Vater die alten schwarzen Strümpfe gar nicht erst zu sehen bekam, dann wollte er die Flagge setzen, die unter der Achterducht im Dollenkasten steckte, und so lange rufen und winken, bis sein Vater ihn gewahr wurde. Und dann wollte er längsseits wriggen und überklettern und seinem Vater steuern helfen, wollte Kap Horn guten Tag sagen und Hein Mück ein bißchen ärgern, wollte mit Seemann spielen und nach den Segeln hinaufgucken, wie er immer getan hatte. Ach – er wollte noch viel mehr und stand in Gedanken schon längst an Bord. Als er aber bis Wittenbergen gekommen war, sah er einen fremden Ewer vor sich und kehrte traurig um.

Alle Fischerleute, Seefischer und Elbfischer, haben den Jungen draußen auf der Elbe gesehen und sind von ihm nach seinem Vater gefragt worden. Die Jollen nahmen ihn oft ins Schlepptau und brachten ihn wieder heim, wenn er sich zu weit hinabgewagt hatte und nicht gegen Strom oder Wind ankam. Alle ermahnten ihn, nicht wieder so weit zu fahren, sondern am Bollwerk zu bleiben. Sein Vater könne nicht wiederkommen, nach dem brauche er nicht mehr zu fragen oder zu suchen.

Aber Störtebeker hörte nicht auf sie und glaubte ihnen nicht. Mit der nächsten Tide fuhr er wieder elbabwärts und suchte seinen Vater. Oft hungerte ihn, er zitterte vor Frost, wenn der Wind wehte oder der Regen ihn bis auf die Haut durchnäßt hatte. Aber er wriggte immer wieder, immer wieder nach Blankenese hinunter und starrte den Schiffen entgegen. Sein Vater kam wieder: Von dieser Hoffnung ging er nicht ab – und er wollte der erste sein, der seiner gewahr wurde.

Die Bunge hing zerrissen an den Wicheln, und der Aalkorb verrottete im Gras, denn er hatte die Fischerei gänzlich aufgegeben. Kluß, die alte Krähe, lag eines Morgens tot im Kasten: verhungert; er vergrub sie im Garten und stellte den Käfig in die Ecke. Die Kaninchen verschenkte seine Mutter, weil er sich nicht mehr darum kümmerte; gleichgültig ließ er es geschehen, denn es war ihm einerlei geworden, ob er

Viehzeug hatte oder nicht. Erst mußte sein Vater wieder da sein, erst mußte der große Ewer wieder über den Deich schauen! Dann kam auch alles andere wieder an die Reihe.

In der gewissen Zuversicht: diese Tide kommt Vater! lief er zu seinem nordischen Kahn und nahm Kurs auf Blankenese.

Gesa, die ein seltener Gast auf dem Deich geworden war, merkte zuerst nichts von diesen weiten Fahrten. Sie dachte, er wäre am Westerdeich zugange, und achtete nicht sonderlich darauf, ob er zu früh oder zu spät oder überhaupt nicht zum Essen kam, denn auch sie selbst hatte keine rechte Tageszeit mehr und ging wie eine Schlafwandlerin umher.

Bis Störtebeker eines Abends nicht nach Hause kam, weil es neblig geworden war und er sich auf der Elbe zwischen Kranz und Wittenbergen verirrt hatte. Da wachte sie auf und rief und suchte den Westerdeich ab und lief ängstlich über die Wiesen. Als sie ihn nirgends finden konnte, jammerte sie den Deich entlang. Da hörte sie von den Fischern, wie ihr Junge seine Tage verbrachte, daß er ständig mit dem Kahn im Fahrwasser zugange war und auf seinen Vater wartete. Sie erschrak sehr, und es fiel ihr schwer aufs Herz, daß sie sich in all den Tagen und Wochen nicht um ihn gekümmert hatte. Wenn er nun ertrunken war!

Gott im Himmel, gib ihn mir wieder, betete sie, ich will ihn dann nicht mehr aus den Augen lassen!

Die Fischer machten ihre Boote klar und gingen in der Nacht zu fünfen auf die Suche, obgleich es so dick geworden war, daß sie einen Kompaß mitnehmen mußten. Sie segelten und ruderten hin und her, bliesen auf dem Nebelhorn und riefen über das stille, tote Wasser, aber es war nichts zu hören oder zu sehen. Sie wollten es schon aufgeben, da fand Karsten Husteen den Kahn vor der Este und brachte den halberstarrten Störtebeker gegen Mitternacht heim. Gesa kam gelaufen und wollte ihn in den Arm nehmen, aber er sprang aus dem Boot, machte seinen Kahn an den Wicheln fest und ging allein nach Hause, denn er war doch kein kleines Kind mehr, das getragen werden mußte!

»Morgen kummt Vadder gewiß«, tröstete er seine Mutter, als er sich das klamme Zeug auszog. Sie aber wußte vor Schmerz und Freude und Aufregung nicht, was sie machen, ob sie ihn streicheln oder schlagen sollte. So packte sie ihn ins Bett, begrub ihn in Kissen und unter Decken und kochte ihm Kamillentee, obwohl er sagte, daß ihm gar nichts fehle.

Sie lag die ganze Nacht schlaflos, horchte auf seinen Atem und erschrak, wenn er einmal hustete. Mehr noch als die Sorge aber waren ihre Gedanken schuld daran, daß sie nicht einschlafen konnte. Sie quälte sich schwer, dann aber wuchs in der Stille der Nacht etwas in ihrer Seele, das ihr als heilige Pflicht, als Aufgabe von Gott schien: den Jungen vom Wasser abzubringen, zu verhüten, daß er mit seinem Kahn ertrank, zu verhindern, daß er ein Seefischer wurde und zu Schaden und frühem Tod kam wie sein armer Vater; dafür zu sorgen, daß er sein Brot in Frieden und auf dem Trockenen verdienen und essen konnte und nicht auf der wilden See umherzutreiben brauchte! Dazu war sie von der Geest in dieses Fischerhaus gekommen, sie erkannte es jetzt: um das Geschlecht der Mewes vor dem Untergang zu bewahren, um es wieder landfest und lebendig zu machen. Das hatten die starren Augen ihres Mannes an jenem schrecklichen Nachmittag von ihr gewollt. Sie fühlte es und hörte es, was sie hatten sagen wollen: Ich habe verspielt, Gesa, nun tu du das Deine, daß der Junge es einmal besser hat; bewahr ihn vor dem Schicksal seines Vaters, laß ihn nicht nach See! Das hatte ihr Mann sagen wollen, das war es gewesen! »Jo, Klaus, dat will ik«, flüsterte sie vor sich hin, »du schallst dien Rauh hebben!« Starr richtete sie sich in den Kissen auf und gelobte es dem Toten und sich. Sie wußte, daß es schwer werden würde, daß sie streng und hart sein mußte, denn der Junge saß voll von diesem Seegift, wie sie es nannte, und war ein Trotzkopf sondergleichen. Aber ihr zähes niedersächsisches Blut übernahm es. Sie wollte sich um ihn kümmern und mit Ernst und Geduld auf seine Schritte achten, um ihn dem Wasser fernzuhalten und ihn vor dem Geschick seines Vaters zu bewahren. Das war ihre Lebensaufgabe! Den Vater von der Schiffahrt abzuziehen, hatte sie nicht vermocht, aber der Junge mußte noch zu biegen und zu lenken sein, wenn ein fester Wille dahinterstand. Sie konnte keinen wieder nach See segeln sehen, sie konnte nicht...

Nun begann ein erbitterter Kampf zwischen Mutter und Kind, ein Kampf um die See. Gleich am anderen Morgen bekam Störtebeker eine große Strafpredigt, bis er ganz geduckt dasaß und nichts mehr sagte. Als seine Mutter dann aber weiter ging und davon sprach, daß sein Vater nicht wiederkommen konnte, daß er auf dem Grund der See lag, da richtete er sich wieder auf und sagte, das sei nicht wahr, sein Vater sei nicht weg, sie wüßten alle nichts davon! Sein Vater käme wieder. Dabei blieb er, und davon ging er nicht ab. Der Ewer könne nicht umkippen, und sein Vater könne nicht ertrinken: Er glaubte es nicht, und wenn sie es auch alle sagten!

Gesa hatte ihm streng verboten, wieder nach dem Fahrwasser zu schippern, aber als er danach auf dem Deich stand und über das Wasser blickte und so viele Ewer und Kutter aufkommen sah, da dachte er, sein Vater müßte gewiß dabeisein, und er müßte ihm entgegenfahren. Und als seine Mutter hinteren Haus war und die Schweine fütterte, da machte er seinen Kahn los und wriggte wieder weg, um seinen Vater zu holen. Wenn er den Ewer mitbrachte, würde sie sich schon freuen und nicht mehr schelten. Mit dem Gedanken tröstete er sich, als er die Reihe der Segel absuchte.

Auf der Rückfahrt hatte er wegen des scharfen Ostwindes sehr zu kämpfen und kam deshalb erst spät am Abend zurück.

»Klaus, worüm büst du nu wedder wegschippert?« fragte Gesa erregt. »Wullt du ober Burd fallen oder scheut de Dampers di inne Grund jogen?«

Störtebeker pustete den Kaffee, der zu heiß war, und biß von seinem Brotknust ab, ohne etwas zu erwidern.

»Junge, du Egenbuck! Wat büst du förn Jungen! Dien Mudder hett di woll gornix mihr to seggen?« fragte sie bebend.

»Du weest doch ganz god, wat ik up Vadder teuft hebb«, erwiderte er ruhig und setzte abweisend hinzu: »Nu lot mi doch tofreeden, Mudder!«

Da konnte Gesa nicht mehr an sich halten. Der Zorn überschrie alles andere in ihr, und sie schlug ihn sehr. Er stand still und ließ sich schlagen, weder wehrte er sich, noch lief er weg, noch schrie er. Fest biß er die Zähne aufeinander, um keinen Laut von sich zu geben.

Am anderen Tag holte sie ihn mehr als einmal mit dem Stock vom Bollwerk zurück, so daß er nicht entkommen konnte. Aber am Morgen darauf flüchtete er wieder vom Deich und blieb den ganzen Tag auf der Elbe. Wie wünschte er seinen Vater herbei! Wenn er doch käme, der grüne Ewer! Sonst gab es heute abend ja wieder Schläge! Aber sein Vater kam nicht, und er mußte schließlich doch zurückwriggen. Er hatte den ganzen Tag nichts gegessen, nur aus der Elbe getrunken und war sehr hungrig. Triefend vor Regen, stand er auf der Schwelle und guckte seine Mutter an, die schon bei der Lampe saß, als wenn er sagen wollte: Nu hau mi man wedder!

Sie ließ ihn nun nicht mehr aus den Augen und hielt ihn einige Tage fest. Streng achtete sie darauf, daß ihn niemand mehr Störtebeker nannte, daß er wieder Klaus Mewes gerufen wurde. Sie ging selbst zu dem alten Schulmeister Möhlmann hinunter, damit es den Kindern verboten würde, den Jungen Störtebeker zu nennen. Aber damit erreichte sie nur das Gegenteil von dem, was sie wollte, denn nun riefen die Jungen erst recht Störtebeker.

Eines Tages fand sie ihn am Binnendeich sitzen. Mit geschlossenen Augen hockte er auf einem Hummerkasten von Grimsby und stieß mit den Füßen gegen ein Brett, das zwischen den Kurrbäumen steckte, so daß es regelmäßig knarrte. Sie trat näher, und als sie sein glückliches Gesicht sah, fragte sie ihn weich: »Wat schall dat denn, Klaus?« Er schüttelte erst heftig den Kopf, als wenn er nicht gestört werden wollte, dann aber besann er sich und sagte leise: »Mok de Ogen ok mol to, Mudder!« – »Wat schall dat denn, Junge?« – »Moks doch mol to, Mudder, och man to!« – »Ik hebbt jo all to, Klaus.« – »Ganz fast?« – »Jo, ganz fast!«

»Denn sünd wi up See, Mudder«, sagte er verträumt. »Kannst hürn, wat dat boben unsern Kupp gnarrt? Dat deit de Gaffel, wenn de Eber oberholt, Mudder... Twe Stünnen hebbt wi de Kurr al ut, Mudder, gliek möt wi intehn, denn schallst mol sehn, wat denn en Leben ward, wat denn de Meben anflegen kommt!... Kannst Seemann dor blangen den Kumpaß liggen sehn? Dor slöppt he jümmer inne Fohrt, Mudder... Kiek, dor steiht Kap Horn, paß up, gliek holt he sien Harmonika ut de Koi un speelt een up – dat hürt sik up See veel beter an as an Land, Mudder, ne?... Hein Mück schillt Kantüffeln, gliek gifft brodte Schullen, de scheut ober smecken... Kannst sehn, Mudder, dor achter dat Land, dat hoge, rode? Dat ist Hilchland...«

So verlor Störtebeker sich weit in seine Seefahrt und erzählte immerzu. Gesa saß auf dem Kurrbaum, der die eingeschnitzten Zeichen H. F. 125 trug, und hörte zu, während ihre Augen sich verdunkelten.

»Woneem is Vadder denn?« fragte sie zuletzt erschüttert.

»Vadder?« rief er verwundert, »Vadder? De steiht hier jo bi uns ant Rur, de hett jo de Wacht! Hür mol, wat he lachen kann!«

Da wandte sie sich ab und ging ins Haus zurück. Er aber saß noch lange und horchte auf das Rauschen der Eschen wie auf Meeresbrausen.

Manchmal wachte Gesa nachts auf und hörte ihn im Traum sprechen. Immer war er dann auf See bei seinem Vater.

Tagsüber aber lag er wieder auf dem Wasser. Ungeachtet aller Schelte und Schläge brach er immer wieder aus; sie konnte nichts dagegen tun. Die Elbfischer, denen sie ihre Not geklagt hatte, machten Jagd auf ihn wie auf ein Wild und vertrieben ihn, wo sie ihn sahen, er ging ihnen aber immer wieder durch die Maschen. Sein Trotz wuchs. Was Eisen in ihm gewesen war, hatte sich zu Stahl gehärtet, und fester als zuvor hoffte er auf seines Vaters Wiederkehr.

Zuletzt, als er sich gar nicht mehr retten konnte, als die Hunde von allen Seiten nach ihm schnappten, beschloß er, nach See zu schippern und seinen Vater vor der Elbe und auf der Weser zu suchen. Wenn er ihn gefunden hatte, wollte er immer bei ihm an Bord bleiben und gar nicht wieder nach Hause kommen. Er tat nun einige Tage, als hätte er die Fahrt aufgegeben, so daß Gesa neue Hoffnung schöpfte, heimlich aber rüstete er sich für die Flucht aus. Er suchte sich eine große Kruke und füllte sie mit Wasser, damit er auf See etwas zu trinken hätte, er packte seinen Aalkorb ein, damit er sich unterwegs Fische fangen könnte, er zog ein altes Segel vom Boden und legte es zusammengerollt unter die Ducht, damit er nachts unterkriechen und schlafen könnte. Als er soweit fertig war, wartete er auf einen günstigen Augenblick, und als seine Mutter die Eier im Schauer zusammensuchte, nahm er den Kompaß von der Wand, steckte seinen Spartopf in die Tasche und jagte mit seinem Kahn die Elbe hinunter. Zu Blankenese ging er an Land und kaufte sich beim Bäcker zwei große Brote, damit er etwas zu essen hatte, dann wriggte er unverzagt weiter, der See entgegen. Weil es Ebbe war und er Achterwind hatte, kam er sehr schnell vorwärts, bis über die Lühe hinaus. Als es Flut wurde und der Abend kam, suchte er an der Nordkante in einem Priel Unterschlupf, mitten im Schilf, und kroch in das Segel hinein, denn er fröstelte. Schlafen konnte er aber nicht, und als Hochwasser war, stand er wieder auf und schipperte emsig weiter. Bis Krautsand war er schon gekommen, da ereilte ihn sein Verhängnis; als es Tag geworden war, entdeckte ihn ein nachbarlicher Elbfischer, der auf seiner Jolle stand und seine Garne wusch. Er sprang ins Boot und verfolgte ihn, bis er ihn gefangen hatte. Störtebeker bat und biß, aber es half ihm nichts, der Elbfischer band den Kahn hinter seine Jolle und brachte ihn am nächsten Tag, als er den Bünn voll hatte, nach Finkenwärder zurück.

Diesmal ging es nicht so gnädig ab, denn der Jäger kam dazwischen und brauchte den Stock, als wenn er seinen Jagdhund oder ein Stück Vieh vor sich hätte. Störtebeker schrie doch einmal auf, dann aber schwieg er wieder beharrlich und dachte: Wenn Vadder man hier wür! Den Tag darauf schloß Gesa ihn ein und ließ den Kahn zum anderen Ende des Deiches bringen. Und sagte, sie hätte ihn einem Fischer verkauft, der ihn mit nach See genommen hätte. »Wat kannst du bloß den Kohn verkäupen?« rief er heftig. »De hürt mi to un dor hett nüms wat ober to seggen as ik, kannst Vadder frogen!« Als er sie dann aber nach dem Fischer fragte, gab sie keine klare Antwort, so daß ihm die Sache mulmig vorkam; er fragte die Jungen und suchte und spähte so lange, bis er sein Schiff entdeckt hatte. Ohne jemand zu fragen, machte er es los und brachte es nach dem Neß zurück.

Und fing wieder an, seinen Vater zu suchen, denn sein Vater mußte ja wiederkommen! Felsenfest war seine Hoffnung.

War da niemand, den diese Treue rührte? Wohl nicht, denn die Frauen bestärkten Gesa in ihrer Strenge, und die Elbfischer griffen ihn, wo sie seiner habhaft werden konnten. Es war ein Jammer, wie sie mit dem armen Jungen umgingen, der seinen Vater nicht vergessen konnte.

Zuletzt brachte Gesa ihn nach der Geest zu ihren Eltern, wo es kein Wasser und kein Boot gab, und hoffte, daß er dort auf der Heide seinen Vater und die See, die Schiffahrt und die Fischerei vergessen würde. Der alte Heidjer und die Großmutter freuten sich, den Enkel endlich einmal bei sich zu haben, tischten ihm auf und versprachen, gut auf ihn aufzupassen, als Gesa sich wieder auf den Heimweg machte. Störtebeker ließ sich das neue Leben und die neue Umgebung auch einige Tage gefallen, er ging mit nach dem Moor, er sah die Bienenkörbe nach, er lernte Buchweizen dreschen, er trank Ziegenmilch, er suchte Brombeeren, er kletterte auf die Berge und guckte weit über das Alte Land. Dann aber fiel ihm plötzlich ein, daß sein Vater heimgekommen sei, am Neß mit dem Ewer läge und auf ihn warte; da sprang er von dem Schimmel herab, auf dem er saß, und lief in Sprüngen weg, ohne Mütze und alles, fragte sich durch das Alte Land nach der Fähre an der Süderelbe, ließ sich von Paul Müller übersetzen, raste den Westerdeich entlang und stand an der Huk still, denn er konnte keinen Ewer sehen. Erst wollte er wieder nach der Geest zurücklaufen, dann aber getraute er sich doch nach seiner Mutter Haus.

Gesa fuhr auf, als sie ihn unter den Linden stehen und noch immer nach der Elbe gucken sah, dann aber konnte sie nicht an sich halten, und sie schlug ihn, daß er blutete. Als nachmittags der alte Heidebauer mit seinem Wagen angefahren kam, erbost über die Flucht und den Trotz des Jungen, schlug auch er auf ihn ein. Dann wollte er ihn binden und wieder mitnehmen, aber Gesa sagte, das hülfe doch nichts. Sie wolle ihn hier behalten. Er solle in den Keller gesperrt werden, und sie wolle den Kahn nun wirklich verkaufen.

Schweigend ließ Störtebeker sich in den Keller bringen. Da saß er im Gefängnis, denn das Fenster war vergittert. Er versuchte, den Kopf durch die Eisenstangen zu stecken, aber es ging nicht. Der Jäger, der gerade unter dem Fenster vorbeiging, drohte ihm mit dem Flintenkolben und sagte grimmig: »Wi weut di woll mörr kriegen, du Dickkupp!«

Als er weg war, setzte der Junge sich müde und hungrig auf eine Kartoffelkiepe und weinte bitterlich, denn er wußte sich nicht mehr zu helfen.

»Hilp mi doch, Vadder!« schluchzte er. »Hilp mi doch! Kumm doch wedder!«

Aber kein Klaus Mewes stieg aus der See, um seinem treuen Jungen beizustehen, ihn aus der Haft zu erlösen und ihn wieder mit an Bord, auf den Ewer und nach See zu nehmen. Kein Kap Horn tröstete ihn, und kein Seemann kam, ihm die Hände zu lecken.

»Hilp mi doch, Vadder!«...

Letzter Stremel

Jahre sind vergangen, seitdem Klaus Mewes mit seinem grünen Ewer geblieben ist.

Wir kurren in der Gegenwart.

Herbst ist es, windstarker, wolkengewaltiger Herbst, der die Blätter von den Bäumen gerissen und die kleinen Segelschiffe von der See gefegt hat.

Hinter der Alten Liebe zu Cuxhaven (die nichts mit Liebe zu tun hat, sondern ihren Namen von der »Olive« bekommen hat, einem havarierten und abgeschlachteten Schiff, das zuerst den Anleger bildete) liegt die Austernflotte und macht sich zum Auslaufen klar. Da liegen die neun Kutter, die Dohrmann, der große Austernhändler, für den Winterfang angenommen hat.

Auf der Besan haben sie seine Charterflagge wehen, die hansischen Farben mit den hamburgischen Türmen, die am Finkenwärder Deich die Todesflagge genannt wird. Denn der Austernfang auf hoher See ist die allergefährlichste Fischerei, weil sie in die stürmischen Monate fällt und weil die Austernbänke so weit draußen liegen, inmitten der Nordsee, meilenweit hinter Helgoland. Da ist keine Reede und kein Hafen zu erreichen, wenn das Wetterglas fällt. Alle Stürme müssen draußen abgeritten werden.

Nur die neuesten, größten und seetüchtigsten Kutter können sich des Austernkurrens unterfangen. Nur die verwegensten und mutigsten Seefischer, die jungen und starken, können diese Fischerei betreiben. Aber auch sie würden sich nicht dazu hergeben, wenn sie nicht verdienen müßten und wenn sich die Austern nicht so gut lohnten. Die Zeiten sind schwer geworden, seitdem die Fischdampfer groß geworden sind. Winter und Sommer muß der Fischermann kurren, wenn er noch bestehen will. Die Notwendigkeit, die eiserne Not steht hinter ihm und jagt ihn in die Stürme hinein.

Ein furchtbarer Ernst webt um die Masten der Fahrzeuge. Der Tod steht aufgerichtet an den Wanten und ist der heimliche Schiffer.

Der erste der neun Kutter trägt den Steven am höchsten und ist der stärkste von ihnen. Noch flattern Reste des Taufkranzes am Großtopp, bunte Bänder und grüne Blätter, so neu ist er.

Und heißen seine Kameraden Präsident Herwig, Landrat Teßmar, Farewell, Senator von Melle, Süllberg, Fairplay und Providentia, so heißt er Klaus Störtebeker. In Goldbuchstaben leuchtet es am Heck:

KLAUS STÖRTEBEKER
FINKENWÄRDER

Und lassen die anderen Dohrmanns Flagge im Wind flattern, so weht ihm eine deutsche Flagge von der Besan, denn der junge Fischer ist wie sein Vater und zieht keine fremde Fahne auf. Dohrmann muß ihn so fahren lassen.

Der schöne, schmucke Kutter gehört dem jungen Klaus Mewes. Dem jungen Klaus Mewes!

Ja, dem jungen Klaus Mewes gehört er, dem kleinen Klaus Störtebeker, aus dem sie einen Geestbauern, einen Schuster, einen Zimmermann und was nicht alles machen wollten, und aus dem doch nur eins werden konnte, in dem doch nur eins steckte: ein Seefischer! Allen zum Trotz hat er den Weg zum Wasser gefunden und ist ein Fahrensmann geworden wie sein Vater.

Der Störtebeker ist schon sein zweites Schiff. Mit dem ersten Kutter ist er bei Texel auf ein treibendes Wrack gestoßen und hat ihn dabei eingebüßt. Nun liegt er mit seinem neuen Fahrzeug zu Cuxhaven und will Austern fischen.

Bewundernd bleiben sogar die Seelotsen, die doch manches Schiff unter den Füßen gehabt haben, vor dem großen, herrlichen Fischkutter stehen, betrachten die glänzenden Masten, das blinkende Deck, den ragenden Bug, und loben den Baumeister, der ihn zusammengeklopft hat, und den Schiffer, dem er gehört und der mit ihm nach See gehen kann.

Die Kajüte ist groß und hoch, denn der junge Klaus Mewes fährt zu vieren und ist hochgewachsen.

Drei Sprüche zieren sie.

Unter der Schifferkoje leuchtet der schöne goldene Spruch aus dem Ewer:

Hilpt mi, Sünn un Wind,
hilpt mi bit Fischen!
Ik heet Klaus Mees
un bün van Finkwarder.

Unter der Knechtkoje aber steht einfach und bedeutungsvoll: Kap Horn. Und die letzte Koje schmückt das trotzige Wort:

Finkwarder blifft Finkenwarder
un geiht ne van de See!

Da kommt der junge Klaus Mewes.

Er kommt vom Kriegshafen herüber, von den Torpedobooten. Er hat seinen Leutnant besucht. Sie waren zusammen in Ostafrika und halten noch jetzt viel voneinander.

»Klaus Mewes, wenn ich Sie ansehe, ist mir um die Wacht an der See nicht bange«, hat der Seeoffizier zum Abschied gesagt und ernst hinzugefügt: »Mehr als auf die Wacht am Rhein kommt es jetzt auf die Wacht an der See an. England ist Rom, und wir sind Karthago – goden Wind, Klaus Mewes!«

Der junge Klaus Mewes geht, wie sein Vater ging. Er sieht aus, wie der ausgesehen hat: Es ist, als wäre der andere Klaus Mewes wiedergekommen.

Anders als dieser hat auch jener nicht gelacht, und höher hat auch er den Kopf nicht getragen. Wie ein Herzog geht der junge Klaus Mewes in seinem Isländer und seinen Seestiefeln.

Und er ist doch ein rechter, wohlgemuter, unerschrockener Fischermann. Nicht als finsterer Fliegender Holländer geht er einher. Viel ähnlicher ist er dem blonden Konradin, der tapfer lachend über die Alpen zog, nur von seinem Schwert begleitet, und sich sein Königreich erobern wollte.

Daß er so lachen kann, der junge Klaus Mewes! Urgroßvater, Großvater und Vater sind geblieben, seine Mutter ist vor Gram gestorben, er hat die schweren Winterstürme vor sich – und dennoch lacht er wie die Sonne, wenn sie scheint.

An Land ist er ein Kind, das gern mit Kindern spielt, auf See aber ein verwegener Draufgänger, der sich vor keinem Wind verkriecht und lieber ein Segel in die See gehen läßt, als daß er ein Reff einzieht. Die Furcht, die schon der Junge nicht kannte, hat auch in der Seele des Mannes keinen Raum.

Ein harter Fischer ist der junge Klaus Mewes, er macht die schnellsten und besten Reisen. Das weiß der ganze Deich. Und wenn ein Junggast bei ihm als Koch gefahren ist, so nimmt ihn jeder Schiffer gern als Knecht, denn die Fahrzeit bei dem jungen Klaus Mewes ist wie Kriegszeit und wird doppelt gezählt.

Und doch ist er ein Fischermann aus Lust, wie sein lachender, glücklicher Vater, den er in Gedanken immer bei sich stehen hat, wenn er steuert. Bei ihm an Bord ist nichts von der Not der Zeit zu spüren, die die stolzen Flotten von Finkenwärder und Blankenese bis auf neunzig Schiffe zerschlagen hat. Er hat Leute genug: Wie der Magnet das Eisen, so zieht er das tüchtige Jungvolk, den Nachwuchs von Finkenwärder, der noch Lust zur Seefischerei hat, an sich.

Er brauchte nicht während des Winters zu fischen, denn er hat im Sommer Geld genug verdient, daß er ruhig auflegen könnte. Aber er geht dennoch auf die Austern los. Was ihn treibt, ist das, was Hagen trieb, den Zug ins Hunnenland mitzumachen: Es ist ihm um die Ehre zu tun, er muß überall der erste sein! Er kann und will sich nicht sagen lassen, daß er hinter dem Ofen gesessen hätte, während andere in den Austern gewesen seien.

Er weiß, daß sie auf ihn sehen wie auf ihren Führer, und er ist stolz darauf und freut sich dessen.

Als der Kutter auf der Helling saß, machte der junge Klaus Mewes einige Reisen als Fischdampferkapitän, um sein großes Steuermannspatent auch einmal auszunutzen. Er fischte im Angesicht von Island im Schein der Mitternachtssonne und an der Küste von Marokko in der Glut des Samums, er sah sich Aberdeen und Lissabon an. Als aber sein Kutter zu Wasser gelassen war, da bedankte er sich lachend bei seinem Reeder und zog es vor, sein eigenes Schiff zu steuern und nichts über sich zu haben als seine Segel und seinen Herrgott.

Er hat sein schönes Schiff erreicht, der junge Klaus Mewes. Er springt an Bord und ruft die Leute auf.

Sie wollen fahren!

Klappernd steigen die weißen, leuchtenden Segel, die noch keine Lohe geschmeckt haben, an den Masten auf. Die Gaffeln knarren, und die Schoten schlagen wie wilde Geister, denn es ist noch stur.

Der junge Klaus Mewes zieht sein Ölzeug an und setzt den Südwester auf, dann faßt er das Ruder an und läßt die Stroppen losmachen. Langsam schwoit der Kutter – die Segel fallen voll, und das Fahrzeug setzt sich allmählich in Bewegung.

Hinter der Alten Liebe erst besinnt es sich auf seine Kraft und schießt davon, um Austern zu kurren. Mächtig taucht es in die schwere Dünung hinein.

Am Ruder aber steht der junge Klaus Mewes und freut sich seines Schiffes und seiner Fahrt.

Seefahrt ist not!

Auch deine Seefahrt, Klaus Mewes!

Bd. 90 *Gefährliche Liebschaften*, Pierre-Ambroise-François Choderlos de Laclos, Bd. 91 *Gegen den Strich*, Joris-Karl Huysmany, Bd. 92 *Geschichte des Fräuleins von Sternheim*, Sophie v. La Roche, Bd. 93 *Geschichte vom braven Kasperl und dem Anner*l, Clemens Brentano, Bd. 94 *Geschichten aus dem Wienerwald*, Ödön v. Horváth, Bd. 95 *Glanz und Elend der Kurtisanen*, Honore de Balzac, Bd. 96 *Glück und Unglück der berühmten Moll Flanders*, Daniel Defoe, Bd. 97 *Götz von Berlichingen*, Johann Wolfgang v. Goethe, Bd. *98 Gullivers Reisen*, Jonathan Swift, Bd. *99 Heidis Lehr und Wanderjahre*, Johann Spyri, Bd. 100 *Heinrich von Ofterdingen*, Novalis, Bd. 101 *Hiob Roman eines einfachen Mannes*, Joseph Roth, Bd. *102 Immensee*, Theodor Storm, Bd. 103 *Iphigenie auf Tauris*, Johann Wolfgang v. Goethe, Bd. 104 *Italienische Märchen*, Clemens Brentano, Bd. 105 *Ivannhoe*, Walter Scott, Bd. 106 Jahrmarkt der Eitelkeiten, William Makepaece Thackeray, Bd. 107 *Jane Eyre*, Charlotte Brontë, Bd. 108 *Jugend ohne Gott*, Ödön v. Horvath, Bd. 109 *Jürg Jenatsch*, Conrad Ferdinand Meyer, Bd. 110 *Kabale und Liebe*, Friedrich v. Schiller, Bd. 111 *Kasimir und Karoline*, Ödön v. Horvath, Bd. 112 *Kinder- und Hausmärchen*, Gebrüder Grimm, Bd. 113 *Kleiner Mann, was nun*, Hans Fallada, Bd. 114 *König Alkohol*, Jack London, Bd. 115 *Krambambuli*, Marie Ebner-Eschenbach, Bd. 116 *Lausbubengeschichten*, Ludwig Thoma, Bd. 117 *Lavinia - Pauline - Kora*, George Sand, Bd. 118 *Leben und Lüge*, Detlev von Liliencron, Bd. 119 *Lebensansichten des Katers Murr*, ETA Hoffmann, Bd. 120 *Lenz. Der hessische Landbote*, Georg Büchner, Bd. 121 *Lieutenant Gustl*, Arthur Schnitzler, Bd. 122 *Lord Jim*, Joseph Conrad, Bd. 123 *Luise*, Johann Heinrich Voß, Bd. 124 *Madame Bovary*, Gustave Flaubert, Bd. 125 *Märchen*, Wilhelm Hauff, Bd. 126 *Maria Stuart*, Friedrich v. Schiller, Bd. 127 *Max Havelaar*, Multatuli, Bd. 128 *Meister Floh*, ETA Hoffmann, Bd. 129 *Michael Kohlhaas*, Heinrich v. Kleist, Bd. 130 *Minna von Barnhelm*, Gotthold Ephraim Lessing, Bd. 131 *Moby Dick*, Hermann Melville, Bd. 132 *Nathan, der Weise*, Gotthold Ephraim Lessing, Bd. 133-1 und 133-2 *Nils Holgersson wunderbare Reise*, Selma Lagerlöf, Bd. 134 *Niels Lyne*, Jens Peter Jacobsen, Bd. 135 *Nußknacker und Mausekönig*, ETA Hoffmann, Bd. 136 *Oliver Twist*, Charles Dickens, Bd. 137 *Onkel Toms Hütte*, Herriett Beecher Stowe, Bd. 138 *Peter Schlemihls wundersame Geschichte*, Adalbert v. Chamisso, Bd. 139 *Peterchens Mondfahrt*, Gerdt v. Bassewitz, Bd. 140 *Pinocchio*, Carlo Collodi, Bd. 141 *Reinecke Fuchs*, Johann Wolfgang v. Goethe, Bd. 142 *Rheinmärchen*, Clemens Brentano, Bd. 143 *Rinaldo Rinaldini*, Christian August Vulpius, Bd. 144 *Robinson Crusoe*; Daniel Defoe, Bd. 145 *Romeo und Julia*, William Shakespeare Bd. 146 *Schach von Wuthenow*, Theodor Fontane, Bd. 147 *Schachnovelle*, Stefan Zweig, Bd. 148 *Schatzkästlein des rheinischen Hausfreundes*, Johann Peter Hebel, Bd. 149 *Schelmuffskys Reisebeschreibung*, Christian Reuter, Bd. 150 *Schloss Gripsholm*, Kurt Tucholsky, Bd. 151 *Siebenkäs*, Jean Paul, Bd. 152 *Sternstunden der Menschheit*, Stefan Zweig, Bd. 153 Tao te king, Laotse, Bd. 154 *Till Eulenspiegel*, Hermann Bote, Bd. 155 *Tolldreiste Geschichten*, Honorè de Balzac, Bd. 156 *Tom Jones, Geschichte eines Findelkindes*, Henry Fielding, Bd. 157 *Tom Sawyers Abenteuer und Streiche*, Mark Twain, Bd. 158 *Troquato Tasso*, Johann Wolfgang v. Goethe, Bd. 159 *Traumnovelle*, Arthur Schnitzler, Bd. 160 *Trost der Philosophie*, Boethius, Bd. 161 *Über den Umgang mit Menschen*, Adolph Freiherr v. Knigge, Bd. 162 *Uli der Knecht*, Jeremias Gotthelf, Bd. 163 *Uli der Pächter*, Jeremias Gotthelf, Bd. 164 *Ungeduld des Herzens*, Stefan Zweig, Bd. 165 *Ut oler Welt*, Wilhelm Busch, Bd. 166 *Vater Goriot*, Honorè de Balzac, Bd. *167 Väter und Söhne*, Ivan Sergejeviç Turgenev, Bd. 168 *Verlorene Illusionen*, Honorè de Balzac, Bd. 169 *Von der Freiheit eines Christenmenschen*, Martin Luther – Bd. 170 *Von der Ursache, dem Prinzip und dem Einen*, Bruno Giordano, Bd. 171 *Vor Sonnenuntergang*, Gerhard Hauptmann, Bd. 172 *Walden oder Leben in den Wäldern*, Henry D. Thoreau, Bd. 173 *Wilhelm Meisters Lehrjahre*, Johann Wolfgang v. Goethe, Bd. 174 *Wilhelm Meisters Wanderjahre*, Johann Wolfgang v. Goethe, Bd. 175 *Wilhelm Tell*, Friedrich v. Schiller